SUTTON KRiMI

DER GERANIENMANN

Rainer Kurlemann

Ein Düsseldorf-Krimi

SUTTON KRIMI

Über den Autor

Rainer Kurlemann, geboren 1966 in Ibbenbüren, lebt und arbeitet in Düsseldorf. Als promovierter Naturwissenschaftler und Wissenschaftsjournalist hat er die Entwicklung der Gentechnik jahrelang beobachtet. Nun hat er sich davon zu seinem packenden Krimidebüt »Der Geranienmann« inspirieren lassen.

Sutton Verlag GmbH
Hochheimer Straße 59
99094 Erfurt
www.suttonverlag.de
www.sutton-belletristik.de

Lektorat, Gestaltung und Satz: Sutton Verlag
Umschlaggestaltung: der uhlig, Augsburg, www.deruhlig.com
Titelbild: Shutterstock/INTERPIXELS
Druck: CPI books GmbH, Leck

ISBN: 978-3-95400-669-4

Für meine Familie

Dies ist ein Roman. Handlung und Figuren sind frei erfunden. Ähnlichkeiten mit lebenden oder verstorbenen Personen sind nicht beabsichtigt und wären rein zufällig.

Mittwoch

I

In dieser Nacht beschloss Heinz Schuttner, nie wieder betrunken Auto zu fahren. Diese Entscheidung war für seine Verhältnisse außergewöhnlich, denn Heinz Schuttner traf in seinem Leben nur selten eigenständig Entscheidungen. Das Private erledigten seine Eltern für ihn. Beruflich musste er seinem Chef alles zur Genehmigung vorlegen. Außerdem fuhr er schon seit fünfzehn Jahren regelmäßig betrunken Auto, und er hatte noch nie einen Gedanken daran verschwendet, damit aufzuhören.

Jeden Mittwoch traf Schuttner seine Freunde im Dorfkrug im kleinen Düsseldorfer Stadtteil Hamm. Sie kannten sich schon aus der Grundschule, so wie sich ihre Väter aus der Grundschule gekannt hatten. Hamm hatte seine Traditionen bewahrt. Die vier Hocker an der Theke waren der Stammplatz der Männerrunde. Schuttner mochte diesen Platz. Er erinnerte sich, wie sein Vater ihn als kleinen Jungen manchmal hochgehoben und auf den Hocker gesetzt hatte. Die Männer redeten über das Wetter, die Wirtschaftslage, die heimische Fortuna, das Schützenfest, den Karneval oder über Autos. Nur selten über Frauen oder den Beruf, denn da erlebten sie nicht viel. Manchmal sagten sie auch nichts und tranken schweigend ihr Altbier. Die meisten Gäste verließen das Lokal angetrunken, und auch die vier Männer hielten das nicht anders.

Heinz Schuttner merkte, dass es Zeit war zu gehen. Der Wirt hatte sein Glas nicht mehr aufgefüllt. Schuttner lallte und konnte dem Gespräch seiner Freunde nicht mehr folgen. Er bezahlte seinen Deckel, zog die Jacke an und wählte nach dem Besuch der Toilette gleich den Hinterausgang. Die Tür führte auf den Parkplatz. Es war kurz vor eins. Es regnete, und Schuttner beschloss, mit dem Auto zu fahren. Der Fußweg nach Hause dauerte nur eine Viertelstunde, doch wie jeden Mittwoch siegte auch diesmal die Faulheit.

Obwohl es nur ein paar Schritte zum Auto waren, machte er die Jacke bis oben hin zu. Der Regen wurde stärker. Es war eine finstere Nacht, kein Mond, dunkle Wolken hingen tief am Himmel. Sein VW Golf stand mit dem Kofferraum zur Sandsteinmauer. Schuttner parkte immer rückwärts ein, wenn er von der Arbeit direkt zum Dorfkrug fuhr. So musste er nachts nicht rangieren. Er suchte den Schlüssel in der Tasche und öffnete die Autotür. Als er den Motor startete, begann der Scheibenwischer mit hektischen Bewegungen. Schuttner fuhr am Hintereingang der Kneipe vorbei, setzte den Blinker und bog rechts in die Dorfstraße ab.

Die Polizei patrouillierte nur selten in Hamm. Bei diesem Sauwetter würde erst recht keine Streife unterwegs sein. Schuttner steuerte den Wagen über die Mitte der Straße. Die matten Straßenlaternen lieferten kaum zusätzliches Licht. Der weiße Mittelstreifen half seinem getrübten Blick bei der Orientierung in der Dunkelheit. Der Tacho zeigte dreißig Stundenkilometer, als er den Dorfplatz mit der Kirche St. Blasius erreichte. Schuttner nahm etwas Seltsames mitten auf dem Weg wahr, als sei ein leuchtender Ballon auf der Straße verlorengegangen. Ein gelbes, warmes Leuchten, ein Kontrapunkt zur dunklen Nacht. So groß wie ein Hund, vielleicht größer.

Es machte einen Schritt nach vorn.

Schuttner trat voll auf die Bremse, das Auto quietschte. Er erwartete den Aufprall, aber der Wagen blieb rechtzeitig stehen. Sein Herz schlug schneller, er spürte die Nervosität aufsteigen. Seine Handflächen wurden feucht. Das Leuchten war noch da. Schuttner hatte keine Ahnung, was er tun sollte. Es stand reglos vor ihm. Der Scheibenwischer bewegte sich rastlos von links nach rechts, dennoch verhinderte der starke Regen, dass Schuttner die Erscheinung identifizieren konnte. Er schaltete die Scheinwerfer aus, weil er an eine Spiegelung in einer Pfütze glaubte, und starrte angestrengt hinaus. Doch das Leuchten blieb, es schien sogar an Kraft zu gewinnen.

Die äußere Form hatte etwas Vertrautes. Er suchte nach der passenden Erinnerung, wollte sich konzentrieren, aber sein Kopf spielte nicht mit. Kein Gedanke blieb lange genug, damit er ihn zu Ende denken konnte. Der Alkohol erstickte jede Idee. Das Hin und Her des Scheibenwischers machte ihn nervös. Seine Augen folgten der stetigen Bewegung. Das Karussell in seinem Kopf drehte sich schneller und schneller, und er begann zu schwitzen. Er verriegelte die Autotüren von innen. Was immer es war: Es stand unbeeindruckt auf dem Mittelstreifen und leuchtete. Schuttner spürte, wie sich seine Augen weiteten, während er sein Gegenüber fixierte. Er zitterte. Er war sogar bereit, die Polizei zu rufen. Plötzlich bewegte es sich. Langsam. Wie ein träges Tier, das er aus dem Schlaf geweckt hatte. Auf vier Beinen stapfte ihm das Leuchten entgegen. Nur fünf Schritte trennten die beiden noch. Schuttner hatte Angst und suchte den Rückwärtsgang. Er starrte in den dunklen Regen, doch sein Gehirn fand kein Wort für das, was die Augen vermittelten. Noch drei Schritte. Der Fuß war bereit, das Gaspedal durchzutreten.

Das Leuchten war weniger aufgeregt als er. Es trottete weiter vorwärts und schaute durch das Autofenster. Schuttner sah in das ausdruckslose Gesicht eines Schafes, eines leuchtenden Schafes. Zumindest glaubte er das. Der Schweiß stand auf seiner Stirn. Er bekreuzigte sich, gab Gas, setzte zurück, schaltete und raste am Schaf vorbei die Dorfstraße hinunter. Ein Mann sprang vom Bürgersteig in einen Hauseingang. Der Wagen schrammte an einer Hauswand entlang und kam einer Mauer bedrohlich nah.

Als Schuttner zu Hause war, zitterte er noch immer. Er stieg aus, betete zur Jungfrau Maria und entsagte dem Alkohol.

II

Johannes Wittjer fluchte laut. Über seine eigene Dummheit, wegen der er jetzt durch den Regen laufen musste. Und über das Auto, das ihn gerade fast überfahren hätte. Ein VW Golf ohne Licht. Er musste ausweichen und trat dabei in eine tiefe Pfütze. Er spürte das Wasser im rechten Schuh. Wenn er noch eine Viertelstunde länger suchen müsste, wäre er völlig durchnässt. Es sollte in dieser Dunkelheit doch nicht schwerfallen, das Tier zu finden, bevor es für Aufsehen sorgte.

Wittjer bog um die Ecke von der Blasiusstraße auf den Platz im Zentrum des Ortes. Er hatte Glück. Das Schaf stand vor der alten Kirche St. Blasius und fraß das wenige Gras, das der Dorfplatz zu bieten hatte. Es leuchtete in einem warmen Gelb, eine freundliche Farbe, die ein bisschen ins Blau ging und mit den Sandsteinen der Kirche harmonierte. Der kalte Regen konnte diese Energie nicht auslöschen, so wie auch Quallen ständig leuchteten, obwohl sie von Meerwasser umgeben waren. Wittjer legte eine schwarze Decke über das Tier und brachte den Ausreißer zurück. Das Schaf wehrte sich nicht und trottete neben ihm her. Wittjer wollte das Tier erst zurück in den Stall in seinem Garten führen, doch dann band er es direkt auf dem Pferdeanhänger fest. Das Schaf musste weg. Er verriegelte die Heckklappe und zog die Plane herunter, damit das schummerige Licht nicht nach außen dringen konnte. Seine Existenz stand auf dem Spiel.

Er wählte Henrikes Telefonnummer. Ihre Stimme klang müde. »Es ist zwei Uhr. Was willst du?«

»Ich bringe das Schaf zurück.«

»Das musst du mir mitten in der Nacht sagen?«

»Ich bringe es sofort. Es ist abgehauen, ich habe die Stalltür nicht ordentlich geschlossen.«

»Oh Gott. Hat es jemand gesehen?«

»Ich weiß nicht. Vielleicht der besoffene Heinz, er hätte mich fast umgefahren.«

»Heinz, der Sohn von der Gärtnerei? So voll wie der immer ist, wird er sich nicht erinnern.«

»Hoffentlich. Vielleicht haben wir Glück gehabt.«

»Wir? Es sind deine Schafe. Das habe ich immer gesagt.«

»Nun tu nicht so, du hängst mit drin.« Wittjer wollte nicht länger reden. »Bis gleich. Ich fahre jetzt los.«

Er suchte den Autoschlüssel, warf sich eine trockene Jacke über und machte sich auf den Weg. Der heftige Regen hatte aufgehört, aber Wittjers rechter Schuh war noch immer nass. Jeder Tritt auf das Gaspedal glich der Berührung eines Schwammes. Er drehte die Heizung im Fußraum hoch. Erst nach einer Viertelstunde spürte er die Wärme in den Füßen. Als er den Kölner Autobahnring erreichte, hielt er sich an das Tempolimit. Er wollte nicht auffallen, nachts mit einem Pferdeanhänger und mit dieser Fracht. Für die Fahrt nach Nideggen brauchte er fast neunzig Minuten.

Henrike hatte ein altes Bauernhaus in der Eifel gekauft. Sie war kein Stadtmensch wie er, obwohl sie ein paar Jahre gemeinsam in Düsseldorf gewohnt hatten. Nach dem Tod seiner Mutter hatte er ihr angeboten, in sein Haus in Hamm einzuziehen. Die erste Etage ließ sich mit wenig Aufwand in eine abgetrennte Wohnung verwandeln. Henrike hätte sogar eine eigene Terrasse auf dem Dach der Garage mit Blick auf den Rhein bekommen, doch sie hatte abgelehnt. Sie wollte zurück aufs Land und morgens das Knacken und Rauschen der Eichen hören und nicht die rappelnde S-Bahn, die sich um fünf Uhr auf den Weg nach Köln oder Mönchengladbach machte.

Wittjer verpasste auf der Straße nach Nideggen in der Dunkelheit fast den Feldweg, der zu Henrike führte. Er setzte den Blinker und fuhr langsamer, damit der Anhänger auf dem holprigen Weg nicht zu stark hüpfte. Dem Schaf sollte es nicht schlecht ergehen. Zehn Minuten später sah er das Haus. Ein kleines, gedrungenes Gebäude von 1895, dessen Sockel aus Eifel-Sandstein gemauert war. Dunkelblaue Holzläden rahmten die Fenster ein und hoben sich von der weißgetünchten Fassade ab. Aus den beiden Fenstern links neben der Eingangstür, die zur Küche gehörten, drang Licht. Wittjer kannte sich aus und fuhr am Gebäude vorbei zur hinteren Scheune, an der ein hoher Holzzaun begann, der bis zum Dach des Stallgebäudes reichte und den Blick von der Straße auf die Wiese verdeckte.

Der Wagen kam vor einer Metalltür im Zaun zum Stehen. Wittjer stieg aus und öffnete den Anhänger. Das Schaf stakste bereitwillig hinaus. Es wartete, bis Wittjer den Zugang zur Weide geöffnet hatte und lief blökend zu seinen Artgenossen. Wittjer war erstaunt, mit welcher Euphorie die Schafe sich begrüßten. So lautstark, als ob sie nicht mit einem Wiedersehen gerechnet hätten. Ihre leuchtenden Körper bewegten sich aufeinander zu. Im Dunkel der Nacht fiel auf, wie unterschiedlich hell die Tiere wirkten.

Wittjer schob den Riegel der Metalltür vor und ging über den matschigen Hof.

Henrike kam ihm im hellen Bademantel entgegen und begrüßte ihn mit einer Umarmung. »Komm rein. Ich habe Kaffee gekocht oder möchtest du lieber Bier?«, fragte sie.

Sie trug die schwarzen Haare offen, ihre Füße steckten in grünen Gummistiefeln. Ein lustiges Bild. Wittjers Laune besserte sich. Henrike konnte sich binnen einer Viertelstunde in Frau Professorin Löning verwandeln. Sie zwirbelte ein paar Strähnen ihrer langen schwarzen Haare ein, bis sie sie hochstecken konnte. Das Ergebnis sah täglich anders aus, wirkte ein bisschen frech und lenkte von ihrem Alter ab. Trotz der blassen Gesichtsfarbe schminkte sie sich nur dezent. Sie mochte den Kontrast zwischen heller Haut und dunklen Haaren. Im Übrigen erwarteten die Studenten von einer Biologieprofessorin eine gewisse Natürlichkeit, selbst wenn diese wegen ihrer genialen Fähigkeiten schon mit zweiunddreißig Jahren den Posten einer Direktorin am Max-Planck-Institut übernommen hatte. Aber jetzt, mitten in der Nacht, gefiel Wittjer Henrike mit Bademantel und Gummistiefeln besser.

Sie saßen in der Küche, wie sie es oft in ihrer gemeinsamen Studienzeit in Düsseldorf getan hatten. Acht Semester Biologie, zwei Jahre Molekulargenetik. Dabei hatten sie Freundschaft geschlossen, nicht wie jetzt beim Kaffee, sondern meistens mit Bier den Stress und den Frust des Studiums ertränkt oder gefeiert. Henrike und er konnten nächtelang reden. Ihm gefiel ihre ehrliche Art. Sie war ehrgeiziger, vielleicht sogar intelligenter als er. Henrike war eine Spezialistin für Gentechnik. Die Schafe waren nur ein Hobby, das er ihr aufgedrängt hatte. Henrike besaß einen grünen Daumen für die Veränderung von Pflanzen. Binnen drei Jahren hatte sie es bis zur Professur gebracht. Henrike vermochte aber auch das Leben zu genießen. Eine seltene Kombination. Die meisten Wissenschaftler hatten diese Fähigkeit verloren, falls sie sie je besessen hatten.

»Ich habe dir gesagt, dass es zu gefährlich ist, eines der Schafe mit in die Stadt zu nehmen.«

Henrike hatte meistens recht, wenn sie ihn kritisierte. Er suchte gern ihren Rat, doch diesmal klang ihre Stimme ernst.

»Was willst du jetzt tun?«, fragte sie.

»Ich fahre zurück und sitze ab zehn Uhr im Büro, wie immer.«

In seinen Ohren klang das nach einem guten Plan. Jetzt, wo das Schaf wieder zurück in der Eifel war, konnte nichts mehr passieren.

Henrike wusste nicht, ob sie diese Gelassenheit bewundern sollte oder kaum ertragen konnte.

»Ich könnte meinen Job verlieren und du deine ganze Firma. Wegen deiner Eitelkeit. Zünde Kerzen an, wenn es nachts in deinem Garten leuchten soll. Das machen alle anderen auch so.«

Kerzen sind doof, dachte Wittjer, blieb aber lieber stumm und schenkte sich Kaffee nach. »Soweit wird es nicht kommen«, sagte er. »Und wäre es denn so schlimm, wenn du deinen Job verlierst? Du machst dir doch was vor.«

Wut verdrängte die Müdigkeit aus Henrikes Gesicht. Das Klima am Max-Planck-Institut hatte sich verändert. Sie hatte in den vergangenen Monaten an der Universität und im Institut einige Rückschläge hinnehmen müssen.

»Vielleicht«, sagte sie. »Es sieht so aus, als ob die Uni mein Praktikum aus dem Lehrplan nimmt. Die Landesregierung hat die Mittel gestrichen. Sie will nicht, dass Pflanzen gentechnisch verändert werden, noch nicht einmal für Forschungszwecke.«

»Das hast du mir noch gar nicht erzählt«, sagte Wittjer.

»Ich habe es erst heute erfahren. Die endgültige Entscheidung soll nächste Woche fallen.«

Wittjer bereute, dass er sich für Kaffee und nicht für Bier entschieden hatte. Die alte Wanduhr neben dem Küchenschrank schlug viermal. Er wusste, wie er Henrike aufmuntern konnte.

»Den Geranien, die du entwickelt hast, geht es gut. Sie haben noch mehr Blätter als letztes Jahr. Die ganze Wand neben meiner Terrasse ist ein üppiges Grün.«

Henrike freute sich. »Ich habe immer daran geglaubt, dass die Gene aus der Haschisch-Pflanze gut in der Geranie aufgehoben sind.«

Geranien waren ein dankbares Studienobjekt für ihre Idee. Die Blumen hatten mit Hanf nur wenig gemeinsam, aber ihre DNA ließ sich leicht verändern. Henrike hatte zwei Jahre an der Veränderung der Pflanzen gearbeitet. Das üppige Wachstum der Blumen bestätigte, dass ihr Konzept aufgegangen war.

»Wie war denn die erste Ernte?«, fragte sie.

»Sehr gut. Dennis hat aus den Blättern dreihundertfünfzig Gramm Hasch gewonnen.«

Henrike nickte anerkennend. Ihr Studienkollege kannte sich mit Haschisch aus. Dennis Wolters hatte zwei Jahre in ihrer WG gewohnt, und sie war noch heute stolz, dass sie nicht angefangen hatte zu kiffen.

»Wie ist die Qualität? Was hat Dennis gesagt?«, fragte sie.

»Er war voll des Lobes. Begeistert. Sehr sauber, besser als der Stoff aus den Cannabispflanzen.«

Henrike lachte. »Aber sie blühen immer noch nicht?«

»Keine einzige Blüte, nicht einmal eine Knospe. Die Nachbarin lästert schon überall im Dorf über mich. Aber ich kann ihr kaum die Wahrheit sagen.«

»Lass sie doch lästern«, sagte Henrike und stand auf. »Willst du die neuen Pflanzen noch sehen, bevor du fährst? In meinem Gewächshaus steht schon die nächste Generation. Sie entwickelt etwas größere Blätter.«

III

Die Rückfahrt ging schneller. Wittjer war nicht mehr so aufgeregt, und die dunklen Wolken hatten sich verzogen. Henrike tat ihm leid. Sie hatte die Aussicht auf eine große Karriere gehabt. Sie hatte Gene in Kartoffeln eingeschleust, die Impfstoffe gegen Cholera und Hepatitis B herstellen konnten. Dank ihrer Hilfe produzierten Möhren heute ein Medikament gegen die bisher unheilbare Gaucher-Krankheit. Doch die Ergebnisse ihrer Forschung waren nichts mehr wert. Gentechnik wurde in Deutschland nicht akzeptiert. Wittjer wusste nicht, was genau falsch gelaufen war. Auf jeden Fall war der Widerstand gewachsen, und die Politik hatte reagiert. Zwei Stellen für Henrikes Mitarbeiter waren nicht verlängert worden. Der Fachbereichsrat wollte sogar die Genetik-Vorlesung aus dem Vorlesungsverzeichnis streichen. Um sich zu beschäftigen, hatte Henrike das Hasch-Gen in die Geranien eingebaut. Während Wittjer darüber nachdachte, was in den vergangenen Jahren passiert war, hatte er schon die Düsseldorfer Südbrücke erreicht.

Die Sonne kletterte langsam über den Horizont und warf die ersten Lichtstrahlen auf den Rhein. Hamm erwachte gerade erst, als er durch den Ort fuhr. Die meisten Fenster in den Reihenhäusern an der Dorfstraße waren noch dunkel. Hinter der Kirche fuhr er rechts in die Opfergasse, die breiter war, als es der Name vermuten ließ und von Glasfronten gesäumt wurde. Diese Gewächshäuser begründeten den Wohlstand der alteingesessenen Familien in Hamm. Früher war das Stadtviertel mit den fruchtbaren Rheinauen die Gemüsekammer Düsseldorfs gewesen. Heute wuchsen auf den Feldern überwiegend Topfblumen, die aber nicht weniger Ertrag lieferten.

Wittjer bog links ab und parkte wenig später in der Einfahrt vor seiner Haustür. An der Wand zum Nachbargrundstück hingen Blumenkästen, in denen Geranien üppig wucherten. Das rot verklinkerte Gebäude stand auf einem lang gezogenen Grundstück, dessen Ende direkt an den Bahndamm grenzte. Es war seit fünf Generationen im Familienbesitz. Wilhelm Wittjer hatte es erbaut. Er verdiente sein Geld nicht mit Gemüse, sondern gründete die Grundschule, deren Rektor er viele Jahre blieb, und in der viel später auch Johannes Wittjer und seine vier Jahre jüngere Schwester Charlotte lesen, schreiben und rechnen gelernt hatten.

Neben dem Pfarrer war Wilhelm Wittjer der einzige Akademiker in Hamm gewesen und genoss deshalb hohes Ansehen. Er durfte sogar an den Planungen des Wohnhauses mitwirken, das die Gemüsebauern dem Rektor schenkten, damit er nicht in die Stadt zog. Zur Erinnerung an seine Heimat drängte Wilhelm auf eine Fassade, die den Stil holländischer Häuser imitierte. Deshalb verfügte das Gebäude über ein stattliches Wohnzimmer mit großen Fenstern, die zum Blick über die Terrasse auf den lang gestreckten Garten einluden. An dessen Ende erhob sich hinter den Obstbäumen ein sechs Meter hoher Wall, aufgeschichtet aus Stein und Lehm. Oben rappelten im Zehn-Minuten-Takt die Züge auf der Bahntrasse nach Neuss oder Mönchengladbach. Unten saß die Familie Wittjer auf der kleinen, aber sonnigen Terrasse sonntags am Kaffeetisch.

Seit 1870 gehörte das Rattern der Züge zur Familientradition der Wittjers. Damals hatte die Bergisch-Märkische Eisenbahn-Gesellschaft bei Stromkilometer 738 eine Eisenbahnbrücke über den Rhein errichtet und den Garten der Familie dem Verkehrslärm preisgegeben, der niemals wieder verstummen sollte. Aber ihr Haus besaß durchaus Charme, war stets in einem guten Zustand und lag nah am Rhein. Deshalb beschlossen die Wittjers nicht wegzuziehen, sondern den Lärm als Bestandteil ihres Lebens zu akzeptieren. »Es ist nicht die stärkste Spezies, die überlebt, sondern diejenige, die am ehesten bereit ist, sich anzupassen«, befand Johannes Wittjers Großvater, der gern auf Zitate von Charles Darwin zurückgriff.

Bildung spielte in der Familie Wittjer immer eine große Rolle. Zwar entwickelte sich das Leben in Hamm beschaulicher als im hektischen Düsseldorf, aber der Glaube an den Fortschritt gehörte zur Familienphilosophie wie der sonntägliche Kirchgang. »Wenn der Fortschritt Vorteile für die Menschheit bringt, muss man über die Nachteile hinwegschauen«, sagte der Großvater. Dieser Satz prägte auch Johannes Wittjer und sein Verständnis von den neuen Entwicklungen in der Biologie, die das Fach binnen zwei Jahrzehnten komplett umgewälzt hatten: die Entschlüsselung des Erbguts von Menschen, Tieren und Pflanzen und die möglichen Manipulationen, um die DNA zu ergänzen und ihre Schwächen auszugleichen. Diese Revolution war so gewaltig, dass Johannes Wittjer manchmal den Wunsch verspürte, wenigstens seine Heimat möge so bleiben, wie sie gewesen war.

Wenn Hamm für viele seiner Bewohner eine Ruhezone zwischen Feldern und Gewächshäusern bedeutete, hatte Johannes Wittjer andere Erinnerungen an seine Kindheit: Ein Moment der Ruhe dauerte für ihn höchstens zehn Minuten. Er besaß keine Holzeisenbahn, aber ein gestörtes Verhältnis zu Jim Knopf, dem Lokomotivführer von Lummerland. Als er siebzehn war, lockte er seine erste Freundin nach einer Flasche Wodka am Rhein nachts in den Geräteschuppen, der etwas verborgen auf dem Grundstück stand. Er hatte eine breite Luftmatratze aufgeblasen und Susi schon die Bluse ausgezogen, als erst zwei Personenzüge schepperten und dann ein Güterzug mit quietschenden Bremsen auf dem Bahndamm stehen blieb. Susi stand auf und ging. Sie murmelte etwas von fehlender Romantik und von Bahnhofshalle. Drei Wochen später war sie mit dem Sohn eines Gärtners zusammen, der sie auf einem Blumenteppich zwischen Stiefmütterchen und Semperflorens entjungferte.

Wittjers Vater Bernd war ein Sonderling. Er verzichtete auf ein Studium und bevorzugte das Werk seiner Hände. Außerdem entwickelte er seine eigene Art, mit dem Krach umzugehen. Er konnte das Ziel jedes Zuges benennen, der am Haus vorbeidonnerte. Johannes fehlte diese Fähigkeit, er strebte auch nicht danach, weil eine vorbestimmte Abfolge von Ereignissen nicht der Fahrplan seines Lebens werden sollte. Für ihn war es ein Ansporn, mehr aus der eigenen Existenz zu machen. Er wollte nicht in dieser Art abstumpfen und sein Wissen auf Dinge beschränken, die andere im Kursbuch der Bahn nachlesen konnten. Im Alter von zwanzig Jahren musste Johannes den Fahrplan selbst nachschlagen, denn sein Vater war zehn Meter tief von einem Baugerüst gestürzt und kehrte an einem regnerischen Mittwoch nicht mehr von der Arbeit zurück.

Die meisten Städte, die sein Vater im Stil einer Bahnhofsdurchsage ankündigte, kannte die Familie nur vom Fahrplan, denn das Gehalt eines einfachen Handwerkers reichte nicht für weite Reisen. Der Vater bestritt jedoch, überhaupt Sehnsucht nach der Ferne zu besitzen. Wenn der Sommer warm wurde, ging er zum Baden an den Rhein, wie es sein Vater und der Großvater schon gemacht hatten. Er schwamm zu den tief im Wasser liegenden Schiffen, ließ sich ein Stück flussaufwärts mitnehmen, bis der Kapitän schimpfte oder ein Maat mit der Stange nach den Fingern schlug, mit denen er sich an die Schiffsreling klammerte. Dann ließ er sich von der Strömung zurücktreiben. Oder er faulenzte in der Sonne und scherzte mit den Frauen am schmalen Sandstrand, den der Rhein in Hamm freigab, wenn der Pegel des Flusses nicht allzu hoch stand. Am Mittelmeer könnten die Strände nicht besser sein, befand sein Vater und klang dabei nicht verlegen, sondern von ganzem Herzen überzeugt. Außerdem könne man rasch von zu Hause noch Bier und Kuchen zum Strand holen, wenn einem danach war.

Und als im Winter 1962/63 der Rhein zugefroren war und sein Vater fast täglich mit Gleitschuhen nach der Arbeit bis zur Düsseldorfer Altstadt schlidderte, war er sicher, dass dieser Genuss jedem Skiurlaub überlegen sei. Sein Vater konnte von diesen Momenten sein Leben lang zehren und erzählte noch Jahre später davon, als sei es gestern gewesen.

Für Johannes Wittjer gab es keine Generationengerechtigkeit. Seine Vorfahren hatten mit der dicken Eisschicht auf dem Rhein noch ihren Spaß gehabt. In seinem Leben würde der Fluss nicht mehr zufrieren. Selbst wenn sich der Treibhauseffekt als Lüge erweisen sollte. Kraftwerke und Kläranlagen heizten den Rhein zu sehr auf, indem sie das aufgewärmte Kühlwasser in den Fluss zurückpumpten. Auch das Baden war ihm nicht vergönnt, denn er lernte in der Schule, dass von der Strömung Lebensgefahr ausging. Eines der Nachbarkinder, das er seit Kindergartentagen kannte, war mit dreizehn tatsächlich im Fluss ertrunken und die Leiche erst in Emmerich gefunden worden. Ihm fehlten die tollen Geschichten, die die Welt seines Vaters ausgemacht hatten.

Johannes Wittjers Leben musste also anders verlaufen als das seiner Vorfahren. Vielleicht lag hier der Grund, warum ihm im Unterschied zum Rest der Familie die Sehnsucht nach der Ferne ergriff und er nach dem Studium drei Jahre in den USA lebte. Sicher war Hamm seine Heimat, aber er benutzte den Begriff anders als seine Eltern und anders als die meisten seiner Schulkameraden, die noch heute in den Häusern ihrer Eltern wohnten und abends im Dorfkrug ihr Altbier tranken.

Nach seiner plötzlichen Rückkehr aus den USA hatte er sich entschieden, in Europa zu leben, und mehrere Angebote aus Amerika abgelehnt. Er wollte mit seinem Wissen über das menschliche Erbgut in Deutschland Geld verdienen. Seine Mutter war gestorben, als er nach seiner Doktorarbeit für ein Forschungsstipendium in Rockville an der amerikanischen Westküste gewesen war. Die betrübliche Nachricht erreichte ihn per Telefon im Winter, und weil ein heftiger Schneesturm alle Flughäfen in Maryland lahmgelegt hatte, konnte er erst sechs Tage nach ihrem Tod nach Deutschland reisen. Henrike und seine Schwester Charlotte hatten sich um die Details gekümmert, die nicht vom Schützenverein erledigt wurden. Es zählte zu den Annehmlichkeiten eines Dorfes, dass die Nachbarschaft bei Todesfällen den Angehörigen half. In Hamm gehörte der einzige Bestatter zum Chor, Schützen- und Sportverein und war damit immer zur Stelle.

Johannes Wittjer wollte das Haus verkaufen, weil seine Schwester kein Interesse mehr daran hatte. Ihr war das Erbe ausgezahlt worden, als sie einen Schulkameraden geheiratet hatte. Sie führte jetzt den Haushalt einer Großfamilie und eine der größten Gärtnereien in Hamm. Die Verträge zum Verkauf waren bereits geschrieben, aber am Abend vor der Unterschrift verließ Wittjer der Mut. Er saß mit Henrike und zwei Flaschen Rotwein am Rhein und konnte keinen anderen Ort nennen, an dem er wohnen wollte. Er kehrte nie mehr nach Rockville zurück, obwohl er dort erfolgreich gewesen war. Denn hier, in dem roten Haus mit seiner besonderen Geräuschkulisse, war jeder Stein mit Erinnerungen getränkt. Hier war aus dem Erbgut der Eltern seine persönliche Variante der DNA entstanden, die einmalig war und ihn als Mensch prägte. Also richtete er sich in Hamm ein, renovierte das Bad und die Küche und gab viel Geld für schalldichte Fenster aus.

Donnerstag

IV

Wittjer fuhr zu seinem Büro in der Heinrich-Heine-Allee fast immer mit der U-Bahn. Er tat das aus reiner Gewohnheit, so hatte er schon den Schulweg zurückgelegt, wenn er nicht mit dem Fahrrad gefahren war. Am Bilker Bahnhof musste er umsteigen. Während es in Hamm ruhig und beschaulich zuging, tauchte er hier jeden Morgen in den Alltag der Großstadt ein.

Pünktlich um zehn Uhr schloss Wittjer die Tür zu seinem Büro im achten Stock des Wilhelm-Marx-Hauses auf. Er hängte die Jacke auf einen Bügel am Kleiderständer neben der Theke, die den Eingangsraum dominierte. Jeder Besucher erwartete hinter dem weißen Möbelstück eine Sekretärin. Früher war dieser Raum gewiss das Reich einer Empfangsdame mit strengem Gesicht und steifer weißer Bluse gewesen. Aber Wittjer verzichtete auf zusätzliche Mitarbeiter im Büro. Er witterte darin nur das Risiko, dass Firmengeheimnisse an die Öffentlichkeit gerieten. Telefonate ins Büro landeten direkt auf seinem Mobiltelefon. Die deckenhohen Aktenschränke waren leer, denn die wenigen Dokumente, die es von seiner Firma gab, wurden digital in einer doppelt geschützten Datenbank gespeichert. Doch weil Menschen üblicherweise Sekretärinnen mochten, hielt Wittjer wenigstens den Schein aufrecht und verteilte jeden Morgen ein paar Akten auf dem Schreibtisch hinter der Theke und schlug den Tischkalender um, damit Besucher der fiktiven Mitarbeiterin keine Schlampigkeit vorwerfen konnten. Manchmal brachte er sogar Blumen mit.

Wittjer hatte diese Kanzlei gewählt, weil das Wilhelm-Marx-Haus zwar noch einen altmodischen Paternoster besaß, aber gleichzeitig über ein hochwertiges Glasfasernetz verfügte. Schnelle Datenübertragung war für ihn wichtiger als die attraktive Adresse in der Düsseldorfer Innenstadt, die seine Visitenkarte schmückte. Der massive Backsteinbau am Rande der Altstadt faszinierte Wittjer schon lange. Der Architekt Wilhelm Kreis, Professor an der Kunstakademie, hatte ein Symbol für wirtschaftlichen Aufschwung und Fortschritt errichtet, das den Luftangriffen im Zweiten Weltkrieg besser standgehalten hatte als manche Kirche.

Das Gebäude trug den Namen des Düsseldorfer Oberbürgermeisters Wilhelm Marx. Wittjer und er waren Brüder im Geiste, dessen war Wittjer sich sicher, denn auch er würde die Welt in moderne Zeiten führen. Wilhelm Marx galt als Visionär. Er holte mehr Behörden, gute Schulen und das Oberlandesgericht nach Düsseldorf und entwickelte die Stadt damit zu einer Verwaltungsstadt, zum Schreibtisch des Ruhrgebiets, während vierzig Kilometer weiter die Stadtoberen noch ein Loblied auf Kohle und Stahl sangen.

Schließlich gab es einen weiteren Grund, warum Wittjer die Kanzlei sofort übernommen hatte und den Makler erst nach der Höhe der Miete fragte, als er bereits die Unterschrift unter dem Vertrag geleistet hatte: die große Uhr an der Hauswand, deren beleuchtete weiße Zeiger weithin zu erkennen waren und die sich direkt vor seinen Fenstern bewegten. Als Mieter im achten Stock war er der Hüter des Uhrwerks, das in einem großen Wandschrank eingelassen war, den er dienstags und freitags öffnete, obwohl er die Funktion der Uhr mangels Wissens nicht kontrollieren konnte, sich aber am Anblick der robusten Technik euphorisieren durfte. In wenigen Momenten würde der Minutenzeiger wieder am Fenster seines Büros erscheinen und zwanzig Minuten daran hochlaufen, bis er auf dem Weg zum nächsten Fenster zunächst aus seinem Blickfeld entschwand.

Kein Zweifel, die drei Räume der Kanzlei waren viel zu groß für ihn. Er hatte den größten davon für seinen Schreibtisch ausgewählt und dort zusätzlich einen Besprechungstisch mit acht Stühlen platziert, damit er sich nicht so verloren vorkam. An den Wänden hingen Bilder von Studenten der Düsseldorfer Kunstakademie. Die meisten hatte er nicht gekauft, sondern nur geliehen. Wittjer mochte die Mischung verschiedener Stile und Materialien. Ein Künstler hatte einen zertrümmerten Laptop auf eine Leinwand geklebt und darauf eine Blumenwiese gemalt. Die Bilder schenkten dem Raum eine intellektuelle Atmosphäre. Viele seiner Kunden fragten nach den Namen der Künstler. Wittjer antwortete mit einer hübsch erdachten Geschichte, die seine Gäste angemessen beeindruckte. Er verstand nichts von Kunst, hatte aber bemerkt, dass Kunst den Zugang zu manchen Menschen erleichterte.

Im antiken Schrank in der Ecke verbarg sich eine Bar, auf dem Aktenregal thronte ein moderner Kaffeeautomat, der allen Ansprüchen seiner Gesprächspartner gerecht wurde. Er fütterte die Maschine mit frisch gerösteten Kaffeebohnen einer italienischen Sorte und drückte die Taste für doppelten Espresso. Fauchend trat aus dem Metallrohr eine schwarze Flüssigkeit aus, mit der Wittjer den fehlenden Schlaf nach der ereignisreichen Nacht kompensieren wollte.

Das einzige Möbelstück, zu dem Wittjer eine noch engere Beziehung als zum Kaffeeautomaten hatte, stand auf einem schlichten Tisch direkt vor dem letzten der drei Fenster des Raumes: ein großes Aquarium mit einem Fisch in Neongelb. Die Farbe war so grell wie in einem Gemälde von Vincent van Gogh. Wittjer mochte Fische, nicht ungewöhnlich für einen Menschen, der am Rhein groß geworden war. Er streute eine Prise Futter ins Wasser.

Wittjer stellte den Espresso auf den Schreibtisch und fuhr den Computer hoch. Er musste zwei Passwörter eingeben, eines davon lieferte die Sicherheitssoftware auf seinem Handy alle fünf Minuten neu. Auf dem Bildschirm erschienen einige Statusmeldungen. Die Gendatenbank hatte 15.254 neue Einträge generiert und das genetische Profil von 1.688 Menschen gesammelt. Ein durchschnittlicher Wert. Die Datenbank schnüffelte Tag für Tag in Tausenden Großrechnern und saugte die Ergebnisse von DNA-Analysen ein. Bald würde sie mehr als zwanzig Millionen Einträge haben.

Wittjer trank gern und viel Kaffee. Er profitierte von seinem Erbgut. Denn seine DNA besaß zwei Kopien der Genvariante CYP1A2. Deshalb konnte sein Körper Koffein viel schneller abbauen als Kaffeetrinker mit einer in dieser Beziehung schlechteren Gen-Ausstattung. Er hatte sogar ein um ein Fünftel niedrigeres Herzinfarktrisiko, während bei anderen Menschen zwei bis drei Tassen Kaffee pro Tag als gesundheitsgefährdend galten. Das war der

Grund, warum wissenschaftliche Studien über die Folgen des Kaffeetrinkens in den letzten Jahrzehnten so unterschiedliche Ergebnisse lieferten.

Wittjer nippte an seinem Espresso und wollte gerade mit Henrike telefonieren, doch ein Anrufer kam ihm zuvor. »Hallo Walter«, sagte Wittjer, »lange nichts von dir gehört. Hattest du Urlaub?«

»Red du nur«, antwortete Karnatsch, der nicht plaudern wollte und deshalb mit dienstlicher Stimme sprach, die den typischen genervten Unterton trug.

Wittjer kannte Walter Karnatsch schon seit acht Jahren. Karnatsch war Polizist, zuständig für Mord und seltsame Kriminalfälle. Sie hatten sich bei der Fortuna kennengelernt, nach einem verlorenen Fußballspiel in der Altstadt. Karnatsch hatte ihn damals ins »Himmelreich« geschleppt. Der Name der Kneipe war gewiss nicht vom Naturell ihrer Besucher abgeleitet worden. Das Halbdunkel des langgezogenen Raumes war ein Refugium für Alt-Rocker und gestandene Männer. Das »Himmelreich« ignorierte die Charts und setzte auf eine gleichmäßige Mischung aus britischem und amerikanischem Rock, die an den Spieltagen der Fortuna von Fan-Gesängen unterbrochen wurde. Karnatsch mochte das, und Wittjer hatte rasch Gefallen daran gefunden.

»Ich hab was für dich, du musst mal wieder für mich arbeiten. Wir haben heute Morgen eine Leiche gefunden. Sie lag neben dem Kunstmuseum in einem Busch am Eingang zum Hofgarten. Eine Frau, ihr wurde der Kopf abgetrennt.«

Wittjer konnte aus seinem Fenster in den großen Park in der Innenstadt schauen. Weiter hinten war zwischen den Bäumen das Blaulicht der Einsatzfahrzeuge der Polizei gut zu erkennen. Offensichtlich hatten sie die Straße gesperrt, denn unten in der Heinrich-Heine-Allee staute sich der Verkehr.

»Ich bin kein Chirurg, da kann ich nichts machen«, sagte er.

»Mach keine Witze. Es sieht grässlich aus. Aber wir haben eine Spur: Sperma. Sie ist vergewaltigt worden. Ich schicke dir morgen eine Probe mit einem Fahrradkurier.«

»Wer hat Dienst bei der Spurensicherung?«

»Becker. Der macht dir die DNA-Probe fertig.«

»Becker. Das ist gut. Ich kann die Probe auch abholen«, sagte Wittjer. »Weißt du schon mehr über den Täter?«

»Nicht viel. Die Frau ist sechsundzwanzig, wollte joggen. Sie ist schon länger tot. Die Stelle, wo wir sie gefunden haben, ist schlecht einsehbar. Brauchbare Zeugen haben wir noch nicht.«

Mehr gab es nicht zu sagen. Karnatsch beendete das Gespräch, Wittjer rührte lustlos in seinem Espresso. Solche Aufträge bekam er häufiger, aber sie führten bei ihm regelmäßig zu schlechter Laune. Meistens erfüllte er Karnatschs Erwartungen und fand in der DNA einen entscheidenden Hinweis. Was ihn beschäftigte, war etwas anderes: Musste die Gesellschaft diese Gewalt ertragen? Warum konnte man einen Mörder erst erkennen, wenn er seine Tat begangen hatte?

V

Eine Stunde später klingelte es an der Tür. Seine Gäste waren pünktlich. Wolfgang Schmitz und Heinz Mehl, Manager und Trainer von Fortuna Düsseldorf, betraten schwungvoll die Kanzlei. Wittjer begrüßte sie mit festem Handschlag und entschuldigte das Fehlen der Sekretärin, die heute frei habe. Er führte sie in den großen Raum und bot zwei Stühle mit Blick aus dem Fenster an. Mehl setzte sich im Trainingsanzug gleich an das Ende des Tisches. Schmitz hängte seine Anzugsjacke über die Stuhllehne.

»Von unten sieht man gar nicht, wie groß die Uhr wirklich ist.«

Er zeigte mit der Hand auf den weißen Zeiger. Es war Viertel vor elf. Der Minutenzeiger der Uhr stand quer vor dem Fenster.

»Der große Zeiger misst vier Meter fünfzehn, der kleine eineinhalb Meter. Aber den kann man gerade nicht sehen. Das dauert noch bis acht Uhr. Wenn Sie wollen, zeige ich Ihnen auch das Uhrwerk«, antwortete Wittjer.

»Dazu haben wir wohl keine Zeit.« Mehl hatte sich in das Gespräch eingemischt. Er fühlte sich unwohl und hielt damit nicht hinter dem Berg. »Ich weiß immer noch nicht, warum wir heute hier sind.«

»Herr Mehl, das werde ich Ihnen gern erklären. Ich möchte Ihnen helfen. Ich möchte der Fortuna helfen. Das ist der Grund für meine Einladung. Und ich freue mich sehr, dass Sie so schnell Zeit gefunden haben.« Wittjer überlegte, wie weit er ausholen sollte.

»Sie kennen sich beide im Sport aus. Ich muss Ihnen nicht erklären, wie wichtig Talent für einen erfolgreichen Sportler ist. Jeder kann viel trainieren, aber für die meisten reicht das nicht aus. Für Fortuna Düsseldorf bedeutet das: Wenn sie einen neuen Spieler suchen, sollten sie wissen, welches Talent er besitzt.«

Er machte eine Pause und studierte die Gesichter seiner Gegenüber. Schmitz wirkte interessiert, Mehls Blick streifte über die Kunstwerke im Raum.

»Ich biete Ihnen eine Dienstleistung an. Ich kann Ihnen sagen, welche Qualitäten Ihre Spieler besitzen. Ich will Ihnen helfen, die richtigen Spieler für Ihre Mannschaft zu finden.«

Mehl protestierte laut: »Wir haben ein Dutzend Talentscouts. Menschen mit Erfahrung. Ich trainiere seit achtundzwanzig Jahren Fußballmannschaften. Ich verstehe nicht, wo Ihre Rolle sein soll.«

»Herr Mehl, Sie sind für Ihre gute Arbeit bekannt. Die lässt sich nicht ersetzen. Die Fortuna muss froh sein, dass Sie sich für Düsseldorf entschieden haben. Ich meine etwas ganz anderes.«

Wittjer bemerkte, wie sich Mehls Gesicht entspannte. Das Kompliment zeigte Wirkung.

»Ich versuche, es mal anders zu erklären. Ich verfüge über einen anderen Erfahrungsschatz, nennen wir es so: Ich habe einen anderen Zugang zu den Sportlern. Ich analysiere ihre Gene, ihre DNA, ich sage Ihnen, wer das Zeug zum Fußballer hat und wer nicht.«

»Sie wollen mir jetzt erklären, dass es ein Gen für Fußball gibt?«, fragte Wolfgang Schmitz. »Ich kenne mich mit so etwas nicht aus. Ich kümmere mich um Bilanzen und um die Einnahmen. Aber so viel verstehe ich dann doch. Das ist Quatsch.«

»Entschuldigen Sie bitte, Sie haben mich falsch verstanden. Oder besser gesagt, ich habe mich falsch ausgedrückt. Natürlich gibt es kein eigenes Gen für Fußball. Der Mensch hat nur dreiundzwanzigtausend Gene, da wäre es etwas übertrieben, wenn eines für Fußball reserviert sein würde.«

Er hatte es geschafft, die Aufmerksamkeit seiner Gäste zu gewinnen. Das war die schwierigste Phase.

»Ich werde es Ihnen erklären«, sagte Wittjer und wechselte seine Sprache in den Modus, den er in Amerika für Vorträge vor möglichen Sponsoren erlernt hatte. Er sprach langsam und deutlich, erlaubte sich kurze Pausen, in denen er abwartete, ob die Zuhörer die komplizierte Materie auch verstanden hatten. »Es gibt bestimmte Fähigkeiten, die gute Fußballer auszeichnen. Diese Fähigkeiten werden von unseren Genen bestimmt, aber nicht von einem einzigen, sondern von vielen, die in der richtigen Art funktionieren müssen.«

Wittjer machte eine Pause, bevor er die Erklärung fortsetzte.

»Das Ausdauervermögen ist ein Beispiel. Es gibt ein Gen, das codiert ein Enzym, das im Stoffwechsel der Muskeln eine wichtige Rolle spielt. Gibt es dort einen Defekt, ermüdet der Muskel frühzeitig. Dieser Fehler in der DNA ist nicht schlimm, er ist sogar weit verbreitet. Es sind bekanntlich nicht alle Menschen sportlich. Aber für Ihre Zwecke ist es besser, wenn das Gen keine Abweichungen aufweist. Oder Übergewicht: Wer sich täglich um sein Gewicht sorgen muss, kann nicht frei trainieren. Die Neigung, Körperfett anzusetzen, steht in den Genen geschrieben. Auch für die Regenerationsfähigkeit nach Verletzungen, die geistige Fitness und Kreativität lassen sich entsprechende Faktoren finden.«

»Und so etwas können Sie herausfinden?«, fragte Mehl.

»Ja, und sogar mehr als das: Ich habe eine Datenbank mit dem Erbgut der besten Fußballer Europas. Wir haben verglichen, welche Teile des Erbguts bei allen guten Fußballern ähnlich sind. Die Methode stammt aus der Medizin: Wenn Ärzte wissen wollen, warum Menschen an Schizophrenie erkranken, untersuchen sie das Erbgut der Patienten und vergleichen es mit dem von gesunden Menschen. In Schweden gab es eine Studie mit zweiunddreißigtausend Patienten und ebenso vielen Gesunden. Die Ärzte haben in den Genen Unterschiede gefunden. Es sind oft nur winzige Veränderungen, aber die könnten die Ursache für die Schizophrenie sein. Ich habe diese Art der Studien auf den Sport übertragen. Es gibt viele Stellen in den mehr als drei Milliarden Bausteinen der DNA, bei denen sich die Erbinformation der Spitzensportler von der DNA durchschnittlicher Menschen unterscheidet. Meistens nur kleine Unterschiede, aber sie existieren. Damit sind die körperlichen Voraussetzungen geschaffen, Sie müssen den Spielern dann nur noch Fußballspielen beibringen.«

Mehl unterbrach ihn. »Sie haben die DNA der besten Fußballer? Von Schweini und Philipp Lahm, von Messi und Ronaldo?«

»Ja«, sagte Wittjer, »von der deutschen Nationalmannschaft, den Brasilianern, von Bayern München und Dortmund, Real Madrid, Manchester United und auch vom FC Barcelona. Insgesamt tausendfünfhundert Spieler. Nur die Besten der Besten. Mindestens Champions League, Welt- oder Europameisterschaft.«

Bei Barcelona hatte er gelogen, das musste er noch organisieren. Aber da das Team am Mittwoch in der Champions League bei Bayer Leverkusen spielte, würde er die DNA bald haben.

»Woher haben Sie die Daten?«, fragte Wolfgang Schmitz.

»Bitte entschuldigen Sie, das ist mein Betriebsgeheimnis. Sagen wir mal, es gibt bestimmte Vereinbarungen, die mir helfen, das Material zu bekommen.«

Wittjer hoffte, dass seine Gäste diesen Satz so verstehen würden, als ob er Verträge mit den Vereinen hätte. In Wirklichkeit bestach er das Hotelpersonal, damit es ihm Messis Zahnbürste besorgte oder Gegenstände übergab, die die Fußballstars benutzt hatten, und er dort die DNA-Proben abnehmen konnte.

»Verstehe ich Sie richtig? Sie können aus den Genen vorhersagen, ob jemand ein guter Fußballer ist?«

»Nein, das kann ich nicht. Wer nicht trainiert, kann auch nichts werden. Ich kann nur herausfinden, ob die Voraussetzungen da sind. Es ist eigentlich ganz einfach: Je schlechter die Bedingungen sind, desto härter muss der Fußballer für den Erfolg arbeiten. Wer dick ist und ständig Muskelprobleme hat, muss sich mehr quälen. Den anderen fällt es leichter, die haben mehr Zeit, Taktik und Technik zu trainieren. Bei gleichem Aufwand entwickeln sie sich zu den besseren Spielern.«

Mehl nickte und sagte: »Das kann ich aus meiner Erfahrung bestätigen.«

»Was kostet das?«, fragte Wolfgang Schmitz. »Sagen wir mal, Sie suchen in unseren Jugendmannschaften nach Talenten oder checken die Neuzugänge, mit denen wir gerade im Gespräch sind. Was müssten wir dann tun?«

»Sie besorgen mir DNA-Proben von jedem Spieler, zum Beispiel eine Speichelprobe. Ich mache den Rest, den Vergleich mit der Datenbank, und nenne Ihnen das Ergebnis.«

»Und der Preis?« Wittjer bemerkt die Anspannung beim Manager. Er konnte sie lösen, denn es ging ihm nicht ums Geld. Fortunas Mittel waren begrenzt. Viel wichtiger war es, seine Methode für die Bundesliga zu testen. Wenn die Fortuna Erfolg hätte, würde der FC Bayern das Scheckbuch öffnen.

»Herr Schmitz, ich bin Naturwissenschaftler. Ich kenne mich nicht aus mit der Führung von Unternehmen. Aber ich glaube, die Sache ist so: Wenn Sie die Verpflichtung neuer Spieler ganz nüchtern als Investition sehen, die einen großen Kostenblock verursachen kann, dann sollten Sie alles über den Spieler wissen, damit Ihre Risikobewertung möglichst optimal abläuft.«

Diesen Satz hatte Wittjer aus einem Vortrag eines Unternehmensberaters übernommen. Schmitzs Augen ließen erkennen, dass er diese Idee auch schon gehabt hatte.

Der Manager wiederholte seine Frage: »Was soll es kosten?«

»Wissen Sie«, sagte Wittjer, »ich stehe seit Jahren als Fan im Block 157 der Südkurve. Ich will damit nicht reich werden, ich möchte die Fortuna in der Bundesliga sehen. Es muss aber meine Kosten decken. Fünfundzwanzigtausend Euro als einmalige Anzahlung. Wenn meine Prognosen stimmen, zahlen sie zwei Jahre später zweitausend Euro pro Spieler. Liege ich falsch, bekommen Sie Ihre Anzahlung zurück. Sie sehen: Das Risiko liegt auf meiner Seite.«

Die beiden Gäste sahen sich an. Der Trainer nickte seinem Manager zu.

Wolfgang Schmitz erwies sich als so entscheidungsfreudig, wie er in der Presse immer beschrieben wurde.

»Wir machen mit. Die Spieler, die wir als Neuverpflichtung beobachten auf jeden Fall und zusätzlich drei Jugendmannschaften.«

»Danke für das Vertrauen, Herr Schmitz. Aber wir sollten noch eine Vereinbarung treffen.«

»Welche?«

»Sie erzählen niemandem von unserer Unterhaltung. Und es gibt keinen Vertrag. Ich mag kein Papier. Wissen Sie, manche Leute haben Bedenken, was die Auswertung der DNA angeht. Persönlichkeitsrechte und so. Deshalb ist es besser, wenn keine Aufzeichnungen existieren. Haben Sie damit ein Problem?«

»Nein, gar nicht«, antwortete Schmitz. Er konnte von der Verschwiegenheit nur profitieren. Er witterte eine gute Chance, sich mit diesem Zusatzwissen einen legendären Ruf in der Bundesliga zu erwerben. Der Manager mit dem goldenen Händchen, der in seiner Karriere niemals einen falschen Spieler gekauft hat.

Also besiegelten sie die Übereinkunft per Handschlag.

Wittjer schloss die Tür. Das Gespräch war leichter gewesen, als er erwartet hatte. Ein guter Grund, um nach der kurzen Nacht früher nach Hause zu fahren. Aber der Computer meldete sich mit einem kurzen Summton. Das Signal, das die Datenbank für einen der Aufträge seiner Kunden ein Ergebnis gefunden hatte. Auf dem Display erschienen sechs Zeilen Text.

Auftrag 428: Personenidentifikation
Datenbank-Code: 134F GR4t es26
Auftraggeber: Dimitrij Michalovic
Identifiziert: Daniel Achtermann, Düsseldorf
Sicherheit: 100 Prozent
Vergleichsprobe: Sperma

Ein eindeutiges Resultat. Wittjer lächelte erfreut. Diese Information war seinem Kunden hunderttausend Euro wert. Der Auftraggeber hatte ihm ein paar Tropfen getrocknetes Sperma geschickt. Das war alles, was Wittjer über diesen Auftrag wusste. Er klickte auf das Feld »Auftraggeber informieren« und schrieb eine kurze Anrede. »Wir konnten die von Ihnen eingelieferte Probe eindeutig einer Person zuordnen und senden Ihnen Name und Adresse des Zielobjekts sowie die weiteren bei uns vorliegenden Informationen.«

Dann fügte er die Daten, die im Computer zur Verfügung standen, in die E-Mail ein. Daniel Achtermanns Name war durch Zufall in die Datenbank geraten. Achtermann hatte einen Vaterschaftstest in einem Labor machen lassen, dessen Computer regelmäßig von Wittjers Datenbank durchsucht wurde. Bevor Wittjer die Nachricht sendete, lief sie noch durch eine russische Verschlüsselungssoftware. Das war eine Bedingung des Auftraggebers gewesen. Mehr wollte Johannes Wittjer über Daniel Achtermann nicht wissen.

Freitag

VI

Die hintere Tür zur Garage schepperte, als sie ins Schloss fiel. Daniel Achtermann drehte den Wasserhahn zu. Der hüpfende Schlauch kam zur Ruhe und zeigte auf die blauen Fliesen des Beckens. Der Swimmingpool war das Juwel im Anwesen von Daniel Achtermann. Mit sechshundertfünfzig Quadratmetern Wasserfläche war das Becken das größte im Düsseldorfer Norden. Als Ingenieur hatte Achtermann nichts dem Zufall überlassen und vor der Planung die Luftbilder auf Google ausgemessen. Der Pool symbolisierte für ihn nicht nur Reichtum, sondern stand für Vitalität, Kraft und Sportlichkeit.

Es machte viel Arbeit, die Steine aus Carrara-Marmor zu reinigen, doch es war eine lohnende Aufgabe. Achtermann hatte die flachen Quader schleifen lassen, damit sie die sanfte Krümmung am hinteren Rand des Pools elegant umschlossen. Achtermann mochte schöne Rundungen, bei Frauen noch mehr als bei Steinen.

Seine beiden Kinder tobten gern im Wasser oder genossen die Sonne auf den Liegen aus Bangkirai-Holz. Er war stolz auf Sandra und Sophie, die die tadellose Figur geerbt hatten, die ihre Mutter bis vor ein paar Jahren gehabt hatte. In Achtermanns Wahrnehmung besaßen sie eine besondere Schönheit, die von Jahr zu Jahr vollkommener wurde. Sophies Brüste gefielen ihm noch besser als die ihrer Mutter. Sie zeichneten sich unter dem Badeanzug ab, er genoss ihren Anblick und forderte sie oft auf, nackt zu baden. Die schlüpfrigen Fotos, die er dann machte, waren nützlich für seine Geschäfte.

Achtermann beobachtete die beiden Mädchen gern von seinem alten englischen Chesterfield-Ledersessel, am liebsten mit einem Glas Whiskey und einer Zigarre. Der Sessel stand unter dem Glasvordach am größeren der beiden Wohnzimmer. Er stammte aus einem englischen Herrenhaus aus Yorkshire und gehörte einem echten Earl, der leider mit Geld nicht umgehen konnte und ihn deshalb verkaufen musste. Dieser Sessel roch nach Männlichkeit und englischer Tradition. Nach Pfeife und Zigarre. Der Geruch der Macht. Daniel Achtermann kannte keinen schöneren Platz.

Er hatte die Zukunft der Kinder bereits sorgfältig geplant. Die Mädchen gingen auf das Gymnasium in Kaiserswerth. Er würde schon dafür sorgen, dass die beiden ein gutes Abitur machten. Koste es, was es wolle. Danach sollten sie an einer teuren Universität Jura studieren. Er würde ihnen während der Studienzeit einen Mann aussuchen, der genug Geld besaß. Sandra und Sophie sollten ihre Qualitäten ausnutzen: Sie könnten reiche Männer betören. Damit stünde ihnen die Tür für ein Leben voller Luxus offen. Ob seine Frau diesen Plan unterstützte, war für Daniel Achtermann bedeutungslos. In wichtigen Fragen würde er sich niemals auf Frauen verlassen.

In Achtermanns Welt waren die Dinge klar: Seine Familie konnte froh sein, dass er seit zehn Jahren erfolgreich war. Die Geschäfte in Russland liefen prächtig. In Moskau gönnte er sich die Freiheiten, die er angesichts seines Erfolges als angemessen erachtete. Mit zweiundvierzig war er noch jung und besser trainiert als die meisten anderen Geschäftsleute, die sich einen Bauch angefressen hatten. Er mochte die russischen Frauen, die er aus einem Katalog auswählte und aufs Zimmer kommen ließ. Sie hatten keinen Job, aber lange Beine, zeigten sich willig, waren gut gebaut und sauber. Anders als die jungen Mädchen in Indien, seiner ersten Station im Ausland. Dort hatte er ständig Angst, sich mit irgendwelchen Krankheiten aus den Slums von Mumbay anzustecken. Selbst wenn er tausend Dollar für ein Mädchen zahlte, konnte er diese Sorge nie vergessen.

In Moskau waren die Geschäfte einfacher. Daniel Achtermann verkaufte seine Maschinen nur an reiche Russen, deren Leben er bewunderte. Dimitrij Michalovic war einer dieser Oligarchen. Er war neununddreißig Jahre alt, seine Hobbys waren Autos, die Jagd, Wodka, Zigarren und Frauen. Es interessierte ihn nicht, welche Maschinen seine Firma kaufte. Sie hatten Spaß zusammen, und deshalb blieb Achtermann am Wochenende gern bei ihm. Dimitrij hatte ihn gelobt, für seine Trinkfestigkeit und für die Fotos von seinen Töchtern.

Sechs Frauen lebten in der Villa am Rande Moskaus. Einmal schickte Dimitrij seine Lieblingsgespielinnen Aneschka und Ludmilla auf Daniels Zimmer. Zwei Mädchen, die vielleicht vierzehn waren. Er nahm das Geschenk an, aber hielt sich zurück. Er wollte Dimitrijs sexuelle Fähigkeiten nicht infrage stellen. Von seiner Überlegenheit war er jedoch überzeugt. Alle Mädchen würden sich ihr Leben lang an den Sex mit ihm erinnern.

Trotz dieser Abwechslung hatte Daniel Achtermann ein festes Ziel. Überall in der Villa hingen Fotos von Natascha, Dimitrijs Tochter. Sie hatte ein zartes Gesicht und wirkte vollkommen, noch hübscher als Sophie und Sandra. Ihr Vater hatte sie auf ein Luxus-Internat geschickt. Sie war selten zu Hause und kannte ihn nicht, er glaubte allerdings jedes Stück Haut von ihr zu kennen.

Achtermann hatte nicht viele Gelegenheiten, seinen Plan umzusetzen. An einem Freitagnachmittag bot sich endlich die Chance. Dimitrij glaubte, er sei bereits nach Deutschland geflogen. Natascha war allein in der Villa, weil ihr Vater mit dem Gefolge zur Jagd in das Landhaus aufgebrochen war. Achtermann lauerte ihr auf dem Weg vom Schwimmbad zum Wohngebäude auf.

Er zog ihr von hinten eine Mütze über den Kopf. Sie schrie und versuchte zu fliehen. Er riss sie zu Boden, schlang beide Arme um sie und zerrte sie auf eine Wiese. Sie schrie weiter, er wollte sie nicht schlagen und klebte ihr deshalb den Mund zu. Er war stark. Er war der Herr der Lage. Sie wehrte sich, als er ihren Trainingsanzug öffnete, aber für Achtermann war ihre Gegenwehr nur ein Teil des Liebesspiels. Hier waren Männer noch etwas wert.

Achtermann bewies ihr seine Männlichkeit. Ihre Brüste waren noch schöner, als er erwartet hatte. Er riss ihr gierig die Hose hinunter, umfasste fest ihre Arme und drängte sich zwischen ihre Beine. Sie versuchte ihn mit den Füßen zu treten, aber er bot ihre keine Angriffsfläche. Er fühlte sich stark. Der Widerstand erregte ihn nur noch mehr. Auf der weichen Wiese stillte er sein Verlangen. Natascha weinte. Er hatte dafür kein Verständnis. Sie würde schon noch erkennen, welches Glück es war, ihn als ersten Mann erlebt zu haben.

Das Geräusch eines Autos auf dem weißen Kies vor dem Haus riss Daniel Achtermann aus seinen Erinnerungen. Er war irritiert. Katharina und die Kinder konnten noch nicht zurück sein. Sie waren zum Schulfest gefahren, das den ganzen Tag dauern sollte. Er lehnte seinen Schrubber an die Wand und schaute durch die Hecke. Das Auto entpuppte sich als brauner Paketwagen, der mit dem Tempo der eiligen Zusteller die Einfahrt hinunterfuhr. Wahrscheinlich hatte Katharina wieder irgendetwas im Internet bestellt.

Der Fahrer war ein Mann wie ein Schrank. Er sprang aus dem Wagen und klingelte. »Sind Sie Daniel Achtermann?«, fragte der Paketbote, der trotz sommerlicher Temperaturen einen Schal im Gesicht trug.

»Ja«, sagte Achtermann und wunderte sich. Der Mann hielt kein Paket in den Händen. Stattdessen blickte Achtermann auf den Schalldämpfer einer Pistole. Fünf schnell abgefeuerte Kugeln trafen ihn zwischen den Beinen. Er sackte zusammen und schrie. Der Schmerz war so stark, dass er noch nicht einmal um sein Leben betteln konnte. An einen Fluchtversuch war gar nicht zu denken. Er wälzte sich auf dem Boden, griff mit der Hand zwischen die Beine und fand nur Blut. Er kam nicht mehr dazu, zu begreifen, dass er gleich sterben würde. Denn die letzte Kugel durchschlug seinen Kopf.

VII

Professor Franziska Dorllin reichte ihrer Patientin ein edles Taschentuch aus Baumwolle, mit dem sie die Tränen trocknen konnte. Eine Schublade des Metallcontainers unter ihrem Glasschreibtisch war mit den sorgfältig gefalteten Tüchern gefüllt, die in einer Ecke das Monogramm »F.D.« trugen.

Dorllin war Mitte fünfzig und sprach fließend Englisch, Russisch und Deutsch, für die arabische Klientel hatte sie zwei Assistenzärzte mittleren Alters eingestellt. Vor ein paar Jahren war ihr der Gedanke gekommen, sich zu spezialisieren. Auf ihrer Visitenkarte stand: Ärztin für genetische Konstitution und medizinische Zukunftsforscherin.

Die Praxis logierte in einem teuren Loft über den Dächern der Königsallee. Sie hatte drei Behandlungszimmer mit modernen Geräten, der Rest der Räume erinnerte an das Foyer eines Luxushotels. Ihre Patienten sollten nicht an Krankheit denken, wenn sie einen Arzt aufsuchten, sie wollten sich für Geld Gesundheit kaufen, weil sie die Sterblichkeit ihres Körpers spürten.

Dorllin wartete einen Moment, um der Hilflosigkeit ihrer Patientin Zeit und Platz zu gewähren. Ihr Gegenüber war Ende vierzig, indischer Abstammung, wirkte gesund und trug ein schickes schwarzes Kostüm. Die Patientin bewegte sich im normalen Leben als erfolgreiche Geschäftsfrau. Doch davon war gerade nichts zu sehen, die Frau war völlig aufgelöst. Sie war in ihrem Stuhl zusammengesackt und weinte. Auf dem Tisch lagen ihre Ängste und Sorgen, der Haufen war zu groß für die kleingewachsene Frau und schien sie zu erdrücken.

»Frau Professor, auf meiner Familie liegt ein Fluch. Es ist schrecklich«, sagte sie, »Sie müssen mir helfen.« Sie erzählte von ihrer Schwester und der frischen Krebsdiagnose. Und von ihrer Mutter, die ihre Kinder nicht mehr erkannte. »Meine Mutter war eine so lebenslustige und tatkräftige Frau. Ich habe vier Geschwister, wir haben so viel von ihr gelernt. Jetzt läuft das Leben an ihr vorbei, sie ist so teilnahmslos und so traurig. Ich habe sie gestern in ihrem Heim besucht. Sie weiß nicht mehr, dass Frühling ist, ihre Lieblingsjahreszeit. Frühling, das war immer etwas Besonderes. Sie war jeden Morgen im Garten.« Tränen erstickten ihre Stimme.

Franziska Dorllin war einfühlsam und konnte zuhören. Sie trug einen Arztkittel, den Karl Lagerfeld entworfen hatte, und besaß die Qualitäten eines guten katholischen Beichtvaters, der seinem Gegenüber mehr Sünden entlockte, als dieser preisgeben wollte. Diese Offenbarung kettete die Patienten an ihre Praxis, wer einmal in ihrem Stuhl geweint hatte, kehrte immer wieder dahin zurück. Ihre Patienten erwiesen sich trotz ihres Wohlstands als Menschen voller Sorge: Die Frauen bangten um ihre Schönheit, die Männer um ihre Potenz. Sie alle hatten Angst vor Krebs, in jüngster Zeit auch vor Alzheimer.

»Ich möchte nicht so enden wie meine Mutter, ich will nicht sterben«, sagte die Inderin.

Dorllin nickte. Das war der richtige Moment. Sie nahm die Hand ihrer Patientin und suchte den Blickkontakt. »Frau Indiraj, ich kann Ihnen helfen«, sagte sie. »Wir machen umfangreiche Tests. Wir können herausfinden, ob sie gefährdet sind. Nur weil ein Familienmitglied an Alzheimer oder Krebs leidet, müssen es nicht alle bekommen. Eine Genanalyse eröffnet Ihnen die Möglichkeit, in die Zukunft zu schauen. Sie sollten diese Chance nutzen.«

Ihr Gegenüber richtete sich auf. Dorllin schickte ein paar aufmunternde Worte hinterher, die in dieser Situation immer halfen. Wer sich um die Zukunft kümmern will, muss zunächst die Tränen der Gegenwart trocknen. Sie hasste diese Situation. Warum mussten viele ihrer Patienten erst durch das Tal der Tränen gehen, bevor sie einem Gentest zustimmten. Es könnte doch so einfach sein. Die Araber waren viel pragmatischer. Die Scheichs kamen mit ihren Söhnen und verlangten alle Informationen über ihre Familie. Zwei Wochen später folgten dann ihre Frauen mit den Töchtern. Franziska Dorllin kassierte gleich mehrfach. Erst für den Gentest, dann für die Interpretation der Ergebnisse und schließlich lieferte sie ein Konzept zur Vorbeugung gegen mögliche Krankheiten. Ein gutes Geschäft mit hoher Rendite.

»Frau Indiraj, ich benötige eine Speichelprobe von Ihnen. Und wir machen einen Termin mit Ihrer Schwester. Können Sie das Pflegeheim ihrer Mutter in London anrufen und um eine Speichelprobe bitten? Oder soll ich das tun? Dann müssten Sie eine Vollmacht unterschreiben.«

Die Inderin hatte sich beruhigt. »Machen Sie das bitte. Wie lange wird das alles dauern?«, fragte sie.

»Ich würde gern die komplette Analyse machen lassen und alle Krankheitsprofile untersuchen, die wir kennen. Sie sagen, es liegt ein Fluch auf Ihrer Familie. Ich werde die Naturwissenschaften bemühen und danach suchen, welche Vorrausetzungen in Ihren Genen stecken. Wir machen eine Stärken-Schwächen-Analyse, nicht anders als Sie es als Unternehmensberaterin tun würden. Mit Lösungsvorschlägen und allem. Das Ganze wird zwei bis vier Wochen in Anspruch nehmen.«

»Können Sie meiner Schwester helfen?«

»Ich selbst nicht, aber ich vermittle Ihnen einen Kontakt zur Krebsklinik in Düsseldorf. Ich arbeite eng mit den Ärzten dort zusammen.«

Während ihre Patientin ins Bad verschwand, um die Spuren der Tränen zu beseitigen, bereitete Franziska Dorllin die Probenentnahme für den Gentest vor. Sie schaute auf die Uhr, in einer halben Stunde war sie zum Essen verabredet. Sie würde ein wenig zu spät kommen. Ärgerlich. Dann entnahm sie der Patientin Blut und machte einen Abstrich aus der Mundschleimhaut. Sie füllte die Kanüle und das Wattestäbchen in zwei getrennte Plastikröhrchen und klebte zwei Aufkleber darauf. Die Proben steckte sie in ihre Handtasche und begleitete die Patientin zur Tür.

Bis zum Restaurant im Kö-Bogen am nördlichen Ende der Königsallee waren es nur siebenhundert Meter. Kurz vor dem Wochenende war es immer voll auf dem Düsseldorfer Prachtboulevard. Die Platanen links und rechts des Kö-Grabens standen in sattem Grün. Auf dem Wasser schaukelte ein dezent leuchtendes Schiff, das von zwei weißen Schwänen gezogen wurde. Dorllin mochte diese besondere Atmosphäre, geprägt von Menschen, die Geld hatten und das auch zeigen wollten. Auf den wenigen Parkplätzen standen Porsche, Mercedes, Lamborghini und andere Edelmarken, geradeso als ob es verboten wäre, mit einem Golf an der Kö zu parken. Ein paar Touristen fotografierten den alten Tritonenbrunnen, der den griechischen Meeresgott im Kampf gegen einen wasserspeienden Fisch zeigte.

Die Terrasse des Kö-Bogens war bereits gut gefüllt. Das von Daniel Libeskind entworfene Gebäude war von den Düsseldorfern schnell angenommen worden. Die Bäume und Büsche inmitten der Fassade wuchsen so üppig, als ob die Natur ein schwarz-weißes Ufo nach seiner Landung überwuchern wollte.

Johannes Wittjer hatte bereits einen Platz an einem der wenigen Stehtische erobert. Franziska Dorllin ging auf ihn zu und begrüßte ihn freudig. »Bitte entschuldige, ich bin etwas zu spät«, sagte sie, »dafür habe ich dir Arbeit mitgebracht.« Sie holte die beiden Plastikröhrchen aus ihrer Handtasche und legte sie auf den Tisch.

Wittjer steckte sie sofort in einen kleinen Koffer, der bereits vier andere Röhrchen enthielt. »Worum geht es?«, fragte er.

»Das übliche: familiäre Belastung durch Krankheiten. Eine Inderin, ihre Schwester hat Krebs, die Mutter Alzheimer.«

»Ich kann dir erst in zwei Wochen ein Ergebnis liefern. Ich bin völlig ausgelastet«, sagte Wittjer und schob einen Hocker in ihre Richtung. »Ich war noch in der Gerichtsmedizin. Es gab eine Tote hier im Hofgarten, hast du davon gehört?«

»Ja, schrecklich. Ich jogge dort auch häufiger, manchmal auf dem Rückweg von der Arbeit. Ich glaube, ich muss mir eine neue Strecke suchen.«

Der Kellner kam und stellte Brot mit Öl auf den Tisch. Sie bestellte einen Salat mit Tomaten und Mozzarella, er wählte die Nudeln mit Gambas. Dazu nahmen sie ein Wasser und ein Altbier.

»Ist da ein Serientäter unterwegs? Du hast doch guten Kontakt zur Polizei«, sagte Dorllin.

»Sie wissen noch zu wenig. Der Täter ist wohl ziemlich brutal. Aber es gibt keinen Hinweis, dass er schon einmal zugeschlagen hat.« Er ersparte ihr die Details, die auch nicht in der Zeitung gestanden hatten, um die Bevölkerung nicht zu beunruhigen.

»Weißt du mehr?«

»Ich glaube nicht an einen Serientäter, jedenfalls habe ich in den letzten Wochen keine DNA-Proben nach Vergewaltigung bekommen. Wenn die Polizei nach einem Vergewaltiger suchen würde, hätte sie mich um Hilfe gebeten.«

»Und wenn sie die Analysen selbst machen?«

»Dafür fehlt ihnen die Technik. Ein Gentest der Polizei untersucht nur kleine Abschnitte der DNA. Sie können nicht das komplette Erbgut analysieren, und sie dürfen das auch nicht.«

»Du darfst das auch nicht.«

»Ich weiß, aber irgendjemand muss solchen Typen doch das Handwerk legen.«

Ein Schwan streckte seinen langen Hals in die Höhe und machte sich auf den Weg zum italienischen Restaurant. Die Vögel hatten rasch gelernt, dass sie nicht nur in den kleinen Teichen des Hofgartens nach Futter suchen konnten, sondern interessierten sich auch für die Brotkrumen rund um die Stehtische. Ein seltsamer Futterstreit begann. Der Kellner versuchte, den Schwan mit einem Fußtritt zu vertreiben. Er raunzte einen Gast an, der ein Stückchen Brot in Richtung des Vogels geworfen hatte. Der Schwan stellte seine Flügel auf und schnappte erst nach dem Bein des Kellners, dann nach der Beute. Er schlang das Brot eilig hinunter, bevor ihn ein zweiter Fußtritt traf. Der Kellner kam aus dem Gleichgewicht und ein Glas fiel von seinem Tablett, der Vogel nahm Reißaus und landete laut krächzend zwanzig Meter weiter im Kö-Graben.

»Mir sind solche Aufträge lieber als diejenigen von Eltern, die unbedingt Wunderkinder haben wollen«, sagte Wittjer, der das Gefecht zwischen Mensch und Tier unbeeindruckt beobachtet hatte. »Diesmal soll ich nach einer besonderen musikalischen Begabung suchen. Die Mutter möchte, dass ihr Kind in einem berühmten Orchester spielt oder Sängerin wird.«

»Von wem hast du den Auftrag?«

»Du weißt, dass ich keine Namen von Ärzten nenne. Davon profitierst du auch.«

»Machst du das mit deiner Datenbank der Orchestermusiker?«

»Ich versuche es, meistens funktioniert das nicht. Musiker sind sehr unterschiedlich, Sänger erst recht. Genetisch gesehen sind die Berliner Philharmoniker ein vollständiges Chaos.«

Der Kellner hatte die Scherben aufgefegt und brachte das Essen. Ohne zu probieren, nahm Wittjer die Pfeffermühle und würzte nach. Franziska Dorllin goss etwas Olivenöl über die Tomaten.

»Ich frage mich, warum die Frau nicht einen Dirigenten oder einen Stargeiger verführt, wenn sie ein musikalisches Kind haben möchte«, sagte Wittjer.

»Weil zum Kindererziehen mehr gehört als nur ein One-Night-Stand«, antwortete Dorllin. Sie hatte keine Kinder und war seit zwölf Jahren geschieden. »Du kannst ablehnen, wenn du willst. Du hast doch genug zu tun.«

»Diese Reproduktionsmediziner darf ich nicht verprellen. Sie stellen ein Drittel meiner Kunden. Meistens bekomme ich mehrere künstlich befruchtete Eier zur Genanalyse. Die Eltern wollen auswählen, ob sie ein Mädchen oder einen Jungen bekommen. Am liebsten wollen sie auch die Farbe der Augen und Haare aussuchen.«

Franziska Dorllin kannte die Hoffnungen und Wünsche von Eltern, wenn es um Krankheiten ging. Doch was Wittjer erzählte, klang so, als ob man den Nachwuchs aus dem Katalog aussuchen wollte. Außerdem war es verboten.

Wittjer sah die Zweifel in Dorllins Gesicht. Er hätte das Thema nicht ansprechen sollen, bisher wusste nur Henrike, dass er diese Form der Analysen anbot. Andererseits arbeitete er schon seit einigen Jahren mit Dorllin zusammen.

»Ich wollte einem Arzt einen Gefallen tun. Danach haben mich weitere Kollegen angefragt, weil es wohl eine große Nachfrage gibt«, erklärte er. »Außerdem fahren die Paare sonst ins Ausland. In den USA bestimmen zwei Drittel der Fortpflanzungskliniken bei der künstlichen Befruchtung auch das Geschlecht des Kindes, bevor die Eizelle in die Gebärmutter eingepflanzt wird. Und in Großbritannien wollen die indischen Einwanderer keine Mädchen, weil die aus ihrer Sicht weniger wert sind.«

Franziska Dorllin schwieg, sie dachte an ihre indische Patientin und wusste, dass Wittjer recht hatte.

VIII

Wittjer stieg in der Schadowstraße in die U-Bahn. Bis zum Bilker Bahnhof waren es fünf Stationen. Er hielt den Koffer mit den DNA-Proben in der Hand und wartete, bis ein paar Jugendliche den Zug verlassen hatten, bevor er ausstieg. Bis zu seinem Labor waren es zehn Minuten zu Fuß. Er ging in die übernächste Querstraße und dort durch eine Garageneinfahrt in einen Hinterhof. In Bilk gab es Dutzende solcher Höfe, sie stammten aus der Zeit, als das Viertel von kleinen Handwerksbetrieben dominiert wurde. Einige davon waren in den letzten Jahren in Lofts für wohlhabende Düsseldorfer umgewandelt worden, andere hatten ihren Charakter als Werkstatt behalten, wurden aber unter der Regie einer neuen Generation betrieben, die sich die Kreativen nannte.

Wittjer wollte weder das eine noch das andere. Er hatte ein altes zweistöckiges Gebäude gemietet, dessen Wände von Efeu überwuchert wurden. Am Durchgang zum Hof gab es kein Schild, das auf das Labor im Inneren hinwies. Der Hof war unauffällig und wurde von Brandmauern gesäumt, die seit Jahren auf frische Farbe warteten. Er beherbergte die Mülltonnen für die Mietwohnungen der Umgebung, bot Platz für ein paar Fahrräder und zwei Autos. Rechts in der Ecke stand ein mit einer blauen Plane abgedeckter Opel Kadett von 1972, der seit Jahren nicht mehr bewegt worden war.

Wittjer schloss die Metalltür auf, an der die Farbe abblätterte. Die Tür zum kleinen Raum im Erdgeschoss war geöffnet. Es roch nach Reis aus einem Topf, der auf einer kleinen Kochstelle stand. Im Treppenhaus bemühte sich eine einzelne Glühbirne, die nur an ihrer Fassung hing, um etwas Licht.

Er ging die ausgetretene Treppe hinauf und betrat einen fensterlosen Raum, der etwa achtzig Quadratmeter maß und einen krassen Gegensatz zum baufälligen Treppenhaus bildete. Alles war neu. Trockene, warme Luft strömte ihm entgegen. Acht Strahler setzten das Labor in ein helles Licht. Rechts neben dem Eingang summte der Server, ein Metallschrank mit einem blinkenden Innenleben aus Festplatten und Prozessoren, aus dessen Rückseite ein Wust von Kabeln quoll, die sich im Raum verteilten. Zwei Meter weiter stand ein Block mit sechs weißen Sequenziermaschinen – das Herzstück seines Labors. Jede einzelne war so groß wie ein komfortabler Kühlschrank für einen Vier-Personen-Haushalt und zerlegte das menschliche Erbgut fein säuberlich in seine Bestandteile. Die Maschinen analysierten die dreizehn Milliarden Bausteine des genetischen Codes ohne jeglichen Fehler und speicherten die Information in der Datenbank.

Entlang der Wand gegenüber reihten sich bis zum Ende des Raumes handelsübliche weiße Küchenunterschränke mit metallenen Arbeitsplatten aneinander. Hier wurden die Proben für die DNA-Analyse vorbereitet. Ob Stoff, Sperma, Speichel, Haare oder nur Hautschuppen: Bevor die Sequenziermaschinen tätig werden konnten, musste die DNA in eine Flüssigkeit extrahiert werden.

Ein leises Klappern und das Summen der Ventilatoren zeigten Wittjer, dass die Geräte arbeiteten. Ein Roboterarm beförderte eine neue Probe von einem Tablett in das Innere der Maschine. Schade, dass er diesen Ort niemandem zeigen durfte. Das Labor war ein Abbild seiner Erfahrungen aus den USA, nur dass in Rockville zweihundert solcher Automaten arbeiteten.

Wittjer ging an der linken Reihe der Maschinen vorbei auf einen jungen Mann im weißen Kittel zu, der die vordere Klappe einer Sequenziermaschine geöffnet hatte und mit Wartungsarbeiten beschäftigt war. Li Yan kam ihm entgegen und begrüßte ihn per Handschlag.

»Das neue Gerät überrascht mich«, sagte Yan, »es ist wesentlich schneller als die anderen. Neunzehn Stunden für die komplette Analyse.«

Die beiden sprachen englisch miteinander. Sie hatten sich in Rockville kennengelernt. Yan stammte aus China, er war gern nach Deutschland gekommen, als Wittjer ihm die Zusammenarbeit angeboten hatte.

Yan redete nicht viel, aber er war die Zuverlässigkeit in Person. Er war so unauffällig wie es nur Chinesen sein können, weil sie in ihrer Heimat über Generationen gelernt haben, nicht aufzufallen. Yan bereitete die Proben vor und betreute den Maschinenpark. Er machte keine Fehler. Vor allem verhinderte er, dass das Material mit der DNA von anderen Menschen verunreinigt wurde. Solche Schlamperei machte Genanalysen wirkungslos. Im Jahr 2007 suchte die Polizei in Süddeutschland das »Phantom von Heilbronn«: eine Frau, deren DNA an weit voneinander entfernten Tatorten gefunden worden war. Das Phantom wurde nie gefunden, die Verbrecherin existierte nicht. Die Ermittler erlebten eine Blamage. Sie entdeckten, dass die Wattestäbchen, mit denen sie auf Spurensuche gingen, bereits verunreinigt waren. Die DNA, die an den Tatorten entdeckt wurde, gehörte einer Mitarbeiterin der Produktionsfirma der Wattestäbchen. Wittjer achtete immer darauf, dass es bei ihm solche Pannen nicht geben konnte.

Li Yan fehlte die wissenschaftliche Neugierde, dafür war er ein Arbeitstier. Er hatte die Effektivität des Labors verdoppelt und gönnte den Automaten nur eine Pause, wenn eine Wartung fällig war. Ansonsten fütterte er sie Tag und Nacht, sieben Tage in der Woche mit neuem Material, sobald sie einen Analysezyklus abgeschlossen hatten. Wenn es nötig war, übernachtete er im Labor, damit er auch nachts arbeiten konnte. Mit seiner Frau lebte er in einer bescheidenen Wohnung in Benrath. Die beiden hatten fünf Kinder. Die strikte Ein-Kind-Politik in seiner Heimat war ein Grund, warum er lieber in Europa arbeitete.

Wittjer bezahlte ihn gut, so konnte Yan das Studiums seines Bruders bezahlen, der sich in den USA am National Institut of Health ebenfalls mit Gentechnik beschäftigte. Yan sehnte sich jedoch nach China zurück. Ihm war bereits eine Stelle als Vizepräsident bei BGI versprochen, dem größten chinesischen Hersteller von Automaten zur Genanalyse. 2002 war dort das Reis-Genom entschlüsselt worden, ein Jahr später lieferten die Chinesen als Erste den genetischen Code des SARS-Virus.

BGI war zum größten Player in der Genanalyse aufgestiegen, besaß eine große eigene Entwicklungsabteilung, aber verwertete genauso intensiv das Know-how der Konkurrenz. Li Yan kannte alle amerikanischen Produkte. Dieses Wissen wollte er bis ins letzte Detail bei BGI einbringen. Sechs Jahre wollte Yan noch in Deutschland bleiben, dann waren die Kinder alt genug, dass er sie im Internat einer internationalen Privatschule anmelden konnte, ohne dass die chinesische Führung ihm reinreden konnte.

»Irgendetwas Besonderes?«, fragte Li Yan, als er die vier Röhrchen in dem kleinem Koffer sah.

Wittjer zeigte ihm die beiden Proben, die zur Vergewaltigung im Hofgarten gehörten. »Die sind besonders eilig. Der Computer soll mir sofort eine Push-Nachricht aufs Handy schicken, wenn er etwas hat.«

Wittjer verabschiedete sich und ging den Rückweg nach Hamm zu Fuß am Rhein entlang. Im Dorfkrug genehmigte er sich noch ein Bier. Sein Blick ging zu dem alten Foto hinter der Theke, das den

Wirt Manfred mit seinem Sohn vor dem Dorfkrug beim Verladen von Altbierfässern zeigte. Das Haus hatte sich seitdem von außen kaum verändert. Auch hundert Jahre später hieß der Wirt noch Manfred. Er war der Ururenkel des Mannes auf dem Foto, aber er hatte eine Familientradition durchbrochen, weil er seinen Sohn Thomas genannt hatte.

Als Manfred das zweite Bier servierte, erzählte er, dass Heinz Schuttner nie wieder Alkohol trinken wollte.

»Das hat er doch schon oft angekündigt, sagte Wittjer.

»Ja, aber diesmal ist es ernst.«

»Ist er krank?«

»Nein. Heinz sagt, ihm sei nachts die Heilige Mutter Gottes erschienen. Sie habe ihn auf den rechten Weg gebracht. Er will jetzt Priester werden.«

Wittjer schmunzelte, legte fünf Euro für seinen Deckel auf die Theke und ging nach Hause.

IX

Als Katharina Achtermann nach Hause fuhr, rechnete sie nicht damit, dass ihr Mann tot hinter der Haustür liegen würde. Sie wollte weiteren Kuchen für das Schulfest holen, Erdbeere und Trüffelsahne warteten im Kühlschrank. Jetzt war der ganze Flur voller Blut. Der Boden, die Wände, selbst an der Decke klebten Reste ihres Mannes. Sie war selbst überrascht, dass sie keine Tränen für Daniel fand, leistete diesem Gefühl aber keinen Widerstand.

Sie wählte die Notrufnummer der Polizei und sagte: »Hier spricht Katherina Achtermann. Mein Mann ist erschossen worden.«

Danach telefonierte sie mit Christian. »Daniel ist tot. Es ist fürchterlich, alles voller Blut. Er ist erschossen worden. Die Polizei kommt gleich.«

Mehr mochte sie nicht sagen. Christian bot an, Sandra und Sophie vom Schulfest abzuholen. Sie könnten bei ihm auch übernachten. Katharina Achtermann war erleichtert. Die Mädchen waren gut versorgt, Christian verstand sich gut mit ihnen. Das beruhte auf Gegenseitigkeit. Seitdem er die Hausaufgaben mit den Mädchen besprach, hatten Sandra und Sophie wieder mehr Spaß an der Schule und ihre Noten waren besser geworden. Christian tat den drei Achterfrauen gut.

Anschließend rief Katharina Achtermann einen Entrümpelungsdienst an und beauftragte die Abholung eines alten, stinkenden Ledersessels unter dem Glasvordach.

In der Viertelstunde bevor die Polizei eintraf, warf sie noch einen Brief in die Mülltonne. Das Ergebnis eines Vaterschaftstests. »Keine Übereinstimmung« stand dort schwarz auf grauem Papier. Wie einfach harte Wahrheiten formuliert sein können, dachte sie. Ihr Mann war nicht der Vater von Sophie und Sandra. Katharina hatte es schon geahnt, direkt nach der Rückkehr aus Portugal, wo sie ihre Sommerurlaube verbrachten. Während ihr Mann auf dem Golfplatz sein Handicap verbessert oder an der Hotelbar anderen Frauen nachgegafft hatte, war sie mit den Surfern losgezogen und hatte die Wellen des Atlantik erobert. Sie hatte den Test durchgeführt, weil sie für ihre Töchter Klarheit wollte. Daniel hätte das Ergebnis nie erfahren, er hätte sie sofort verlassen, dachte sie, als der Polizeiwagen auf den Kies einbog.

Zwei Beamte stiegen aus. Sie hatten Mühe zu verbergen, wie unappetitlich sie den Anblick des Tatorts fanden. Auch Becker von der Spurensicherung musste erst schlucken.

Auf dem Weg zu Katharina Achtermann war Hauptkommissar Walter Karnatsch nicht wohl in seiner Haut. Zwei Tote in zwei Tagen. Ausgerechnet jetzt hatte sein Chef zwei Beamte in den Zwangsurlaub geschickt, damit sie Überstunden abbauen konnten. Dabei waren sie ohnehin chronisch unterbesetzt. An einen freien Tag am Wochenende war nicht zu denken. Gut, dass die Fortuna kein Heimspiel hatte, er hätte es verpasst.

Im Auto überlegte er, was er schon über die Leiche im Hofgarten wusste. Das Opfer war alleinstehend und wohnte in Golzheim. Der Besitzer eines Kiosks an den Rheinterrassen sah die Frau regelmäßig joggen, aber immer zu einer anderen Uhrzeit. Deshalb ging

Karnatsch davon aus, dass die Begegnung mit dem Täter zufällig erfolgt war. Das machte die Sache kompliziert.

Der Mann hatte sie vor 21 Uhr im Hofgarten getroffen, in die Büsche gezogen, vergewaltigt und ihr den Hals durchgeschnitten, lautete das Fazit der Rechtsmedizin. Vom Messer fehlte jede Spur. Zwei Zeugen hatten die Frau um 20.10 Uhr noch lebend gesehen. Danach waren einige Tausend Menschen durch den Hofgarten spaziert. Das Museum Kunstpalast am Rand des Parks feierte die Eröffnung einer Ausstellung. Vor dem Ehrenhof standen Bierstände und zwei Düsseldorfer Bands boten Live-Musik. Bei Einbruch der Dunkelheit projizierte ein Künstler himmelblaue und rosa Wolken auf die Fassade des Museums. Im Brunnen in der Mitte des Hofes schwammen weiße Schaumstoffwölkchen von der Größe eines Fußballs. Karnatsch konnte nur hoffen, dass in dem allgemeinen Trubel einer der Besucher des Festivals etwas beobachtet hatte. Besonders wahrscheinlich war das nicht, denn der Tatort lag auf der dem Park zugewandten Rückseite des Ehrenhofs.

Deshalb hatte Karnatsch die moderne Technik auf den Plan gerufen. Ausgerechnet er: Walter Karnatsch, neunundfünfzig Jahre, der sich kaum an einen Computer gewöhnen konnte. Er hatte sein Abitur in Deutsch und Erdkunde gemacht und eine typische Polizeilaufbahn eingeschlagen. Seit zweiunddreißig Jahren war er dabei, erst Streife in der Altstadt und seit fünfundzwanzig Jahren in der Mord 1 am Jürgensplatz, ein Kommissar der alten Schule. Bei seinem ersten Fall hatten sie noch Gipsabdrücke von Reifenspuren genommen.

Aber er hatte begriffen, dass die gute alte Polizeiarbeit nicht mehr ausreichte. Das Leben hatte sich verändert, Karnatsch hatte Mühe sich anzupassen. Aber wenigstens dort, wo er ein Spezialist war, sollten ihm die jungen Kollegen nichts vormachen. Nicht in den vier Jahren, die er noch arbeiten musste. Er hatte die höchste Aufklärungsquote in Düsseldorf und das sollte auch so bleiben.

Er war ein harter Hund und setzte sich über Verbote hinweg. Er hatte das mit seinem Gewissen ausgemacht und redete weder mit den Kollegen noch mit dem Staatsanwalt über seine Quellen, die bereitwillig Informationen lieferten, weil sie das als Dienst an der

Gesellschaft verstanden. Aber sobald er einen Hinweis hatte, warf er die legale Maschinerie der Polizei in Gang, die Verdächtige überprüfte. Es war einfacher, einen Täter zu finden, wenn man wusste, wo man suchen musste.

Deshalb rief er seine Informanten in der Deutschland-Zentrale von Vodafone in Düsseldorf-Heerdt an. Sie sollten eine Liste der Mobiltelefone anfertigen, die zur fraglichen Zeit in den Handyfunkzellen am Hofgarten registriert waren. Leider enthielt sie mehr als zehntausend Telefonnummern, denn das Museumsfestival war gut besucht gewesen. Auch die Genanalyse hatte bisher kein brauchbares Ergebnis gebracht.

Mittlerweile hatte Karnatsch die Villa der Achtermanns erreicht. Die Stadtvilla war mit orangerotem Sandstein eingefasst, der erst in der Nachmittagssonne seine volle Farbe entwickelte. Die Auffahrt war mit feinen weißen Kieseln gestaltet, die weiß glänzten. Er parkte den Wagen an der Straße und ging über den Kies in Richtung Wohnhaus. »Schick«, murmelte er neidisch und dachte an seine eigene Drei-Zimmer-Wohnung in einem Altbau in Flingern. Becker von der Spurensicherung kam ihm entgegen.

»Hallo Walter.« Sie schüttelten sich die Hand.

»Hallo Becker.«

»Du bist spät. Wir haben die Leiche schon abtransportiert. Er dürfte ziemliche Schmerzen gehabt haben. Mehrere Schüsse haben seine Genitalien in Hackfleisch verwandelt.«

»Ich war noch im Hofgarten. Haben wir es mit einem Triebtäter zu tun?«

»Wenn du mich fragst: Es sieht eher nach einer Hinrichtung aus. Er lag im Flur, direkt hinter der Haustür. Er hat die Tür selbst geöffnet. Seine Frau hat ihn gefunden. Sie sitzt hinten im Esszimmer, ist erstaunlich gefasst.«

Die Spurensicherung war noch an der Haustür beschäftigt. Das Blut war bis zur Decke gespritzt. Auch die Kiesel vor der Tür waren rotgefärbt. Karnatsch ging durch die Garage und den Garten ins Haus, vorbei an einem nach Tabakrauch stinkenden Sessel. Vom Wohnzimmer führte eine Schiebetür in die Küche. Er schaute sich um. Das Haus war kalt und teuer eingerichtet, wie aus einem Katalog. Im Wohnzimmer stand eine schneeweiße Couchgarnitur mit einem Lederbezug, davor ein Glastisch. Der Fernseher war doppelt so groß wie der in Karnatschs Wohnung. Diese Möbel entsprachen dem Geschmack seiner Ex-Frau Sabine, dachte Karnatsch. Sabine hatte ihre gemeinsame Wohnung im gleichen Stil eingerichtet, obwohl er sich gegen das moderne Zeug gewehrt hatte. Dann war er ausgezogen.

Karnatsch ging in die Küche und warf einen Blick in den fast leeren Abfalleimer. Zwei alte Brötchen, Kaffeefilter, Salatabfälle, benutzte Papiertaschentücher und ein Briefumschlag. Der Müll sagte viel über die Menschen aus, die in einer Wohnung lebten. Der Abfallsack war so etwas wie die Intimzone der Menschen. Diese hier kochten gemeinsam, verzichteten auf Fertiggerichte und waren sehr ordentlich. In einem Wandschrank stand eine Altglas-Kiste mit sorgfältig aufgestellten leeren Flaschen, Marmeladengläser und Saft, kein Hinweis auf Alkoholprobleme. Darunter ein Karton mit Sachen für den Altpapiercontainer: Zeitungen, Zeitschriften, Werbung: die Lektüre des Bildungsbürgertums. Dazwischen lag gewöhnliche Post. Karnatsch zögerte, ging zurück zum Mülleimer und fingerte den Brief aus dem Umschlag, überflog ihn kurz und steckte ihn ein.

Er öffnete die Tür zum Esszimmer. Katharina Achtermann saß auf einer Bank vor dem Fenster, neben ihr die Polizei-Psychologin.

»Frau Achtermann, ich bin Hauptkommissar Karnatsch.« Er gab ihr die Hand und bekundete sein Mitgefühl. Die Psychologin versuchte zu lächeln.

»Ihr Mann war allein zu Hause?«

»Ja, ich war mit den Kindern beim Schulfest. Er wollte den Pool reinigen.«

»Wer hat gewusst, dass Ihr Mann alleine ist?«

»Keiner, er kommt ja sonst freitags nie. Er ist viel unterwegs. Daniel verkauft Maschinen in Russland, häufig ist er für drei Wochen in Moskau. Er fliegt meistens erst Samstagmorgen zurück.«

»Wann ist er diesmal zurückgekommen?«

»Am Donnerstagabend. Sophie hat Samstag Geburtstag, da wollte er dabei sein.«

»Hatte Ihr Mann Feinde?«

»Ich weiß nicht.«

»Haben Sie eine Putzfrau oder Personal?«

»Ja, aber die haben am Freitag und das Wochenende frei. Mein Mann wollte das so.«

Falls es eine Hinrichtung gewesen sein sollte, war der Täter gut informiert gewesen. Karnatsch wunderte sich über Katharina Achtermann. Sie wirkte zu kühl und distanziert. Diese Frau hatte nicht den Mann verloren, den sie geliebt hatte.

»Gab es Probleme in Ihrer Ehe?«

Achtermann antwortet offenherzig. »Wenn ein Mann nur zwei Tage im Monat zu Hause ist, dann hat man keine Ehe mehr. Das geht jetzt schon seit Jahren so. Er hat nur an seine Maschinen und an Russland gedacht. Wir haben uns entfremdet.«

»Wir haben uns entfremdet.« Karnatsch kannte diese Klage. Sabine hatte den gleichen Satz benutzt, die gleiche Stimmlage, der gleiche enttäuschte Blick. Er spürte, dass Katharina Achtermann das ernst meinte. Wer so über seine Ehe redete, hatte sie längst aufgegeben. Vielleicht ein Grund, den eigenen Ehemann erschießen zu lassen.

Karnatsch steckte ein Foto des Toten ein, bevor er sich verabschiedete und rief im Büro an. Vielleicht konnte die Gesichtserkennung Daniel Achtermann auf Bildern finden, die in Russland ins Internet gestellt worden waren. Außerdem sollten die Kollegen die Daten an Interpol geben und die Konten der Familie untersuchen. Womit hatte Achtermann seine Millionen verdient? Vermutlich war das nicht wichtig. Hier ging es nicht ums Geld. Wenn die Genitalien eines Mordopfers zerfetzt waren und ein Vaterschaftstest in der Mülltonne lag, sollte es zwischen beiden Dingen einen Zusammenhang geben.

Samstag

X

Henrikes Anweisungen waren klar, trotzdem hatte Johannes Wittjer seine Schwierigkeiten. Er hielt das Messer mit der scharfen Klinge in der rechten Hand. Mit den Fingerspitzen der linken Hand schob er die Blätter der Geranien beiseite, damit er die frischen Triebe abschneiden konnte. Wittjer war fast zwei Meter groß. Deshalb kümmerte er sich um die Blumenkästen, die oben an der Mauer zum Nachbargrundstück hingen. Aber er konnte nicht genau sehen, ob er das Messer richtig einsetzte. Statt die Triebe abzuschneiden, wühlte er nur mit der Klinge in der feuchten Erde. Oder er riss die Pflanzen heraus, und sie fielen zu Boden. Mit den Füßen trat er ein paar Geranien nieder. Eine S-Bahn donnerte über den Bahndamm und er hätte sich fast in den Finger geschnitten.

»Willst du nicht lieber die restlichen Töpfe aus meinem Auto holen, dann kümmere ich mich um die Geranien«, sagte Henrike. Sie war verärgert. Johannes war keine große Hilfe. Ihm fehlte das Interesse an Gartenarbeit, ihm fehlte jegliches Interesse an Pflanzen. Er entpuppte sich in seinem eigenen Garten als Fremdkörper. Ein Biologe ohne Liebe zur Natur, das klang widersinnig. Aber Bäcker interessierten sich auch nicht für Kornfelder.

Wittjer gehorchte, doch seine Stimme klang, als ob er den Vorschlag nur missmutig umsetzen wollte. »Wo ist der Schlüssel?«, fragte er.

Henrike kniete auf dem Boden und wühlte erfolglos in den Taschen ihrer blauen Arbeitshose. »Ich glaube, er liegt auf dem Tisch auf der Terrasse«, antwortete sie.

Sie nahm das Messer wieder in die Hand und schnitt einen fingerlangen Trieb einer Geranie unter dem Blattknoten ab. Die Triebe sammelte sie auf einem Haufen. Henrike ging das leicht von der Hand. Sie mochte diese Arbeit. Pflanzen vermehren, Stecklinge auswählen. Am Max-Planck-Institut war sie jeden Tag im Gewächshaus. Früher, als die Felder rund um das Institut noch voll mit Gentechnik-Pflanzen waren, hatte sie mit Erde unter den Fingernägeln Vorlesungen gehalten. Früher. Heute waren die Geranien die einzigen Pflanzen, mit denen sie noch hantierte. Ihre Kollegen waren längst zur Forschung im Ausland. Sie fühlte sich wie ein vom Aussterben bedrohtes Tier, nur dass es niemanden gab, der ihre Art erhalten wollte.

Noch bevor Wittjer alle Töpfe vom Auto zur Terrasse getragen hatte, hatte Henrike die Stecklinge in den restlichen Blumenkästen abgetrennt. Die Geranien sahen sehr kräftig aus, sie würden den Rückschnitt überleben und wieder üppig austreiben. In Wittjers Garten fanden sie sehr gute Bedingungen.

Henrike hatte für ihr Experiment fünf Reihen Blumenkästen übereinander montiert. Von oben wucherten hängende Geranien, in den Töpfen weiter unten strebte ihnen eine aufrecht wachsende Sorte entgegen. Die Blumen entwickelten so viele Blätter, dass sie die baufällige Mauer vollständig verdeckten.

Beide Sorten waren so robust, dass sie das Stück der DNA aus der Hanfpflanze verkraften konnten. Vor ein paar Jahren hatte ein amerikanisches Forschungsteam die Hasch-DNA in Hefepilze eingesetzt, aber die Zellen waren durch die Produktion des Tetrahydrocannabinol abgestorben. Der Rauschfaktor der Hanfpflanze wirkte auf die Hefe wie ein Gift. Pflanzen kamen damit besser zurecht, deshalb entwickelte Henrike die Idee mit den Geranien. Sie hatte das Stück Hasch-DNA in der Deutschen Lieblings-Balkonpflanze eingebaut. Das Gen für Tetrahydrocannabinol nahm auf die Form der Blätter glücklicherweise keinen Einfluss. Die Blätter sahen aus wie immer, nicht so spitz wie beim Hanf. Dafür störte es die Blütenbildung der Geranien, sie formten nicht einmal Knospen. Henrike wollte den Blumen diesen Fehler wieder austreiben. Die neuen Pflanzen, die Wittjer aus dem Auto geholt hatte, besaßen gleich drei zusätzliche Gene, die für die Blütenbildung zuständig waren. Eines davon würde schon mit dem Tetrahydrocannabinol klarkommen.

»Die kannst du schon mal gießen«, sagte sie zu Wittjer, der es sich auf der Terrasse bequem machen wollte. Henrike pflanzte die neuen Geranien und die abgeschnittenen Triebe in die Blumenkästen und drückte die Erde mit den Fingern fest. In vier Wochen sollten die Triebe Wurzeln geschlagen haben. Dann setzte sie die Blumenkästen zurück in die Halterungen an der Mauer. Jetzt waren es hundertacht. Das war ihr Erfolg. Ganz ohne Fördermittel, einmalig auf der Welt. Sie lächelte zufrieden.

»Bleibst du noch zum Essen?,« fragte Wittjer, während er die Stecklinge mit Wasser versorgte.

»Nur, wenn du nicht kochst.« Henrike erinnerte sich mit Schaudern an ihre gemeinsame Zeit in der WG. Johannes konnte nur Fertiggerichte erhitzen. Einmal hatte er vom Großmarkt fünfzig Dosen mitgebracht und die Etiketten entfernt. Dann spielte er jeden Abend das, was er Dosen-Roulette für Gourmets nannte. Er suchte irgendeine Dose aus, schüttete den Inhalt als Überraschungsmenu in einen Topf und machte ihn warm. Nach drei Wochen hatte Henrike darüber nicht mehr lachen können, Linseneintopf verschwand für immer von ihrer Speisekarte. Fortan übernahm sie an den wenigen Tagen, an denen sie nicht gemeinsam mittags in der Mensa aßen, das Kochen für die WG.

»Wir können in den Dorfkrug gehen«, schlug Johannes vor.

Bloß nicht, dachte Henrike. Sie wusch sich die Hände, kämmte die Haare und tauschte Arbeitshose gegen ein buntes Kleid. »Lass uns Pizza bestellen oder in die Stadt fahren«, sagte sie, während sie ihre Sommerschuhe anzog, und entschied sich dann für Pizza.

Johannes öffnete mit einem Plopp zwei Flaschen Altbier. Henrike suchte im Kühlschrank vergeblich nach etwas, aus dem sie einen Salat hätte machen können. Der Pizzabote kam schnell. Der Duft von Knoblauch zog durch das Haus.

»Wir müssen die DNA der Geranien noch einmal prüfen«, sagte Henrike, »es könnte sein, dass sie sich während der Wachstumsperiode verändert hat.« Sie schnitt ein Stück der Pizza klein und platzierte mit der Gabel eine schwarze Olive darauf. Johannes aß seine Pizza mit den Händen.

»Derzeit ist das Labor gut ausgelastet. In zwei Wochen kann ich Li Yan eine Probe mitbringen.«

»Geht es nicht schneller? Ich will ganz sicher sein, bevor die Blätter noch jemanden umbringen.« Henrike dachte an Dennis und seine Begeisterung für die Geranienblätter.

Wittjer war genervt. »Ich werde Li fragen. Ich treffe ihn Montag früh zusammen mit Dennis. Wir besprechen, wie wir die Gendatenbank erweitern.«

»Schon wieder?«

»Sie wächst schneller, als wir erwarten konnten. DNA-Analysen werden immer beliebter.«

»Was für ein Erfolg. Schade, dass Simon das nicht mitbekommt.«

Aus Simon Hilberts Trick war die Grundlage für die Datenbank entstanden. Henrike erinnerte sich gern an die paar Wochen, die sie während eines USA-Besuchs mit ihm zusammen gewesen war. Sie hatte ihn in Rockville kennengelernt, in der Kantine des Instituts, wo Johannes arbeitete. Simon war kein Biologe, sondern ein Programmierer, eigentlich ein Entwickler für Computerspiele. Doch zu diesem Zeitpunkt suchte das Institute for Genomic Research händeringend Software-Experten. Die Datenmengen aus den Sequenzierautomaten wurden so groß, dass konventionelle Rechner sie nicht mehr verarbeiten konnten. Die Genforscher standen dabei unter einem besonderen Druck. Sie mussten die dreizehn Milliarden Bausteine für die erste vollständige Analyse der menschlichen DNA richtig ordnen, und das hatte niemand zuvor gemacht.

Diese anspruchsvolle Aufgabe beflügelte auch die Programmierer. Sie trafen sich abends in den wenigen Restaurants der Kleinstadt, diskutierten Probleme und waren stolz auf ihre Lösungen. Simon gehörte immer zu den Wortführern. Manchmal arbeiteten sie Tag und Nacht. Henrike begleitete Simon und war fasziniert von dieser Atmosphäre und seiner grenzenlosen Begeisterung für alles, was neu war. Er war sportlich, aber statt zu surfen, genoss er lieber lange Spaziergänge und versteckte seine blauen Augen nicht hinter einer Sonnenbrille. Nach zwei Wochen hatte sie ihn verführt, und dann wohnte sie ein paar Tage bei ihm. Es war eine glückliche Zeit gewesen. Das gelbe Kleid hing noch heute in ihrem Kleiderschrank, obwohl es nicht mehr passte.

Simon war der beste unter den Software-Spezialisten in Rockville. Er fand einen neuen Algorithmus, der die bereits bekannten Bausteine der DNA clever nutzte und deshalb die Rechenzeit auf ein Hundertstel reduzierte. Dieses Stückchen Software wurde in den USA von allen Herstellern der Sequenzierautomaten übernommen und war bis heute im Kern so erhalten geblieben. Eigentlich hätte Simon den Nobelpreis verdient. Er hatte die Basis für die Erbgut-Analyse gelegt. Aber Simon interessierte sich nicht für wissenschaftliche Trophäen, ihn trieb eine andere Motivation.

Er suchte seinen Vater.

Simon war in dem Teil Brooklyns aufgewachsen, den alle Bewohner möglichst schnell verlassen wollten, wenn sie nicht zu der herrschenden Gang gehörten. Er fühlte sich wie ein halber Mensch, der in ein Leben voller Technik und Computer geschleudert worden war, ohne sein eigenes Ich zu kennen. Jetzt sollte das eine das andere ermöglichen und beide Hälften zusammenführen. Seine Mutter mixte Cocktails in der Bar in einem der besseren Hotels New Yorks, wo sie seinen Vater getroffen hatte. Sie starb viel zu früh an Lungenkrebs, wegen des ständigen Rauchens. Die Mutter hatte geschwiegen, auch der Hotelmanager wusste nichts über seinen Vater. Aber er zahlte Simons Studium an der Columbia University bis der fähige Informatikstudent schließlich ein Begabtenstipendium erhielt.

Simon sammelte alle Daten aus dem Internet, die Spuren seines Vaters sein könnten. Am Institute for Genomic Research erkannte er, dass die DNA-Analyse vielleicht der beste Weg für die Suche nach einem Unbekannten sein könnte. Deshalb schleuste er in seine Software eine versteckte Sicherheitslücke ein, durch die jede DNA-Analyse von einem externen Rechner abgerufen werden konnte. Ein Jahr später ging Simon zu Google, um dort die Suche nach der Identität seines Vaters fortzusetzen. Der Code für den Zugriff auf die Sicherheitslücke war sein Abschiedsgeschenk für Henrike und Johannes gewesen, die ihm von der Idee der Datenbank erzählt hatten.

Johannes hatte den Wert dieses Geschenks schneller erkannt als sie. Als er aus den USA zurückgekehrt war, präsentierte er den Code ihrem ehemaligen Mitbewohner Dennis Wolters. Sie alle waren unsicher gewesen, aber Dennis entwickelte ein Programm, das die Daten regelmäßig auslesen konnte, ohne dass es jemand bemerken würde. Die Software sammelte gierig sämtliche Ergebnisse der DNA-Analysen. Und zwischendurch durchstöberte sie die wissenschaftliche Literatur nach neuen Erkenntnissen über den Zusammenhang zwischen Genen und Krankheiten. Der Hunger der Datenbank nach Informationen war unersättlich, und ihr wurde jeden Tag etwas Neues serviert.

»Offenbar haben die Chinesen den Amerikanern die Software aus den Sequenzierautomaten geklaut und sie kopiert«, sagte Johannes Wittjer. »Seit drei Monaten bekommen wir viele Datensätze aus China. Die wollen wir jetzt separieren.«

Er ließ zwei weitere Altbier-Flaschen ploppen.

»Weißt du, ob Simon seinen Vater gefunden hat?«

»Nein, ich glaube nicht. Ich habe noch nicht einmal ein Profil eines seiner Verwandten in der Datenbank.«

»Und seine Recherche über die Google-Server?«

»Darüber spricht er nicht. Ich habe jetzt aber auch fast zwei Jahre nichts mehr von ihm gehört. Er wird sich schon melden, vielleicht bald schon, wenn er hört, dass wir noch mehr Daten sammeln.«

»Noch mehr?«

»Dennis will die Krankenkassen und Krankenhäuser anzapfen. Damit wir mehr Material aus Deutschland haben. Genanalysen von Patienten. Er sagt, die seien nicht so gut geschützt. Er war schon in deren Datenbank, hat sich einen versteckten Account als Arzt angelegt, mit dem er alle Daten lesen konnte.«

»Wäre schön, wenn Simon seinen Vater fände.«

Johannes Wittjer schwieg. Er verfiel in schlechte Laune, wenn Henrike so viel an Simon dachte. Trotz dieser langen Zeit, in der die beiden sich nicht gesehen hatten.

Henrike stand plötzlich auf, stellte ihren Teller in die Spüle und trank ihre Flasche leer. Sie war voller Energie. »Lass uns in die Altstadt fahren«, sagte sie, »ich will tanzen.«

XI

Vor das große Panoramafenster würde sie eine Designercouch platzieren, auf der sie abends einen guten Rotwein genießen könnte. Der Blick auf den Rhein von der Penthouse-Wohnung an der Uferpromenade war wunderschön. Franziska Dorllin hatte bereits die Einrichtung der Wohnung vor Augen, die sie gerade besichtigte. Nur wenige exquisite Möbelstücke, der Granitboden sollte sich voll entfalten können. Die bisherige Besitzerin der Wohnung besaß augenscheinlich nur wenig Talent für die Gestaltung einer Wohnung. Den Möbeln fehlte jeglicher Stil. Sie wirkten zusammengesucht, beliebig. Ohne Bezug zu den lichtdurchfluteten Räumen.

Dorllin musste sich Mühe geben, damit Lena Ahlenbeck ihre Abscheu nicht bemerkte. Schließlich wollte sie die Wohnung auf jeden Fall kaufen. Ihre Praxis lief gut, die Zinsen waren niedrig. Der richtige Zeitpunkt, um eine Million Euro in eine Immobilie zu investieren. Der Preis war für hundert Quadratmeter angesichts der hervorragenden Lage angemessen. Zudem war die Wohnung perfekt geschnitten. Neben dem großen Wohnzimmer gab es noch zwei Räume, die sie als Schlafzimmer und als Ankleideraum nutzen wollte. Das Bad hatte einen runden Whirlpool und einen Fernseher, der in die Wand eingelassen war.

Ahlenbeck erklärte die Details der Fußbodenheizung und den Mechanismus der lichtgesteuerten automatischen Jalousien. Dorllin interessierte sich dafür nicht. Sie erwartete, dass eine Wohnung in dieser Lage über eine technisch hochwertige Ausstattung verfügte. Gelegentlich murmelte sie anerkennende Worte, wie schön alles sei. Aber nur, weil sie der bisherigen Besitzerin schmeicheln wollte. Dorllin hatte sie zufällig bei ihrem Friseur in Oberkassel kennengelernt. Ahlenbeck ließ sich die Haare färben. Derweil redete sie in einer unangenehmen Lautstärke. Sie werde Düsseldorf verlassen, was schade sei, weil sie doch gerade erst die Wohnung an der Rheinuferpromenade eingerichtet habe. Da war Dorllin hellhörig geworden und hatte ihr Interesse bekundet.

Unter normalen Umständen hätte sie sich niemals mit Lena Ahlenbeck getroffen. Die junge Frau arbeitete als Managerin bei

Trustgold. Die Düsseldorfer Firma war bei vielen ihrer Produkte Weltmarktführer und besaß eine große Forschungsabteilung für Medizinprodukte und Gebrauchsgüter. Für Dorllin war Ahlenbeck nicht mehr als eine typische Neureiche. Eine der Frauen, die glaubten, wegen ihres Geldes automatisch zur High Society zu gehören. Sie verabscheute dieses Verhalten, das ganze provinzielle Auftreten.

»Das schönste an diesem Appartement ist natürlich der Blick aus dem Fenster«, sagte Ahlenbeck, »den werde ich bestimmt vermissen.«

Dorllin schauderte bei der Art und Weise, wie Ahlenbeck das Wort Appartement aussprach. Ohne jeglichen französischen Klang, ohne Eleganz. Aus der Stimme klang die kleinstädtische Herkunft.

»Sie haben wirklich einen außergewöhnlichen Geschmack mit dieser Wohnung bewiesen«, log Franziska Dorllin. »Haben Sie schon etwas Neues gefunden?«

»Ich werde Düsseldorf verlassen. Trustgold war für mich nur ein Sprungbrett. Ich werde die Branche wechseln, etwas ganz Großes machen.«

Dorllin glaubte ihr nicht. Sie schätzte Ahlenbeck auf etwa dreißig. Sie hatte eine sportliche Figur und einen muskulösen Oberkörper. Die Frisur war gewöhnlich, ihr fehlte die besondere Ausstrahlung. So einer Frau würde nie die große Karriere gelingen. Aber das spielte keine Rolle. Dorllin suchte keine Freundschaft, sie wollte die Wohnung. Diese Wohnung.

»Ich drücke Ihnen die Daumen für all Ihre Pläne. Ab wann könnte ich denn die Wohnung bekommen?«

»In drei oder vier Monaten. Es freut mich, dass Sie Interesse haben und mit dem Kaufpreis einverstanden sind. Bei Ihnen ist das Appartement in guten Händen. Ich muss allerdings noch ein paar Dinge erledigen.«

Dorllin schauderte erneut. Appartement. Wie vulgär sie das Wort aussprach. »Kein Problem«, sagte Dorllin und lächelte. »Können wir einen Vorvertrag schließen? Das wäre mir sehr wichtig. Ich vertraue Ihnen natürlich, aber es ist besser, wenn man etwas Schriftliches hat.«

»Mir geht es ähnlich. Ich habe schon etwas aufgesetzt.« Ahlenbeck holte eine Klarsichtfolie aus ihrer Tasche, aus der sie zwei Exemplare eines zweiseitigen Vertrages fingerte.

Dorllin überflog das Dokument. Sie war mit dem Inhalt einverstanden. Ahlenbeck hatte schon unterschrieben. »Sie kennen sich aus mit rechtlichen Angelegenheiten?«, fragte Dorllin.

»Für einen Vorvertrag reicht es aus. Ich war Jahrgangsbeste an der Uni St. Gallen: Jura und BWL. Trustgold hat mich gleich in das Junior-Perspektiv-Team aufgenommen. Der direkte Weg ins Top-Management, in den Vorstand der großen DAX-Unternehmen.«

Was für eine arrogante Ziege, dachte Dorllin. »Respekt. Ich kenne das Programm. Ihr Chef hat mir neulich beim Abendessen davon erzählt. Er hat das Team und seine Qualitäten gelobt. Eine anspruchsvolle Aufgabe.«

»Können Sie sich an mich erinnern, Frau Professor Dorllin?«

»Nein, nein. Sie haben mich da missverstanden. Er hat keine Namen aus dem Team genannt. Wir haben das Thema nur am Rande gestreift, aber er war sehr zufrieden mit der Leistung.« Sie holte einen Füller aus der Handtasche und wollte den Vertrag unterschreiben, bevor Ahlenbeck es sich anders überlegte. »Wissen Sie, manchmal beneide ich Sie. Sie sind noch so jung und schon so gut ausgebildet. Ihnen stehen alle Türen offen.« Dorllin setzte ein zauberhaftes Lächeln auf, während sie ihr Gegenüber belog.

»Danke«, antwortete Ahlenbeck. »Ich meinte etwas anderes. Ich war bei Ihnen in der Praxis. Sie haben einen Gesundheitscheck für das Junior-Perspektiv-Team erstellt. Es ist etwa ein Jahr her.«

Dorllin musterte ihren Blick, der Enttäuschung ausdrückte. »Leider nein. Wissen Sie, ich arbeite häufig mit großen Unternehmen zusammen. Wir machen viele Vorsorgeuntersuchungen, erstellen genetische Profile und entwickeln Prophylaxe-Programme für Mitarbeiter des Top-Managements. Als ich mit Ihrem Chef essen war, ging es genau darum. Mit einzelnen Fällen bin ich persönlich aber nicht befasst. Das machen meine Mitarbeiter. Wir sind ein großes Team.«

Diesmal war Dorllins Lächeln ehrlich, denn sie verdiente gut daran. Ein gesunder Manager lieferte eine bessere Leistung, deshalb investierte Trustgold viel Geld in die Gesundheitsprogramme, die von ihrer Praxis entwickelt wurden. Eine Win-win-Situation: Auch die Nachwuchsmanager wussten die eigene Fitness zu schätzen.

Sie unterschrieb mit leichter Hand und gab den Vertrag zurück. »Wenn Sie wollen, mache ich bei Ihnen eine Ausnahme und wir besprechen ihr Programm persönlich«, sagte Dorllin, die die Wohnung nicht verlieren wollte.

»Danke, sehr freundlich, aber das lohnt sich nicht. Ich werde die Stadt ja bald verlassen«, antwortete Ahlenbeck, die den Vertrag einsteckte. »Haben Sie noch weitere Fragen? Wollen Sie die Wohnung noch einmal zu einem anderen Zeitpunkt sehen? Bei Sonnenuntergang ist es besonders schön.«

»Danke«, sagte Dorllin. »Das wird nicht nötig sein. Melden Sie sich bei mir, wenn Sie alle Vorbereitungen erledigt haben? Wollen wir einen Termin ausmachen?«

»Nein, nein. Lassen Sie mir zwei, drei Monate Zeit.«

Dorllin ließ sich zur Tür begleiten. »Ich freue mich schon sehr auf die neue Wohnung. Ich kann es kaum erwarten. Ihnen wünsche ich alles Gute für ihren Wechsel«, sagte sie beim Abschied. »Vielleicht verraten Sie mir ja noch Ihre neue Position.«

Ahlenbeck lächelte nur. Dorllin verabschiedete sich mit zwei Küsschen auf die Wange. Als sie im Aufzug nach unten fuhr, strahlte sie über das ganze Gesicht. Die Wohnung war ein Traum. Als sie auf die Straße trat, hörte sie die Musik aus den Kneipen. Die Sonne schien, und sie beschloss, das Ereignis mit einem luxuriösen Essen im einzigen Weinrestaurant der Altstadt ausklingen zu lassen.

XII

An Tagen wie diesen, an denen das Wetter so gut war, war die Altstadt bereits am späten Nachmittag gut gefüllt. Henrike und Johannes Wittjer fuhren mit der U-Bahn zur Heinrich-Heine-Allee und mussten vor der Rolltreppe, die in die Altstadt führte, warten. Ein Gitarrist versuchte sich an *Knockin' on Heaven's Door*, seine schräge

Stimme schallte durch die Ladenzeile. Henrike war guter Laune. Wittjer folgte ihr die Rolltreppe hinauf. Die Uhr am Wilhelm-Marx-Haus zeigte kurz nach sieben. Aus den Kneipen an der Bolkerstraße tönten Schlager, als ob Helene Fischer und Andrea Berg die Partymeile für sich gebucht hätten. Die längste Theke der Welt.

Wittjer bestellte zwei Altbier am Schumacher Brauhaus. Zwei Stehtische neben ihnen feierten zwei Dutzend Männer mit schwäbischem Akzent einen Junggesellenabschied. Ein grünes T-Shirt wies sie als Gruppe aus. Der Bräutigam trug ein Froschkostüm mit einem Schild »Küss mich, ich bin ein Prinz.« Aber er hatte bereits so viel getrunken, dass die Frauen dem Wunsch nicht Folge leisten wollten, obwohl er sich Mühe gab. Der Ungeküsste schaute zu Henrike herüber und spitzte seine Lippen. Sie musste lachen und prostete ihm aus der Entfernung zu. Die Gruppe brach zur gegenüberliegenden Imbissbude auf, wo ein Holländer Kartoffelspezialitäten aus seinem Heimatland feilbot. Den Frosch hakten sie unter den Armen ein, damit er nicht verloren ging. Echte Freunde stehen zusammen.

Henrike und Wittjer bahnten sich den Weg durch das Gedränge, weil sie lieber in den Teil der Altstadt wollten, der nicht so stark von Touristen frequentiert war. Da, wo der alte Schlossturm stand, war es etwas leiser. Sie saßen auf der Treppe und blickten auf den Rhein, wo die Kapitäne ihren Frachtschiffen und sich selbst am Samstagabend keine Ruhe gönnten. Der Fluss übte auf die beiden einen besonderen Reiz aus. Sie schauten den Spaziergängern an der Rheinpromenade zu.

Henrike begann ein Spiel, das Wittjer nur zu gut kannte und gern mochte. Jede Aktion, die sie sah, kommentierte sie mit Phrasen. »Der schlimmste Feind des Helden ist der Alltag«, sagte sie, als ein Mann scheiterte, sein Fahrrad an einer Laterne anzuketten, weil das Schloss zu kurz war. Henrike konnte die Banalität des Lebens so flach formulieren, dass es ihr einen Job als Texterin für die Zettel in den Glückskeksen eingebracht hatte. Einer der vielen Jobs, mit denen sie die Miete für die erste Wohnung bezahlt und sich die Freiheit erkauft hatte, ihr Leben selbst zu gestalten. Henrike hatte immer großen Wert auf Selbständigkeit gelegt und mit sechzehn schon ihr erstes eigenes Geld verdient. Wittjer bewunderte diese Kunst, so sinnlos, aber erheiternd. Nach einem Jahr war Henrike gefeuert worden. Die Polizei war mit einem Sondereinsatzkommando zum Kekshersteller ausgerückt, weil sie einen Satz geschrieben hatte, der die Keks-Esser aufschrecken ließ: »Bitte Hilfe, ich werde im Keller der Glückskeksfabrik gefangen gehalten.«

Schließlich standen sie auf und ließen sich zur Ratinger Straße treiben. Mittlerweile war es dunkel geworden, aber die Kühle konnte die Nacht nicht erobern. Deshalb standen die Menschen noch draußen auf der Straße und wippten zur Musik, die aus den Fenstern der Kneipen drang und an der sich niemand störte. Sie wurden getragen von einer Fröhlichkeit, die keine Verweigerung duldete. Die Wirte machten ein gutes Geschäft. Henrike stellte sich vor, dass die Blumen an den Fenstern der Altstadthäuser Geranien voller Hasch wären. Wittjer lieh sich ein Feuerzeug und pflückte ein Blatt der Blumen ab, versuchte es anzuzünden und roch daran.

»Das sind Begonien«, sagte Henrike.

Sie lachten ausgelassen bis Wittjers Telefon sich mit einem kurzen Gongschlag meldete. Das Signal der Datenbank.

XIII

Wenig später schaute Johannes Wittjer in Karnatsch' Wohnung auf das Bild einer enthaupteten Frau. Er fühlte sich sofort wieder nüchtern. Der Unterkiefer des Opfers hing weit herunter, die Augen waren seltsam hervorgetreten. Sein Blick schweifte über mehrere Fotos der Leiche aus dem Hofgarten, die den Kopf aus verschiedenen Perspektiven zeigten. Den abgetrennten Hals und die blutverschmierten Haare. Er spürte, wie sich ihm der Magen umdrehte. Er musste sich setzen und rutschte in den alten Ohrensessel gegenüber dem Fernseher.

Walter Karnatsch hatte Wittjer gebeten, nach Flingern in seine Wohnung zu kommen, als er die SMS erhalten hatte: »Wir haben was« – mehr hatte Wittjer nicht geschrieben. Und obwohl es schon elf Uhr war, hatte der Hauptkommissar sich sofort gemeldet.

»Morgen zeigt der ›Express‹ in seiner Sonntagsausgabe ein Foto vom Tatort«, sagte Karnatsch, »das wird die Stimmung in Düsseldorf aufwühlen.«

»Du musst ganz schön viel aushalten. Die Bilder sind echt ekelig.«

Karnatsch nickte. Er machte den Job jetzt schon viele Jahre, aber diese Brutalität wühlte ihn noch immer auf. »Vielleicht hat der ›Express‹ sogar Bilder vom Opfer. Ein paar Leute haben mit Handys Fotos gemacht. Wenn die Zeitung diese Bilder bringt, ist bei mir im Präsidium morgen der Teufel los.«

»Ich muss an deinen Computer, dann kann ich nachschauen, was die Genanalyse vom Sperma des Täters ergeben hat«, sagte Wittjer. Der Server seines Labors hatte ihn automatisch informiert, weil der Datenvergleich ein Ergebnis hatte. Er ließ sich den Sicherheitscode auf sein Handy schicken, damit er mit einem fremden Computer auf die Datenbank zugreifen konnte.

»Die Rechtsmedizin sagt, dass die Klinge mindestens dreißig Zentimeter lang ist. So ein Messer hat man nicht zufällig bei sich. Da macht einer Jagd auf Frauen«, sagte Karnatsch. Er wusste, wie eine solche Schlagzeile die Stimmung in der Stadt verändern konnte. Seit Donnerstag war er jedes Detail der Ermittlungen noch einmal durchgegangen. Hatte sich wieder Arbeit mit nach Hause genommen. Ohne Sabine arbeitete er noch mehr als früher. Das Wohnzimmer hatte sich in ein Büro verwandelt. In der Küche stapelten sich Pizzakartons. Wittjer sah ihm den fehlenden Schlaf an.

»Was habt ihr denn?«

»Wir vermuten, dass es ein Fleischermesser gewesen sein könnte. Der Täter hat das Opfer mit einem Hieb getötet, als es mit dem Rücken auf dem Boden lag. Er muss sehr stark sein, denn die Frau hat sich gewehrt. Aber sie hatte keine Chance.«

Wittjer startete den Computer, der auf dem alten Schreibtisch zwischen Fenster und Sofa stand. Er schob ein paar beschriebene Blätter Papier beiseite, um Platz für die Tastatur zu finden. »Und du glaubst immer noch an eine Zufallsbegegnung?«

»Das ist ziemlich sicher. Die Frau lebte erst seit drei Monaten in Düsseldorf. Außer den neuen Arbeitskollegen kannte sie hier niemanden. Sie gehörte zu einem Kreis von Nachwuchsmanagern, die von Trustgold rekrutiert wurden.«

Endlich öffnete sich auf dem Computerbildschirm der Internet-Browser. Karnatsch hatte tatsächlich die Polizeidatenbank als Startseite. Wittjer lächelte. Er tippte die IP-Adresse seines Netzwerks ein und wartete auf die Aufforderung zur Eingabe des Sicherheitscodes.

»Wie wollt ihr weitermachen?«, fragte er.

Karnatsch sah zu ihm herüber und zuckte mit den Schultern. »Wir haben ihren Freund und die Familie befragt. Das gab nichts her. Die Forensiker suchen das Tatwerkzeug, sie haben im Schlachthof ein paar Messer abgeholt. Das ist unser bisher bester Ansatz. Was hast du denn für uns?«

»Warte noch einen Moment.« Wittjer konnte endlich die Analysedatei aufrufen, sie war erst zu zwei Dritteln fertig. Die Darstellung auf dem Bildschirm gliederte sich in mehrere Teile. Ganz oben waren die Gene gelistet, die sich vom Durchschnittsgenom unterschieden. Dort wartete schon die erste Überraschung.

»Dein Täter ist asiatischer Abstammung«, sagte Wittjer.

»Ein Asiat? Woher weißt du das?«

»Der Computer hat so viele Parallelen gefunden, dass er automatisch einen asiatischen Typ als Vorlage für die Genanalyse gewählt hat.«

Karnatsch schaute auf den Bildschirm. Er sah nur Abkürzungen, große und kleine Buchstaben mit Ziffern. Nichts, was er mit einem Menschen in Verbindung bringen konnte.

Wittjer erklärte es ihm: »Es gibt typische Merkmale. Ein Gen, das die Färbung von Haut und Haaren regelt, liegt bei Asiaten in einer anderen Form vor als bei Europäern. Auch der Fettstoffwechsel ist im Erbgut der Asiaten anders codiert. Außerdem hat der Mann eine Laktose-Intoleranz.«

Wittjer klickte auf ein paar Details zu den Genen, die der Computer als verändert markiert hatte. Er bemerkte, dass der Kommissar nicht ein bisschen von dem verstanden hatte, was er ihm erklären wollte. Egal. Wittjer suchte weiter, streifte mit der Maus über die Liste mit den Abkürzungen. Er kannte diese Situation. Sie forderte höchste Aufmerksamkeit. Er hatte Karnatsch schon oft geholfen. Er durfte nichts übersehen. Jede kleine Veränderung, die der Computer in der Liste sammelte, konnte die entscheidende Spur liefern. Der Jagdtrieb packte ihn. Mit jeder gelungenen Analyse wuchs der Reiz der Aufgabe. Diesmal ging es um Mord und Vergewaltigung. Sein bisher größter Fall.

Wittjer murmelte Zahlencodes wie das Vokabular einer fremden Sprache. Die Maus huschte über den Bildschirm. Er suchte auf Chromosom 15 nach HERC2, OCA2 und bey2 und nach gey auf Chromosom 19, vielleicht die Augenfarbe. Wahrscheinlich braun. Die Haare: vermutlich dunkel, nein, nichts Besonderes. Es musste doch noch einen Hinweis geben. Er spürte, dass er nah dran war. Der Jäger hatte das Wild in die Enge getrieben. Die Datenbank zeigte dem Bösen die Grenzen auf. Ein Asiat, aber was noch? Gab es keine anderen Auffälligkeiten? Vermutlich hatte der Mann eine Herzschwäche, aber damit konnte man ihn nicht identifizieren.

Wittjer zwang sich, seine Gedanken zu fokussieren. Er startete einen neuen Datenabgleich und suchte nach Auffälligkeiten, die Gruppen von Genen betrafen. Der Computer röchelte, die Lüftung heulte auf. Warum besaß Karnatsch nur einen so langsamen Rechner? Dann endlich die Antwort: HLA-DQA und HLA-DQB verbunden mit DRB1! Sie alle waren in einer bestimmten Art verändert. Wittjer spürte wie die Anspannung nachließ. Das Wild war erlegt.

»Okinawa«, sagte er laut und lehnte sich auf dem Stuhl zurück.

Karnatsch verstand nichts von alledem. Eine Viertelstunde war vergangen, in der Wittjer wenig gesprochen und wie in Trance gehandelt hatte. Der Kommissar hatte ihn beobachtet und die plötzliche Erleichterung in den Gesichtszügen bemerkt. »Du kennst seinen Namen?«, fragte er.

»Quatsch.« Wittjer schaute ihn ungläubig an. Er machte eine Pause und suchte eine Erklärung, die Karnatsch verstehen würde.

»Es ist vermutlich ein Japaner. Aus der Region Okinawa«, sagte Wittjer. Er interpretierte Karnatsch' fragendes Gesicht so, dass der mit dem Stichwort nichts anfangen konnte. »Okinawa ist eine Inselgruppe vor Japan. Dort leben besonders viele alte Menschen. Man nennt die Gegend auch die Inseln der Hundertjährigen.«

Vielleicht hatte Karnatsch keinen guten Tag und bestimmt zu wenig geschlafen. Aber er begriff noch immer nichts. »Der Mann im Hofgarten mit dem Messer ist ein Hundertjähriger?«

»Nein. Aber er könnte von dort stammen, von der Inselgruppe Okinawa. Das hohe Alter der Bevölkerung hat die Wissenschaft angelockt. Mehr als siebenhundert Superalte haben ihr Blut genetisch untersuchen lassen. Bei der ›Okinawa Centenarian Study‹ geht es um die genetischen Faktoren für ein langes Leben. Die Ergebnisse stehen allen Forschern zur Verfügung. Und dein Messermörder besitzt einige der typischen Langlebigkeitsgene. Mit hoher Wahrscheinlichkeit stammt er aus dieser Region.«

»Ein Samurai«, sagte Karnatsch, der an die lange Klinge des Messers dachte. Er griff zum Telefon und wählte eine Nummer aus dem Speicher. Es dauerte einen Moment, bis sein Gesprächspartner sich meldete.

»Hallo Bernd, hier ist Walter.« Karnatsch ließ keine Zeit für eine Antwort. »Ich weiß, wie spät es ist. Es ist wichtig. Kannst du dir die Liste der Mobiltelefone, die beim Mord im Hofgarten in den Handyfunkzellen registriert waren, noch einmal anschauen? Ich suche das Handy eines Japaners. Der Besitzer stammt vermutlich aus der Region Okinawa.«

Bernd schien nicht glücklich mit dieser Aufgabe mitten in der Nacht.

»Ich habe einen Hinweis. Wir können vielleicht einen zweiten Mord verhindern«, sagte Karnatsch. »Ruf mich an, sobald du was hast. Egal wann.«

Sie saßen noch eine Stunde zusammen. Karnatsch hatte das Gefühl, dass er seit Donnerstag endlich einmal unbelastet einschlafen könnte. »Johannes, ich kann dir nicht genug danken. Du leistest viel für unsere Gesellschaft, weil wir diese Leute mit deiner Hilfe finden können.«

»Erzähl keinen Quatsch, ich tue meine Pflicht. Und außerdem: Du hast ihn noch nicht gefunden.«

»Lass mich mal machen. Jetzt kriege ich ihn.« Karnatsch' Gesicht hatte sich verändert. Er war siegesgewiss. Wenigstens bei einem Fall gab es einen Fortschritt. »Ich habe noch einen zweiten Mord, aber da kann ich dir noch keine Probe für eine DNA-Analyse liefern.«

»Was ist passiert?«

»Ein Mann wurde in seinem Haus erschossen. Er stammt aus Düsseldorf. Vielleicht kennst du ihn. Hast du den Namen Daniel Achtermann schon einmal gehört?«

»Nein, sagt mir nichts«, antwortete Wittjer. »Es ist spät, ich fahre nach Hause. Ich habe morgen noch etwas vor.«

Karnatsch schaute aus dem Fenster, als Wittjer in das Taxi stieg. Johannes hatte bei seiner Antwort komisch gezögert. Das verwirrte ihn. Karnatsch hasste sich für dieses Gefühl, ausgelöst vom Stress der letzten Tage. Das Misstrauen konnte jede Freundschaft zerfressen. Überall witterte er Zweifel. Er musste aufpassen, dass er nicht jeden Satz der Menschen in seiner Umgebung sofort auf Unstimmigkeiten und mögliche Lügen untersuchte. Sabine hatte immer geklagt, dass er grantelte, wenn er seine Fälle nicht lösen konnte.

Sonntag

XIV

Henrike war aus der Altstadt noch später zurückgekehrt als er aus Karnatsch' Wohnung. Wittjer wollte ihr von seinem Erfolg berichten. Er sprang aus dem Bett, als er die Tür des Taxis hörte. Er öffnete die Haustür, als Henrike noch in der Handtasche nach ihrem Schlüssel suchte. Sie besaß seit Jahren einen eigenen Hausschlüssel, aber sie nutzte das Angebot zum Übernachten nur selten.

»Ich habe ihn gefunden«, rief Wittjer stolz, »den Vergewaltiger aus dem Hofgarten.« Er bemerkte, wie sich die Aufregung, die ihn an Karnatsch' Computer übermannt hatte, sofort wieder aufbaute. Er hatte einen Mörder gefangen. Er redete wie ein Wasserfall und erzählte ihr von den Okinawa-Genen. Doch Henrike hörte nicht richtig zu. War er zu schnell oder hatte sie zu viel getrunken?

»Das hast du gut gemacht«, sagte sie und bewegte sich zum Gästezimmer.

Er ließ sie gehen und weckte sie gegen Mittag. In der Küche standen Brötchen vom einzigen Bäcker, der am Sonntag in Hamm geöffnet hatte. Henrike rührte in ihrem Kaffee. Sie ließ Wittjer die Geschichte vom Japaner noch einmal erzählen. Sie stellte Fragen, deren Antworten sie kannte. Wie ein Sicherheitsoffizier bei einer Check-Liste. Er sollte noch einmal prüfen, ob er nichts übersehen hatte.

Sie bemerkte, dass er nicht ein einziges Mal fragte, wie ihr Abend noch verlaufen sei. Immerhin hatte er sie in der Altstadt stehen gelassen. Er fragte nicht, wo sie noch gewesen sei, oder ob sie noch jemanden getroffen habe. Ob die Musik gut gewesen, und warum sie erst so spät zurückgekehrt sei. Sie würde es ihm ein anderes Mal erzählen, heute nicht mehr. Henrike beendete das Frühstück schneller als sonst. Sie wollte nach Hause.

Obwohl es Sonntag war, fuhr Wittjer noch ins Büro. Ein angenehmes Treffen erwartete ihn. Einer seiner ersten Kunden hatte für den frühen Nachmittag um einen Termin gebeten. Tim Tonklin arbeitete als Langstreckenpilot. Der Job ließ ihm nur wenig Zeit für private Termine in Düsseldorf. Tonklin kam eine Viertelstunde früher als vereinbart. Wittjer begrüßte ihn mit einem kräftigen Handschlag.

»Wie geht es Ihrer Familie?«, fragte er, »Ihrem Bruder und Ihrem Cousin?« Er konnte sich noch gut an die Familie erinnern. Mehrere Verwandte von Tim Tonklin waren an multipler Sklerose erkrankt und der Pilot hatte erwartet, dass es auch ihn träfe.

Tonklin sah viel besser aus als damals, als er Wittjer wegen einer Genanalyse aufgesucht hatte. »Herr Wittjer, mein Leben hat eine ganz neue Qualität bekommen. Die Angst vor der Krankheit ist verflogen. Jetzt, da ich weiß, dass ich den Gendefekt nicht habe, kann ich endlich wieder ruhig schlafen. Ich habe Ihnen etwas mitgebracht, ein kleines Dankeschön.« Er zeigte auf eine schwarze Aktentasche, die wie der Musterkoffer eines Teppichhändlers aussah. Er klappte den Deckel auf und winkte ihn heran.

Wittjer schaute hinein. In der Dunkelheit des schwarzen Koffers bot sich ein prächtiges Farbenspiel: rot, grün, orange, blau, lila. »Glo-Fische«, sagte er und strahlte. Die gentechnisch veränderten Fische schwammen munter umher.

»Ich habe sie in allen verfügbaren Farben mitgebracht. Leider kenne ich Ihre Lieblingsfarbe nicht«, erklärte Tonklin.

Wittjer war gerührt. »Ganz herzlichen Dank, Sie wissen nicht, wie glücklich Sie mich damit machen.«

»Ich habe sie in den USA in einem Hotel gesehen und mich erkundigt, wo man sie kaufen kann«, sagte Tonklin. »In Europa sind sie ja verboten.«

Wittjer hielt den Deckel ein wenig schräg, damit weniger Licht auf die Tiere fiel. Sie leuchteten vom Kopf bis zur Spitze ihrer Schwanzflosse. Die Eleganz, mit der sie ihren Körper bewegten, war die vollkommene Ästhetik. Wittjer kannte farbige Fische aus den großen Aquarien mit den prächtigen Tropenfischen des Düsseldorfer Aquazoos. Doch die hatten alle einen Makel, sie waren Kinder des Lichts. Diese hier besiegten die Dunkelheit. Die Evolution hatte das nicht für nötig erachtet, der Mensch konnte nachhelfen und der Natur mehr Schönheit verleihen. Die Amerikaner mochten diese Art Haustier. Und sie war erschwinglich: hundertsechzig Dollar für vierundzwanzig Fische.

XV

An der Königsallee einen Parkplatz zu finden, war immer schwer. Franziska Dorllin fluchte kurz über den Fahrer eines Porsche Carreras, der ihr eine Parklücke direkt vor ihrer Praxis wegegeschnappt hatte. Jetzt stand sie in zweiter Reihe und wartete darauf, dass eine Familie die Kinder und den Hund in ihren SUV verpackt hatte. Viele Papiertüten im Kofferraum kündeten von einem erfolgreichen Einkaufsvormittag. Das Pärchen ließ sich Zeit. Die Autos hinter Dorllin hupten, aber sie behielt stoisch die Ruhe. Einen anderen Parkplatz als diesen würde sie nicht bekommen, nicht an einem Sonntag bei diesem guten Wetter.

Dorllin hatte sich entschieden, dass sie shoppen wollte. Das Gedränge auf der Kö hielt sie nicht ab. Im Gegenteil: Gerade deshalb hatte sie sich den verkaufsoffenen Sonntag ausgesucht. Sie genoss das Gefühl zu den oberen Zehntausend zu gehören, die auf Düsseldorfs Prachtstraße nicht nur flanierten, sondern in den teuren Shops auch einkaufen konnten. Sie kokettierte mit den Namen der Modedesigner, deren Kleidung sie trug, und freute sich auf jede neue Saison, wenn Farben und Schnitte wechselten. Wie freundlich sie empfangen wurde, die Bodyguards, die ihr am Eingang die Tür öffneten. Manchmal sprach sie nur Spanisch, erzählte den Verkäuferinnen von ihrer Finca bei Barcelona, die sie nicht besaß, aber Eindruck machte. Neid war ihr nicht fremd, er war ihr Begleiter, noch besser, wenn andere auf sie neidisch waren.

Aber erst musste dieser Parkplatz frei werden. Die Kinder waren auf dem Rücksitz verstaut, der Hund zwischen ihnen. Der Mann, der einen braunen Gürtel zu schwarzen Schuhen trug, saß bereits im Wagen. Seine Frau lehnte am Auto und ließ ihn warten. Sie telefonierte. Dorllin hatte es nun doch eilig. Sie spürte den Druck auf ihrer Blase. Also schaute sie eindringlich zu der Frau hinüber, ignorierte ihre billigen Sandalen und schenkte ihr erst ein Lächeln und dann einen fragenden, leicht fordernden Gesichtsausdruck. Die Frau am Telefon verstand. Sie nickte kurz und stieg endlich ein.

Ihre Praxis war nur fünfzig Meter entfernt. Deshalb entschied Dorllin sich zu einem Abstecher dorthin, damit sie in Ruhe einkaufen konnte. Sie verabscheute die Toiletten in der Stadt. Als sie die Tür öffnete, schlug ihr im Hausflur ein unangenehmer Geruch entgegen. Es roch nach Feuer wie bei einem Schwelbrand. Noch vor den drei Stufen zum Aufzug, sah sie den Grund. Es hatte gebrannt. In ihrem Briefkasten. Die Messingklappen waren mit schwarzer Farbe beschmiert. Ein Sprayer hatte zwei ineinander verschlungene, geschlängelte Linien darauf gesprüht. Die Wand über dem Briefkasten war mit Ruß bedeckt. Das Schloss funktioniert noch, aber es rieselt nur Asche heraus, als sie den Kasten geöffnet hatte.

Die Polizei ließ sich Zeit. Es dauerte zwanzig Minuten, bis eine Beamtin auftauchte, die so jung war, dass sie Dorllins Tochter hätte sein können. Die Polizistin maß dem Vorfall keine besondere Bedeutung bei. Das Feuer hatte nicht einmal den Rauchmelder ausgelöst. Kleinere Zündeleien waren in der Königsallee an der Tagesordnung. Vor allem am Wochenende, wenn Halbstarke ihre Mutproben veranstalteten. Immer wieder brannten Mülltonnen oder Papiercontainer. Diesmal hatten die Brandstifter es in einen Hauseingang geschafft.

»Keine Einbruchsspuren«, sagte die Polizistin zu Dorllin. »Jemand ging hinaus, und die Tür ist nicht ins Schloss gefallen. Fragen Sie doch Ihren Hausmeister, der soll das reparieren.« Sie fotografierte den ausgebrannten Briefkasten und die Schmierereien. Dann drückte sie Dorllin einen Durchschlag ihres Berichts in die Hand. »Geben Sie das Ihrer Versicherung, die wird den Schaden begleichen.«

Über Funk bekam die Polizistin ihren nächsten Einsatz. Ein Ladendieb bei Giorgio Armani. Dorllins Shopping-Laune war dahin. Außerdem hatte ihre Bluse schwarze Flecken vom Ruß. Sie rief den Hausverwalter an und fuhr in die Sauna. Ein bisschen Entspannung konnte sie jetzt gebrauchen.

XVI

Die Operation Okinawa begann am Mittag. Karnatsch hatte sechs Spezialisten des SEK bestellt und zwei japanische Polizei-Dolmetscher. Er kannte nur einen Namen und eine Telefonnummer, keine Adresse. Offensichtlich war der Mann nicht in Düsseldorf gemeldet. Die Behörden drückten gern ein Auge zu, die Auflagen für die japanischen Firmen waren nicht so streng. Mehr als fünfhundert Unternehmen dirigierten von Düsseldorf aus ihre Geschäfte in Deutschland oder Europa. Achttausend Japaner lebten in der Stadt. Karnatsch hatte mit ihnen bisher kaum etwas zu tun gehabt. Ihre Familien waren gut integriert und anerkannt. Die Männer strebten nach Erfolg. Sie ordneten ihr Leben einem festen Ziel unter, gingen als Manager oder Spezialisten für ein paar Jahre ins Ausland und stiegen die Karriereleiter hinauf. Mord passte nicht dazu. Deshalb fühlte Karnatsch sich ein bisschen unwohl, einen dieser Männer unter Mordverdacht festzunehmen. Aber Johannes' Analyse klang überzeugend. Endlich hatte er besser schlafen können und sich seit drei Tagen mal wieder rasiert. Für gewöhnlich hatte ihn Sabine daran erinnert, wenn er sein Äußeres vernachlässigte. Das erkannte er erst jetzt, wo sie getrennt waren. Er schaute prüfend auf Hemd und Schuhe.

Karnatsch saß in seinem Büro im Präsidium am Jürgensplatz. Er wartete, dass sich die Ergebnisse der Handy-Ortung bestätigten. Das Signal war zuletzt an der Immermannstraße aufgefangen worden, im japanischen Viertel der Stadt. Dort lief der Mann umher, er wirkte unauffällig. Mitte dreißig, dunkle Jacke, schwarze Hose, eine Sporttasche. Noch waren zu viele Passanten unterwegs, also verlangte der Hauptkommissar Geduld. Er wollte kein Risiko eingehen.

Karnatsch wusste nicht viel über seinen Verdächtigen. Eigentlich fast gar nichts. Heute würde er von der japanischen Polizei auch keine Informationen mehr bekommen. Dort war bald Mitternacht. Er hatte Glück gehabt, dass nur fünf Telefone mit japanischen Besitzern in den Handyfunkzellen registriert waren. Eines davon gehörte dem Generalkonsul, der bei der Museumsfeier anwesend war, ein anderes seiner Frau. Das Ehepaar war in Begleitung zweier

Geschäftsleute, die die Europavertretung angesehener Firmen leiteten.

Das fünfte Handy lieferte die beste Spur. Eine sehr gute sogar. Es lief mit einem japanischen Mobilfunkvertrag. Der Besitzer hatte eine Adresse in Naha angegeben, der Hauptstadt der Präfektur Okinawa. Das passte. Zwei Männer des SEK verfolgten ihn schon seit zwei Stunden zu Fuß. Der Mann war kreuz und quer durch den Hofgarten gelaufen, aber sie hatten die Chance, ihn dort festzunehmen, verpasst. Dann endlich klingelte Karnatsch' Handy.

»Er sitzt in einem Restaurant. Es ist nicht voll«, sagte einer der SEK-Beamten.

»Wir kommen.« Der Hauptkommissar nickte den beiden Dolmetschern zu.

Die drei brauchten fünf Minuten bis zur Immermannstraße. Karnatsch schlenderte am Restaurant vorbei und schaute durch das Fenster. Die Theke zog sich rechts an der Wand entlang. Zwischen der Tür und den Tischen gab es keine Hindernisse. Vorn saß eine Familie, daneben hatten zwei Geschäftsleute in Anzügen Platz genommen. Es gab zwei Bedienungen, eine der beiden stand hinter der Theke. Der Mann saß weiter hinten, allein an einem Vierertisch, eine gute Gelegenheit. Er schaute Richtung Eingang und wartete auf sein Essen.

Karnatsch traf die Männer des SEK zwei Häuser weiter in einer Einfahrt zu einem Hinterhof. »Es geht los«, sagte er.

Die Ruhe des Sonntagnachmittags wich einer hektischen Betriebsamkeit. Zwei Streifenwagen sperrten die Straße ab. Karnatsch lief voran, die Männer des SEK und die Dolmetscher im Schlepptau. Er riss die Tür auf, das SEK stürmte an ihm vorbei und stürzte sich auf den Verdächtigen. Karnatsch zeigte der Bedienung seinen Dienstausweis. Die übrigen Gäste wurden unruhig. Die Mutter nahm ihr Kind schützend in den Arm. Der Dolmetscher rief ihnen etwas auf Japanisch zu, was sie nicht wirklich beruhigte.

Die Polizisten hatten den Mann überrascht. Noch bevor er aufspringen konnte, trug er Handschellen. Er sagte kein Wort, weder schrie er aus Protest noch reagierte er auf seinen Namen. Das SEK führte den Mann zum Ausgang.

Karnatsch sah in zwei dunkle Augen, die Teilnahmslosigkeit vermittelten. Ungewöhnlich bei einem Täter, der mit so viel Gewalt tötete, dachte er. Vielleicht verhielten sich Japaner in dieser Beziehung anders als Europäer.

»Fragen Sie, ob jemand den Mann kennt«, forderte er den jüngeren der beiden Dolmetscher auf. Er selbst ging zum Tisch und durchsuchte die Jacke des Mannes, den sie abgeführt hatten. Zwei Kreditkarten, auf beiden stand der Name, auf den auch das Telefon angemeldet worden war. Dann öffnete Karnatsch die Sporttasche. Er fand ein Handtuch, darin eingewickelt ein schwarzer Lederschaft. Karnatsch zog Handschuhe an und griff danach. Der Schaft war schwer, er gehörte zu einer Art Säbel.

»Ein Katana«, sagte der Dolmetscher.

»Sieht aus wie ein langes Messer.«

»Ein japanisches Langschwert.«

Karnatsch war erleichtert. »Ich glaube, wir haben ihn.«

»Die Gäste kennen ihn nicht, aber Herr Samako, der Chef des Restaurants.« Der Dolmetscher begrüßte einen etwa fünfzigjährigen Japaner, der sich sofort verbeugte.

Karnatsch reagierte nicht. »Wann hat er ihn zuletzt gesehen? Kam er häufiger?«

Die beiden Männer redeten mit viel Gestik.

»Nein, er ist neu in Düsseldorf. Zuletzt war er am Donnerstag da, von fünf bis sieben Uhr. Er hat sogar das Gleiche bestellt«, übersetzte der Dolmetscher.

»Hatte er da auch die Sporttasche mit?«

Es folgte ein langer Dialog, den der Dolmetscher kurz zusammenfasste: »Ja.«

»Da ist Herr Samako ganz sicher?«

»Ja, ist er. Sie haben nicht so viele Gäste mit Sporttaschen. Es ist ein teures Restaurant«, erklärte der Dolmetscher.

»Danke«, sagte Karnatsch und wollte gehen. Er hatte alle Informationen, die er benötigte. Der Dolmetscher hielt ihn jedoch am Arm fest.

»Der Wirt möchte Sie zum Essen einladen.«

»Nein, das geht nicht. Sagen Sie, ich bedanke mich, aber ich habe keine Zeit.«

»Das können Sie nicht machen«, sagte der Dolmetscher bestimmt. »Wenn die Polizei einen seiner Gäste öffentlich abführt, dann verliert der Besitzer des Restaurants sonst sein Gesicht.«

Karnatsch zögerte. Sabine mochte japanisches Essen, er nicht. »Wollen Sie hier essen?«

»Gern. Das Essen ist exzellent«, sagte der Dolmetscher.

»Dann regeln Sie das. Guten Appetit. Und fragen Sie die Kollegen vom SEK, vielleicht wollen die auch was.«

Karnatsch ging grußlos. Er wusste nicht, ob es die Etikette erlaubte, dem Japaner die Hand zu schütteln oder nicht. Oder ob er sich verbeugen sollte. Auf der Straße atmete er tief durch. Er hatte den Richtigen erwischt. Er hatte einen Menschen verhaftet, über den er fast nichts wusste, nur weil dessen DNA auffällig war. Die Suche nach der Wahrheit brauchte manchmal nur wenige Hinweise. Er wusste nicht, was den Mann angetrieben hatte, oder warum die Frau sterben musste. Aber das würde er schon herausfinden. Die Polizeiarbeit änderte sich, aber sein Instinkt hatte ihn wieder nicht getrogen. Er spürte eine innere Zufriedenheit, mit diesem Tag, mit seinem Beruf und mit sich selbst. Könnte sein, dass es dazwischen gar keinen Unterschied gab.

Mittwoch – Sechs Wochen später

XVII

Der Regen trieb die Menschen in die U-Bahn. An den Gleisen der Haltestelle Düsseldorf-Bilk herrschte dichtes Gedränge. Wittjers Zug kam in sechs Minuten. Die Bahn würde nicht genug Platz für alle bieten, das war ihm klar. Und es würde eine unangenehme Fahrt werden. Die Menschen, die wie er auf den Zug Richtung Innenstadt warteten, waren nass. Das Wasser tropfte von ihren Schirmen. Wenn sie gleich dicht gedrängt im Waggon stünden, würde es wie ein schlecht gelüftetes Fitnesscenter riechen. Draußen ging ein Gewitter nieder. Jeder noch so kurze Spaziergang war eine Strafe. Wenn es regnete, war die U-Bahn immer voll. Den Radfahrern in Düsseldorf fehlte die Allwetter-Tauglichkeit.

Noch zwei Minuten. Wittjer nahm seinen Platz am Bahnsteig ein. Er wusste, wo der Zug seine Türen öffnen würde. Jeden Tag fuhr er mit der Bahn ins Büro. Jeden Tag begegnete er dabei denselben Menschen. Er mochte diese Regelmäßigkeit. Mit dem Auto wäre er wohl schneller in der Stadt, aber der dichte Verkehr ärgerte ihn. Die U-Bahn dagegen hatte etwas Lethargisches, das dem Morgen seinen Stempel aufdrückte, den Tag mit dem gleichen Rhythmus beginnen ließ.

Der Zug fuhr ein und hielt dort, wo Wittjer es erwartet hatte. Er konnte als Erster den Waggon betreten und nach den wenigen freien Sitzplätzen Ausschau halten. Es gab nur einen: gegenüber von einem jungen Mann, der die Füße auf den Sitz vor sich gestellt hatte. Die Kapuze seines grauen Sweatshirts verdeckte einen Teil des Gesichts. Der Junge hing in seinem Sitz wie ein angeschlagener Boxer. Der Unterkiefer bewegte sich, er kaute Kaugummi. Weil der Sitz vor ihm frei war, ahnte Wittjer, dass der junge Mann unangenehm roch. Sonst hätten die Passagiere im Waggon schon ihre Chance genutzt. Trotzdem ging Wittjer zielstrebig zum einzig verbliebenen Platz, schob die Füße vom Sitz und setzte sich.

Der Mann kaute mit offenem Mund. Er roch, als sei Zahnpflege noch nicht erfunden worden. Wittjer konnte den Gestank nicht zuordnen, der ihm nach jeder Mundbewegung seines Gegenübers in die Nase stieg. Obdachlose hatten einen typischen Geruch, der vom ganzen Körper ausging. Sie fuhren häufig mit der U-Bahn, wenn es stark regnete. Aber das hier war ein anderer Geruch: muffelig faulig, nach verrottenden Pflanzen in einem Tümpel. Wittjer schaute vorsichtig nach vorn. Der Mann bemerkte ihn nicht, zugedröhnt lehnte er mit dem Kopf am Fenster. Die Kleidung war geordnet, die Hose sauber. Das Kapuzenshirt trug den Aufdruck eines teuren Labels. Er hörte Musik über Kopfhörer, ein weißes Handy lugte aus der Tasche des Shirts. Sein Gebiss war ordentlich, der Zustand nach ein paar Jahren der korrigierenden Wirkung einer Zahnspange. Zwischen den Zähnen hingen kleine grüne Streifen. Wittjer mochte kaum hinschauen, ihn packte der Ekel. Der junge Mann bewegte sich. Gemächlich zog er mit der rechten Hand einen halbvollen Plastikbeutel aus seiner Hosentasche. Er fingerte zwei Blätter aus dem Beutel, steckte sie sich wortlos in den Mund und kaute.

Wittjer traute seinen Augen nicht. Er erkannte die Blätter mit dem gewellten Rand sofort an ihrer typischen Form: Geranien.

Der junge Mann kaute Geranienblätter. Seine Kiefer bewegten sich, die Zunge schob eine grün-braune Masse in die Wangen. Wittjer spürte Wut in sich aufsteigen. Er sprang auf und sprach ihn an: »Wo hast du die her?«

Der Mann antwortete nicht. Konnte er ihn nicht hören? Wittjer riss ihm die Kopfhörer von den Ohren. Er beugte sich hinab und versuchte, den Beutel in der Hosentasche zu greifen.

»Hör auf, Alter!«, brüllte der Mann. Er war total bekifft.

»Steh auf, gib mir den Beutel.«

»Was willst du von mir? Finger weg. Das ist meins.« Der Mann schlug unkontrolliert mit dem Arm um sich. Wittjer wehrte die Attacke ab und wühlte mit den Fingern in der Hosentasche seines Gegenübers.

»Gib mir den Beutel. Wo hast du ihn her?«

»Arschloch. Lass mich los.«

Wittjer hatte den Beutel fast in der Hand, als er von dem Knie des Mannes getroffen wurde. Er musste loslassen. Der Mann schlug nun mit beiden Armen um sich.

»Alter, ich habe dir nichts getan. Lass mich los!«

Wittjer stürzte sich auf ihn und nahm ihn in den Schwitzkasten. »Sag mir, wo du das her hast.«

»Weiß ich nicht.«

Wittjer drückte stärker zu. Er wollte die Antwort aus ihm herauspressen.

»Ein Freund hat sie mir gegeben. Er hat nicht mehr.« Der Mann röchelte.

»Wie lange hast du die schon?«

»Drei Wochen. Die sind geil, viel besser als das normale Zeug. Lass mich los.«

Wittjer lockerte den Griff. Der Mann schlug ihn mit dem Ellenbogen ins Gesicht. Die Nase blutete.

Ein anderer Passagier mischte sich ein. »Lassen Sie den Mann los«, brüllte er. »Schnell«, rief jemand. Der Sicherheitsdienst, der in der U-Bahn mitfuhr, drängte sich durch den vollbesetzten Waggon in Richtung der beiden Streithähne.

Wittjer griff nach dem Beutel. Die U-Bahn hielt an der Benrather Straße. Er schubste eine Frau zur Seite und flüchtete aus dem Zug. Zwei Männer des Sicherheitsdienstes waren hinter ihm her. Wittjer sprintete die Treppe hinauf und rannte Richtung Carlsplatz. Es regnete immer noch. Ohne Schirm war er sofort nass. Nur einer der beiden Schwarzuniformierten folgte ihm. Wittjer bog um die Ecke und schob sich in das Gedränge zwischen den überdachten Marktständen des Carlsplatzes. An einem Gemüsestand hielt er an und tat, als ob er etwas kaufen wollte. Blut lief aus seiner Nase. Er war abgehetzt und außer Atem.

»Nasenbluten?«, fragte die Marktfrau. »Serviette?«

»Danke«, sagte Wittjer und nahm gleich zwei. »Ich komm schon zurecht.« Er versuchte, sich unauffällig zu verhalten. Er ging in eine Kneipe am Rande des Marktplatzes und suchte einen Platz möglichst weit drinnen. Sein Anzug war nass, das Hemd hatte Blutflecken. Der Wirt brachte ein Alt. Wittjer schaute gebannt zur Tür, ob ihm jemand gefolgt war. Alles blieb ruhig. Er musste die Kontrolle über seine Gedanken wiedergewinnen. Warum hatte er sich so gehen lassen? Nach dem zweiten Alt zog er den Beutel aus seiner nassen Hosentasche. Seine Finger zitterten noch immer. Das Behältnis war ein gewöhnlicher Gefrierbeutel, darin etwa zehn getrocknete Geranienblätter. Er zerrieb eines davon zwischen seinen Fingern. Es fühlte sich weich und geschmeidig an.

XVIII

Auf dem Weg zum Büro wich Wittjer jedem Polizisten aus. Er hielt die Jacke dicht geschlossen, während er durch die Flinger Straße ging. Der Regen hatte nicht nachgelassen. Wittjer nutzte einen Seiteneingang der Tiefgarage unter dem Wilhelm-Marx-Haus und fuhr mit dem Fahrstuhl in den achten Stock. Er zog einen seiner Ersatz-Anzüge an, die im ehemaligen Aktenschrank hinter dem Schreibtisch seiner Sekretärin lagerten.

Derart trockengelegt und mit einer Tasse Kaffee in der Hand fühlte er sich etwas besser. Es war Viertel nach zwölf. Der große Zeiger der Uhr stand quer vor seinem Fenster. Die Aufregung hatte nicht nachgelassen. Wittjer war unruhig. Wie konnte ein Junge in der U-Bahn die Blätter seiner Geranien kauen? Er rief Dennis an, er musste ihn zu Rede stellen.

Wittjer wartete nicht, bis Dennis ihn begrüßt hatte. Er schnauzte ihn gleich an. »Was fällt dir ein? Was hast du mit den Geranien gemacht? Hast du die Blätter verschenkt?«

Dennis zögerte mit einer Antwort. »Ich habe einem Freund etwas abgegeben. Du profitierst auch davon. Das ist der, der für dich die Datenbank der Krankenhäuser geknackt hat. Also reg dich nicht auf.«

»Erzähl mir nichts. Der Junge, den ich in der U-Bahn erwischt habe, war höchstens achtzehn Jahre alt.«

»Ja, das war Flash. Er ist siebzehn. Er hat mir schon erzählt, dass er fast erwürgt wurde. Ich wusste nicht, dass du das warst. Warum hast du das getan?«

Wittjer stutzte. »Ist ein komischer Kerl, dein Kumpel. Ich war schockiert, dass er die Blätter hatte.«

»Flash ist ein cooler Typ. Er ist nicht sauer. Ich habe ihm gesagt, er könnte sich neue Blätter bei mir abholen.«

»Und der Sicherheitsdienst in der U-Bahn?«

»Flash ist abgehauen. Er wollte nicht als Schulschwänzer erwischt werden. Fliegt sowieso bald von der Schule.«

»Warum kaut ihr das Zeug? Wer ist darauf gekommen?«

»Das war Zufall. Ich wollte das Hasch so aufarbeiten, wie ich es beim Hanf mache. Und ein paar Kekse backen. Da habe ich die Blätter kleingehackt, in den Teig gemischt und probiert. Da ist mir aufgefallen, dass es auch so geht. Hanf kann man nicht kauen, aber die Geranienblätter sind super.«

»Flash hat aus dem Mund gestunken wie ein faulender Tümpel.«

»Ich weiß, das ist ein Problem. Ich lutsche gleichzeitig Pfefferminz, dann ist es zu ertragen.«

Wittjer legte auf. Dennis' Unbekümmertheit beruhigte ihn etwas. Er legte den Beutel mit den Blättern in die Schublade des Schreibtisches und rief Henrike in ihrem Büro an.

»Hast du Zeit? Können wir reden?«

Henrike hatte Zeit. Und bald würde sie noch mehr Zeit haben. Sie kämpfte mit den Tränen. Vor ihr lagen drei Briefe. Schlimmer hätte es an einem einzigen Tag nicht kommen können. Die Deutsche Forschungsgemeinschaft hatte über ihre Anträge entschieden und Absagen erteilt. Sechs Monate hatte sie an ihren neuen Projekten für die DFG gearbeitet, an Formulierungen gefeilt. Es war der Versuch, trotz der Bedenken gegenüber der grünen Gentechnik weiter als Wissenschaftlerin in Deutschland arbeiten zu können. Viele ihrer Kollegen hatten das Forschungsgebiet längst den neuen Bedingungen angepasst. Henrike dachte nicht daran. Sie wollte sich ihre Forschungsarbeit nicht von der Politik vorschreiben lassen. Die gentechnische Veränderung von Pflanzen könnte der Menschheit so viel Segen bringen. Für diese Überzeugung trat sie ein.

Doch die drei Briefe, die sie mit zitternden Händen geöffnet hatte, zogen ihr den Boden unter den Füßen weg. Die Ablehnung war nicht sonderlich gut begründet. Die Briefe lasen sich wie eine Ansammlung aus Satz-Bausteinen: »... angesichts der Vielzahl der eingehenden Anträge und der begrenzten Mittel müssen wir leider Entscheidungen treffen ...«, »... möchten wir Sie ermutigen, auch weiter Anträge zu stellen ...«.

Sie hatte einen Freund bei der DFG angerufen, der sie kurz abgefertigt hatte. Ihm seien die Hände gebunden. Die Lage sei schwierig und angesichts des politischen Drucks könne man nicht anders entscheiden. »Hast du dich in der Vergabesitzung für mich eingesetzt?«, hatte sie gefragt und ein einfaches Nein als Antwort erhalten. So eine Niederlage hatte sie noch nicht erlebt. Vor ein paar Jahren hatte sie als jüngste Professorin Deutschlands noch im Rampenlicht gestanden. Jetzt waren die Scheinwerfer aus. Sie konnte keine Mitarbeiter mehr bezahlen, weil die DFG kein Geld bewilligen würde. Am Institut musste sie zwei weitere Laborräume abgeben. Sie wurden für den neuen Sonderforschungsbereich benötigt. Kollege Drawton hatte fünf Millionen Euro in einem Drittmittelprojekt für Pflanzenphysiologie eingeworben.

Als Wittjer anrief, hatte sie die Briefe schon dreimal gelesen. Vielleicht hatte sie sich getäuscht, irgendein Detail übersehen. Aber die Sprache der Behörde war unmissverständlich und hart: Frau Professor Henrike Löning war pleite. Ihre Forschung abserviert. Henrike wollte Wittjer davon nichts erzählen. Zumindest nicht jetzt. Sie würde es tun. Nächste Woche. Aber sie benötigte noch Zeit. Genau genommen saß sie seit ein paar Stunden an ihrem Schreibtisch, las die Briefe und starrte aus dem Fenster in der Regen.

»Ich habe Zeit«, sagte sie zu Wittjer und bemühte sich, die Enttäuschung aus ihrer Stimme zu verbannen. »Was gibt es?«

Wittjers sprudelte los, seine Antwort lenkte sie ab. »Sie kauen die Geranienblätter. Einfach so. Man muss das Hasch nicht extrahieren. Es wirkt direkt im Mund.«

Natürlich, dachte Henrike. Warum war sie nicht selbst darauf gekommen? Der Speichel löste das Tetrahydrocannabinol aus den Blättern. Hanf war dafür zu hart, aber die Blätter der Geranien hatten eine andere Struktur.

»Woher weißt du das?«, fragte sie.

Wittjer erzählte ihr die Erlebnisse des Vormittags, ließ aber den Teil mit dem Schwitzkasten weg.

Henrike googelte derweil. Das Hasch-Projekt war das einzige, was ihr geblieben war. Sie fand ein Sorbet von Geranienblättern und andere Rezepte. Geranien hatten sich in der Haute Cuisine nicht durchgesetzt, aber der Genuss der Blätter erschien ungefährlich. Es gab sogar Zitronen-Geranien. Vielleicht würde dieser Geschmack ihre Pflanzen noch attraktiver machen. Dennis könnte bestimmt Auskunft geben. Eine gute Gelegenheit für ein Treffen, sie hatte ihn lange nicht mehr gesehen. Gerade als sie darüber nachdachte, erzählte Wittjer vom starken Mundgeruch.

»Dagegen können wir etwas tun. Ich kann eine Duftgeranie verwenden. Pelargonium crispum, die riecht nach Zitrone.«

Wittjer war verwirrt. Diese Aufregung um die Pflanzen gefiel ihm nicht. Die Geranien waren nicht mehr als eine Spielerei, dachte er. Als er protestieren wollte, legte Henrike auf. »Ich kann nicht mehr sprechen, zu viele Leute«, sagte sie.

XIX

Wieder nichts. Walter Karnatsch hatte schon viel erlebt in den fünfundzwanzig Jahren bei der Mord 1. Heute war ein neuer Dolmetscher gekommen, ein junger Mann aus der gleichen Provinz wie der Verdächtige. Wieder war der Japaner stumm geblieben. Seit sechs Wochen saß der Mann in Untersuchungshaft und sagte kein Wort. Mit einer Kopfbewegung bestätigte er seine Personalien. Das war die einzige Regung des Vierunddreißigjährigen. Er saß aufrecht auf seinem Stuhl, die Hände lagen auf dem Tisch. Sein Blick ging durch Karnatsch hindurch, als sei er allein im Raum.

Der Hauptkommissar war sicher, dass der Japaner die Frau im Hofgarten getötet hatte. Alle Indizien passten zusammen. Die Spermaspuren hatten ihn eindeutig identifiziert. Das Schwert war die Tatwaffe. In den Rillen der Gravur auf der Klinge hatte die Spurensicherung feine Blutspuren des Opfers gefunden. Drei Tage bevor der Japaner der Frau auflauerte, hatte er das Schwert, ein Sammlerstück, in einem Japan-Laden in Dortmund gekauft. Karnatsch hatte die dortigen Kollegen um Amtshilfe gebeten. Der Inhaber des Ladens, ein Amerikaner aus Florida mit einer japanischen Frau, erinnerte sich noch genau an den Vierunddreißigjährigen, der die Waffe so gekonnt schwingen konnte. Seine europäischen Kunden fuchtelten mit dem Schwert oft nur herum, berichtete der Schwertverkäufer. Aber bei diesem Mann seien Mensch und Bewegung eine Einheit gewesen. Der Verkäufer sagte, er habe ihn gefragt, wo er die Kunst des Schwertkampfs erlernt habe, aber der Japaner sei die Antwort schuldig geblieben. Er habe nur ein paar Fragen gestellt, die sich auf die Qualität des Stahls und den Ledergriff bezogen. Der Mann zahlte das Schwert mit einer japanischen Kreditkarte.

Dieselbe Karte hatte er auch bei seiner Ankunft in einem Hotel in der Immermannstraße hinterlegt. Dort hatte er das Zimmer für drei Wochen gebucht. Das Hotel war bekannt als erste Station für Japaner, die neu in Düsseldorf waren. Sie lebten dort, bis der Arbeitgeber ihnen eine Wohnung vermittelt hatte. Das Hotel erleichterte ihnen die ersten Tage in der neuen Umgebung. Es bot Einführungsseminare in die europäische Küche an, bewirtete die Gäste aber nach traditionell japanischer Sitte und veranstaltete Karaoke-Abende. Im Hotel kannte niemand das nächste Ziel des neuen Gastes, der als schweigsam beschrieben wurde. Keiner wusste etwas über einen Arbeitgeber. Vermutlich hatte der Mann keinen, denn er blieb fast den ganzen Tag auf seinem Zimmer, meditierte und verließ das Hotel nur für wenige Stunden.

Auch der Austausch mit der japanischen Polizei blieb ohne Ergebnis. Dort gab es zu dem Mann keine Akte. Der Vater hatte die Aussage verweigert. Seine Mutter sagte, sie könne sich nicht vorstellen, dass ihr Sohn zu Gewalt fähig sei. Er sei ein Einzelgänger gewesen, aber ein lieber Mensch. Er habe sie geweckt, sich von ihr verabschiedet, gesagt, dass er nun nach Europa fliege, aber nicht erklärt warum. Das sei mitten in der Nacht gewesen, weil der Flug schon morgens früh ging und der Weg von Okinawa nach Tokio weit sei. Sie habe keine Fragen gestellt, ihr Sohn wisse, was er tue.

Eine Frau töten? Nein, das würde er niemals tun. Er habe keinen Kontakt zu Frauen, er habe noch nicht einmal eine Freundin gehabt.

Karnatsch hatte den japanischen Generalkonsul gebeten, die Handelskammer nach dem Mann zu befragen. Aber niemand kannte ihn. Er stand auf keiner Lohnliste eines japanischen Unternehmens und war auch im Kulturzentrum in Niederkassel nicht gesehen worden. Der Hauptkommissar zweifelte an diesen Aussagen. Vermutlich wollten die Japaner mit ihrem mordenden Landsmann nichts zu tun haben. Trotzdem blieb der Mann ein Phantom. Warum war er nach Deutschland gekommen? Warum hatte er die Frau getötet?

»Welchen Eindruck haben Sie?«, fragte der Hauptkommissar den Dolmetscher.

Sie saßen in seinem Büro und tranken Tee. Karnatsch hatte einen Wasserkocher und grünen Tee gekauft. Seitdem er den Japaner festgenommen hatte, hatte er viele asiatische Gäste. Er begann, sich an den Tee zu gewöhnen, er war besser als der abgestandene Kaffee aus der Maschine.

»Der Mann wirkt völlig abwesend, hängt noch nicht einmal einem Gedanken hinterher. Als wenn er Wolken am Himmel beobachten würde.«

»Haben Sie eine Idee, wie wir ihn zum Reden bringen?«

»Nein. Ich glaube, da gibt es keine Chance.«

»Keine Chance? Was glauben Sie, warum sagt er nichts?«

»Haben Sie die kleine Tätowierung oberhalb des Knöchels gesehen? Es ist das japanische Schriftzeichen für Schweigen. Tätowierungen sind in Japan nicht beliebt. Er trägt es offen, das wird einen Grund haben.«

»Ist das so eine Art Schweigegelübde? Das Wachpersonal im Gefängnis sagt, dass er den ganzen Tag meditiert.«

»Das weiß ich nicht. Die Menschen auf Okinawa sind sehr traditionsbewusst. Vielleicht ist es eine Strömung des Shaolin oder des Zen. Es gibt so viele davon. Vielleicht kann Ihnen ein Japan-Wissenschaftler mit einem kulturellen Schwerpunkt helfen. Ich bin Sprachwissenschaftler, tut mir leid.«

»Er stammt von der Insel der Hundertjährigen, hat eine Schwertkampf-Ausbildung und redet nicht. Dann fliegt er nach Europa, kauft ein historisches Schwert, vergewaltigt eine Frau und schlägt ihr den Kopf ab. Das klingt ein bisschen krank, oder?«

»Herr Karnatsch, ich kann Ihnen wirklich nicht weiterhelfen.« Der Dolmetscher stand auf. »Ich denke, Sie brauchen mich nicht mehr.« Als er zur Tür ging, drehte er sich noch einmal um. »Wie haben Sie ihn eigentlich gefunden?«

Die gleiche Frage hatte der Staatsanwalt gestellt.

»Wir hatten einen Zeugen, dem ein bestimmtes Detail aufgefallen ist. Mehr darf ich dazu nicht sagen.«

Karnatsch rief in seinem Mobiltelefon die Liste der gewählten Nummern auf und tippte auf den Eintrag von Johannes Wittjer. Es klingelte nur zweimal.

»Hallo Walter, wollen wir am Samstag zur Fortuna gehen?« Wittjer gab sich am Telefon gelassen. Der Vorfall in der U-Bahn lag schon vier Stunden zurück, aber er spürte seine Angst noch. Der Tag war für ihn gelaufen. Er hätte den Anruf am liebsten an seine Mobilbox weitergegeben. Aber Karnatsch war ein Freund.

»Gern, aber deshalb rufe ich nicht an. Ich möchte dich noch einmal um deine Hilfe bitten. Es geht um den Japaner.«

»Der Hundertjährige? Ich dachte, ihr habt genug Beweise. Die Zeitungen haben dich gefeiert, weil du den Täter so schnell gefunden hast. Obwohl sie kein Wort geschrieben haben, wie du das gemacht hast.«

»Mir fehlt noch immer das Motiv. Ich weiß nicht, warum er es getan hat.«

»Was soll ich tun?«

»Vielleicht ist der Mann krank. Depressiv. Schizophren. Gewalttätig. Hast du nicht irgendeinen Hinweis?«

Diese Frage hatte sich Wittjer auch schon gestellt. Er hatte Stunden über den Details der DNA-Analyse gebrütet, nach Spuren gesucht und seine Datenbank befragt.

»Ich bin so ratlos wie du«, antwortete er. »Ich habe allerdings eine Idee: Es gibt eine genetische Veränderung, die Gewalttätigkeit unterstützt. Manche Verhaltensforscher bringen das Enzym Monoaminooxidase-A mit Gewaltverbrechen in Verbindung. Mäuse verhalten sich deutlich aggressiver, wenn ihnen dieses Enzym fehlt. Vielleicht reagieren Menschen in der gleichen Art und Weise, wenn sie einen Defekt im Gen für dieses Enzym haben.«

»Hat der Japaner das?«

»Ich weiß es noch nicht. Ich muss es untersuchen.«

Karnatsch sagte nichts. Wittjer spürte, dass er seinen Freund mit der Monoaminooxidase-A überfordert hatte.

»Du hast also keine neuen Hinweise?«, fragte Karnatsch nach. Er hatte den Unterschied zwischen Gen und Chromosom noch immer nicht verstanden, obwohl Wittjer ihn so oft erklärt hatte.

»Nein, noch nicht«, sagte Wittjer. »Ich habe die DNA-Analyse des Schwertkämpfers bereits mit dem Erbgut japanischer Serienmörder verglichen. Es gibt nichts Auffälliges.«

Karnatsch hatte genug. Er bedankte sich und legte auf. Der Regen hatte endlich aufgehört. Er beschloss, Feierabend zu machen. Der Täter stand einwandfrei fest. Motiv hin oder her. Die Beweise waren erdrückend. Morgen würde er die Akte vom Hofgarten-Mord der Staatsanwaltschaft übergeben.

XX

Asha Indiraj legte den Stoff sorgfältig in mehreren Schichten übereinander auf das Bügelbrett. Es war nicht einfach, einen Sari zu bügeln. Bevor sie die Seide mit dem Eisen berührte, zog sie ein dünnes Tuch über das heiße Metall. An einem alten Stück Seide testete sie die Temperatur. So hatte sie es von ihrer Mutter gelernt. Dieser gelbe Sari war ihr ganzer Stolz. Er gehörte seit vier Generationen ihrer Familie.

Der Stoff durfte beim Bügeln nicht zu heiß werden, sonst könnten die gewebten Muster mit Tieren und Blumen ihren Glanz verlieren. Indiraj hatte das sechs Meter lange Seidentuch bei ihrer Hochzeit getragen und zuletzt bei der Absolventenfeier ihrer Kinder. Sie hatte schnell entschieden, was sie morgen tragen wollte. Ihr letzter Gang sollte von den anerkennenden Blicken der Menschen begleitet werden. Sie wollte schön aussehen, wenn sie sich von allen verabschiedete. Dieser Sari hatte ihr immer Bewunderung eingebracht.

Indiraj empfand das als verdienten Lohn. Sie hatte einiges geleistet. Sie hatte sich nach oben gekämpft. Das Mädchen aus einem Vorort von Mumbai war zur Geschäftsfrau geworden, hatte sich in Düsseldorf durchgesetzt und den Kindern die Ausbildung ermöglicht, die sie selbst gern erfahren hätte. Ihr Sohn hatte Jura studiert und arbeitete in einer Londoner Kanzlei mit Dependancen in Indien. So konnte er regelmäßig seine Heimat besuchen, die er als Kind nicht hatte kennenlernen können. Die Familie hatte in Europa gelebt, weil Indirajs Karriere sich dort besser verwirklichen ließ. Die Tochter arbeitete als Managerin einer Textilkette. Sie trug keinen der zwei Dutzend Saris, die Indiraj ihr geschenkt hatte, sondern bevorzugte die Stoffe europäischer Schneider. Beide Kinder waren kurz davor, ihre eigene Familie zu gründen. Sie brauchten ihre Mutter nicht mehr, deshalb konnte Indiraj jetzt gehen.

Indiraj war dazu bereit. Gleich morgen würde sie gehen, wenn sie alle Vorbereitungen abgeschlossen hatte. Sie war achtundvierzig, noch ein paar Jahre und die Zeit der Gebrechen würde beginnen. Sie wollte nicht länger warten. Sie wollte die Geburt der Enkelkinder nicht mehr erleben. Dann würde sie ihre Entscheidung nur von Tag zu Tag verschieben. Bis es irgendwann zu spät war. Bis ihr Leben im Teufelskreis von Krankheiten gefesselt wäre. Sie wusste genau, dass ihre Kinder nie die Entscheidung treffen würden, die nötig wäre, um das Vermögen der Familie zu schonen. Sie würden ihre Mutter nicht frühzeitig sterben lassen. Sie würden sich an den kleinen Strohhalm Hoffnung fesseln, den Ärzte immer bereithielten, wenn sie nicht sagen mochten, dass es keine Aussicht mehr gab.

Deshalb fühlte Indiraj, dass es an der Zeit war, zu handeln. Der Gedanke, von einem Arzt zum anderen gehetzt zu werden, gefiel ihr nicht. Sie hatte nicht ihr Leben lang gearbeitet, damit Krankenhäuser und Pflegeheime sich mit ihrem Geld sanierten. Sie hatte nicht sieben Tage in der Woche geschuftet, damit ein Arzt sich eine neue Jacht kaufen konnte, während sie in einem Rollstuhl saß und mit toten Augen in die Gegend starrte. Sie wollte ihr Geld für ihre Kinder.

Der letzte Besuch im Pflegeheim war ausschlaggebend. Der Nebel, der über das Bewusstsein ihrer Mutter gezogen war, hatte sich wie ein Schleier über Indirajs Fröhlichkeit gelegt. Nur ihr Verstand setzte sich dagegen zur Wehr. Sie wollte selbst entscheiden, welcher Gedanke der letzte Gedanke in ihrem Leben war und sich nicht im Ozean der Demenz verlieren. Sie würde bei ihrem letzten Atemzug an ihren Mann denken. An die Jahre vor dem Autounfall. Als das Glück noch bei der Familie wohnte, bevor ihr Mann an einer Serpentinenstraße in den Alpen zu Tode stürzte. Sie hatte ihre Tränen geweint, manchen Schicksalsschlag verarbeitet und trotzdem ein gutes Leben gelebt. So sollte es auch enden: stolz und erhobenen Hauptes, nicht gebrochen durch Krankheit und Schmerz.

Sie hatte auch in der Praxis von Professor Dorllin geweint, als die Ärztin mit den guten Manieren andeutete, dass im Leben noch einige Tragödien auf sie warteten. Erst hatte Indiraj geflucht, dass sie den Gentest hatte machen lassen. Sie hatte ein positives Ergebnis erhofft, aber kaum damit gerechnet. Je länger die Ärztin redete, desto weniger konnte sie zuhören. Dorllins Stimme war die Ansage eines Zugbegleiters, der die Haltestellen auf dem Weg zum Tod nannte.

Zweiundachtzig Prozent betrug Indirajs Wahrscheinlichkeit für Brustkrebs. Die Inderin hatte das Leiden der Frauen vor Augen, sie sah ihre Schwester erschöpft nach der Chemotherapie. Sie hatte auch ein erhöhtes Risiko für Darmkrebs: vierundsiebzig Prozent. Mit jeder Zeile des Testergebnisses drängten neue Bilder in Indirajs Kopf, die dort sesshaft wurden. Ihre Phantasie war in einer Geisterbahn eingesperrt, die jede Runde einen anderen Tod präsentierte. Der Krebs saß neben ihr im Waggon und zog grässliche Fratzen. Er hatte sich breitgemacht und quetschte sie an den Rand. Wenn er ausstieg, dann nur um der Alzheimer-Erkrankung Platz zu machen. Die Chance, dass ihr Leben wie das ihrer Mutter endete, lag bei achtundachtzig Prozent. Oder waren es achtundvierzig? Die Zahlen blieben nicht in ihrem Kopf haften, aber die Diagnosen. Die Geisterbahn fuhr schneller. Indiraj wurde schwindelig, aber sie fiel nicht um. Das erlaubte der bequeme Sessel nicht.

Den Rest verstand sie nicht mehr. Hatte Dorllin noch fünf Minuten geredet oder eine halbe Stunde? Die Stimme erreichte sie nicht mehr. Gab es noch weitere Horrormeldungen? Sie wusste es nicht. Sie verabschiedete sich, die Wand des langen Flurs lotste sie auf dem Weg zum Ausgang. Sie wäre die Treppe hinabgestürzt, aber ein Aufzug transportierte sie nach unten. Ein Taxi brachte sie nach Hause. Sie konnte sich nicht erinnern, aber die Quittung lag in der Handtasche, und das Auto hatte nicht vor der Tür gestanden. Mit dem Lippenstift schrieb sie drei Zahlen auf den Spiegel im Bad: zweiundachtzig, vierundsiebzig, achtundachtzig. Den folgenden Tag verbrachte sie im Bett oder vor dem Computer. Die Geisterbahn fuhr immer weiter. Die Dämonen aus dem Internet hatten die Kontrolle übernommen. Sie überschütteten Indiraj mit Informationen über Schmerz und Tod.

Erst zwei Tage später nistete sich der Verstand wieder bei ihr ein. Er brachte eine tröstliche Botschaft mit. Ein Ende mit Schrecken ist besser als ein Schrecken ohne Ende. Die dreißigtausend Euro für die Genanalyse waren gut investiert. Wie in einem gut geführten Unternehmen musste man rechtzeitig die richtigen Entscheidungen treffen, bevor alles in Schieflage geriet. Das hatte sie gelernt und das hatte sie vielen Firmenchefs geraten. Darin sah sie ihre Aufgabe als Unternehmensberaterin. Risiken mussten bewältigt werden. Also entwickelte sie einen Plan.

Ihre Risiken hießen Brustkrebs, Alzheimer und Darmkrebs – eine ihr unbekannte Krankheit, durch die sie nicht nur den Darm, sondern gleich den Appetit verlieren würde. Ein Leben ohne teure Restaurants war nicht ihr Leben. Mit einem einzelnen dieser drei Risiken wäre sie noch fertig geworden, doch Dorllins Analyse zeigte, dass die Dinge nicht gut ausgehen würden.

Indiraj bewegte den Sari Meter für Meter über das Bügelbrett und glättete ihn. Die Arbeit war getan. Der Sari war die letzte ihrer Vorbereitungen. Sie hatte das Pflegeheim ihrer Mutter für die nächsten fünf Jahre bezahlt und sich von ihr verabschiedet. Sie hatte die großen Kunden ihres Büros angeschrieben und auf die Qualität ihrer Nachfolger hingewiesen. Sie hatte beiden Kindern einen Abschiedsbrief geschrieben. Drei Seiten mit der Begründung für ihre Entscheidung. Zwei Tage hatte sie am Text gefeilt. Dabei wäre es besser gewesen, wenn Indiraj ihre Kinder angerufen hätte, aber diese Chance ließ sie vergehen. Im Kuvert lagen ein Schlüssel zu einem Schließfach einer Schweizer Bank und die Zusammenfassung der Gentests der Kinder, die sie heimlich in Auftrag gegeben hatte. Sie hatte Freudentränen geweint, weil die beiden viel vom Erbgut des Vaters bekommen hatten und nur wenig ihrer Gendefekte. Aber auch dieser Glücksmoment konnte ihre Entscheidung nicht beeinflussen.

Am letzten Abend ihres Lebens trank Asha Indiraj einen guten indischen Tee, wie man ihn nur von Händlern aus ihrer Heimat kaufen konnte. Sie schlief gut, denn sie fühlte sich gut vorbereitet. Die Menschen schauten sie bewundernd an, als sie am nächsten Morgen das Haus verließ. Die Sonne ließ den Sari strahlen, wärmte ein wenig ihr Herz, drang aber nicht in den Kopf. Zwei Stunden später war ihr Leben beendet.

Donnerstag

XXI

Johannes Wittjer war eine halbe Stunde früher als sonst unterwegs. Der gestrige Tag war schlecht gelaufen, er musste noch einiges aufarbeiten. Gleich drei Fünf-Sterne-Hotels säumten die Königsallee in der Nähe der Heinrich-Heine-Allee. Ein Standortvorteil für seine Datenbank der Prominenten und Kreativen. Im »Kaiser Hotel« warteten einige Zahnbürsten der Musiker des London Symphony Orchestras. Um die Ecke, im »Hotel Silberberg«, hatten Keith Richards und Mick Jagger genug DNA-Spuren in ihrer Suite hinterlassen, dass er reichlich Proben nehmen konnte. Zweihundert Euro erhielten die Zimmermädchen als Dank, weil sie beim Aufräumen trödelten, während er mit Wattestäbchen geeignete Spuren der prominenten Gäste sammelte. Es war nicht immer leicht, eine DNA-Spur zu finden, die sich für eine vollständige Analyse des Erbguts eignete. Li Yan besaß zwar ein gutes Händchen für die wertvolle Ware, aber wenn er schlechtes Ausgangsmaterial bekam, konnte er auch nicht zaubern.

Im »Silberberg« steckte Wittjer dem Portier einen Geldschein zu, damit er den Aufzug zu den Suiten öffnete. Die Zimmer mit dem Blick auf die Kö waren teuer ausgestattet, aber Wittjer mochte den Stil nicht. Er war schon häufig dort gewesen und machte seine Runde. Das Badezimmer, die Mülleimer, die Bettwäsche, Geschirr und Besteck – er folgte einer Liste von Stellen, die sich als gute Quelle für DNA erwiesen hatten. Jaggers Suite sah ordentlich aus. Am Fenster standen mehrere Trainingsgeräte, auf dem Bett lag eine Hantel. Der Obstkorb war leer. Keine Spur von Randale, keine Frauenunterwäsche. Auf dem Teppich lagen leere Wasserflaschen und ein Stapel englischer Fußball-Magazine. Jagger machte es ihm leicht. Er hatte wohl Nasenbluten gehabt. Die Taschentücher mit dem Blut des Sängers in der Mülltonne des Badezimmers waren die perfekte Beute für den Trophäensammler.

Wittjer öffnete die Schiebetür, die beide Suiten trennte. Der kalte Zigarettenrauch im Zimmer verhöhnte das Nichtraucher-Schild über dem Bett. Im Fernseher lief noch ein britisches Pay-TV-Programm. Die Tür der Minibar hing schief in den Angeln, zwei Flaschen standen auf dem Tisch neben der Ledercouch. Auf den Tellern klebte der Rest einer Sauce, ein halbes Hamburger-Brötchen lag unter dem Tisch. Eines der vier Gläser enthielt noch einen Rest Whiskey. Wittjer wusste nicht, welches Glas der Gitarrist der Rolling Stones benutzt hatte. Er musste weitersuchen: Schließlich entschied er sich für ein paar Zigarettenkippen aus dem Aschenbecher auf dem Nachttisch. Hoffentlich stammten sie von Keith Richards. Als er sich bückte, erblickte er zwei Schuhe. Er zog sie unter dem Bett hervor, ausgelatschte braune Stiefel mit abgelaufener Sohle. Der Geruch von Schweiß stieg ihm in die Nase, seine Zufriedenheit wuchs. Zwei perfekte DNA-Proben. Er war gespannt, ob das Erbgut der Rockmusiker Parallelen zur klassischen Musik lieferte. Außerdem hoffte er, bei Keith Richards Informationen zu finden, warum manche Menschen Drogen besser vertrugen als andere.

Auf dem Weg vom »Kaiser Hotel« zu seinem Büro kaufte Wittjer Blumen für seine Sekretärin und nahm am Kiosk eine Zeitung mit: Fortuna Düsseldorf hatte Langzeitverträge mit drei Nachwuchskickern abgeschlossen. Manager Wolfgang Schmitz sagte, es handele sich um außergewöhnliche Talente. Es sei die Pflicht des Vereins, sie bei ihrer Ausbildung zum Profi-Fußballer zu begleiten und ihre Eltern finanziell zu unterstützen. Für eine sportlich erfolgreiche Zukunft der Fortuna sei der Verein bereit, auch ungewöhnliche Wege zu gehen. Gleichzeitig kündigte Schmitz an, die Verträge mit zwei A-Jugendlichen nicht verlängern zu wollen.

Wittjer tauschte die Blumen auf dem Schreibtisch der Sekretärin aus. Das blutverschmierte Hemd von gestern landete gleich mit in der Mülltonne. Den Anzug hängte er auf einen Kleiderbügel. Er kochte Kaffee und fütterte die Fische. Sie fühlten sich wohl am Fenster. Die leuchtenden Fische waren von der Altstadt im Dunkeln mit einem geübten Auge zu sehen. Bunte Punkte, die sich langsam kreuz und quer durcheinander bewegten.

Am Computer kontrollierte Wittjer das Wachstum der Datenbank. Der Bildschirm zeigte allerlei Grafiken. Dennis hatte gute Arbeit geleistet. Die Datenbank musste die dreifache Menge an Analysen verarbeiten, hatte damit aber keine Probleme. Allein aus China kam jede Woche eine Flut neuer Datensätze. Am BGI lief eine Studie zur Entschlüsselung des Erbguts Tausender Chinesen. Sie machten offenbar gute Fortschritte, zumindest lieferten die Sequenzierungsautomaten reichlich neues Material. Wittjer ärgerte sich, dass er so wenig chinesische Kunden hatte. Die Daten waren für ihn noch wertlos.

Viel besser lief der Einbruch in die Patienten-Datenbank der Krankenhäuser und Krankenkassen. Dennis hatte eine Software programmiert, die alle bisher erstellten Gentests in eine große Datenbank spülte. Seit drei Wochen arbeitete das Programm rund um die Uhr, aber es hatte erst die Hälfte der Daten ermittelt. Wittjer achtete darauf, dass die Diagnosen der Patienten ebenfalls gesammelt wurden. Dennis hatte sich zunächst geweigert. Die Programmierung wurde dadurch viel schwieriger, weil die Patientendaten in einer besser geschützten Datenbank lagerten, die sich nicht so leicht knacken ließ. Am Ende hatten sie einen Kompromiss gefunden. Die Software würde die Namen der Patienten erst später ergänzen. Für Wittjer war das genug: Er interessierte sich nicht für das Schicksal des Einzelnen, er suchte nach dem großen Zusammenhang zwischen Krankheit und Erbgut. Jetzt besaß er Genanalysen passend zur Diagnose der Patienten.

Der kleine Zeiger der Uhr erschien im Fenster seines Büros. Wittjer blieben noch vier Stunden für die Reorganisation der Daten. Dann traf er sich mit Franziska Dorllin zum Essen. Bis dahin wartete noch viel Arbeit. Die Krankenkassen hatten die Daten nach dem Behandlungsaufwand sortiert, aber er benötigte eine andere Zuordnung. Für ihn war es nicht wichtig, ob ein Patient operiert wurde oder der Hausarzt ihn behandelte. Er sammelte die Genprofile nach Organen, Diagnosen und Krankheiten.

Die Datenbank würde gesunde und kranke Menschen vergleichen und Auffälligkeiten im Erbgut registrieren. Wie ein unbestechlicher Buchhalter meldete der Computer jede Abweichung vom

Normalfall. Auf diesem Wege entstand für jede Krankheit eine Liste von Genen, die verdächtig waren. Wittjers Datenbank wertete die genetischen Profile der Erkrankten aus, damit man den Gesunden eine Warnung geben konnte. In seinen Augen war dieses Wissen ein riesiger Schatz für einen persönlichen Gesundheitskompass. Jedes Kind und jeder Erwachsene konnte erfahren, welche Krankheiten ihn bedrohten. Jeder konnte vorbeugen, um sein Leben zu verlängern.

Wittjer öffnete die Tür für den Weg zu einem besseren und längeren Leben. Er war überzeugt, dass in zehn oder fünfzehn Jahren die Genanalyse zur selbstverständlichen Vorsorge bei Kleinkindern gehören werde. Der Vorteil wäre enorm. Kinder mit einer Leseschwäche könnten schon vor dem Kindergarten gefördert werden. Menschen mit einem erhöhten Risiko für Depressionen oder Schizophrenie könnten viel früher als heute therapiert werden. Eine Parkinson-Erkrankung verlief angenehmer, wenn sich die Patienten im Alter von dreißig oder vierzig Jahren gesund ernährten und das Gehirn fit hielten. Da wäre es doch gut, wenn eine Untersuchung bei Dreißigjährigen das Parkinson-Risiko ermitteln könnte.

Wittjer kannte seine persönliche Risikostruktur: das Herz, Harnsäure und Migräne. So stand es in seinen Genen zu lesen.

Es klingelte. Wittjer schaute in seinen Terminkalender, fand aber keinen Eintrag. Eine Frau trat ins Vorzimmer. Wittjer half ihr aus der Jacke. Sie wartete nicht, bis er ihr einen Platz anbot, sondern setzte sich direkt in sein Büro. Er schätzte sie auf siebzig oder fünfundsiebzig Jahre. Sie war sonnengebräunt und aufwändig geschminkt. Um den Hals trug sie ein Perlencollier.

»Darf ich Ihnen einen Kaffee machen und fragen, wer Sie …«

Sie unterbrach ihn mitten im Satz. »Bergmann aus Oberkassel«, sagte sie und schaute sich um. »Haben Sie die Bilder gemalt? Grässlich. Gut, dass Sie davon nicht leben müssen.«

Wittjer bemühte sich, höflich zu bleiben. »Wie kann ich Ihnen helfen?«

»Jeden Tag kackt ein Hund auf meine Treppe. Sie müssen herausfinden, wer das ist. Mit einer DNA-Analyse. Sie machen so etwas doch. Ich habe gelesen, dass man damit Hunde identifizieren kann. Das stand in der Zeitung, oder stimmt das nicht?«

Wittjer schmunzelte. »Sie haben recht, da gibt es etwas. Ein Vorschlag aus Dresden. Ein Politiker hatte sich über Hundekot auf dem Gehsteig aufgeregt. Die Stadtverwaltung wollte von jedem Hund einen DNA-Test verlangen. Dann ließe sich die Urheberschaft des Haufens nachweisen und der Hundebesitzer sollte Strafe zahlen.«

Frau Bergmann nickte. »Die Strafe kann nicht hoch genug sein.« Sie zog eine Tüte aus der Tasche und legte sie auf den Tisch. Sie war prall gefüllt und stank. »Ich zahle Ihnen tausend Euro, wenn Sie den Hund finden.«

Sie schaute ihn erwartungsvoll an.

»Ich muss Sie enttäuschen«, sagte Wittjer. Ihm wurde übel. »Ich beschäftige mich nicht mit Hunden, nur mit Menschen.«

Sie stritten noch ein wenig, bis Wittjer die Frau hinauskomplimentierte. Während sie ihre Jacke überstreifte, holte er das Mitbringsel und gab es ihr zurück.

»Woher kennen Sie mich eigentlich?«, fragte er, bevor sie ging.

Wortlos ließ sie die Tür ins Schloss fallen.

XXII

Franziska Dorllin wartete bereits eine halbe Stunde auf ihre Patientin. Sie hatte keine Nachricht, ob die Frau im Stau stand oder ein geschäftlicher Termin länger dauerte. Ungewöhnlich. Bisher war Asha Indiraj immer pünktlich gewesen.

Dorllin nutzte die Zeit, um ihren neuen Katalog zu bearbeiten. Der erste Entwurf der Druckerei sah gut aus. Das kleine Hochglanz-Büchlein erinnerte an einen Urlaubsprospekt. Ganzseitige Fotos von schönen Landschaften, keine Spur von Krankheiten. Die ideale Ergänzung zu dem Papierkram aus Einverständniserklärungen und unpersönlichen Infoblättern, mit denen sie ihre Patienten bisher nach Hause schicken musste. Für eine Genanalyse waren viele Formalitäten nötig.

Franziska Dorllin wollte ihre Patienten in eine andere Stimmung versetzen. Die Fotos hatte eine Spezialistin einer Werbeagentur ausgesucht. Dorllin gefiel die Seite über den Geruch mit dem Bild von einem üppigen Wochenmarkt in Indien am besten. Der kurze Text an der Seite griff das Angebot ihrer Praxis auf: nur drei Sätze – sachlich und positiv.

»Das Geruchsvermögen des Menschen wird durch die Gene geprägt. Unsere Analyse sagt Ihnen, welchen Duft Sie durch erbliche Vorgaben schlechter wahrnehmen können. Wir helfen Ihnen, diese Schwäche auszugleichen, damit Sie das Leben mit allen Sinnen genießen können.«

Die Werbetexter verbreiteten sogar auf der Seite über die tödlichen Erbkrankheiten einen besonderen Spirit.

»Genießen Sie die Sicherheit, dass Sie dieses Schicksal nicht treffen wird – weder Sie persönlich noch eines Ihrer Kinder und Kindeskinder.«

Die Zusammenarbeit mit der Agentur hatte Dorllins Auftreten verändert. Wenn sie mit den Patienten das Ergebnis der Genanalyse besprach, sorgte sie für eine angenehme Stimmung. Sie servierte Sekt, wenn sich keine gravierenden Probleme offenbarten. Die Patienten sollten die Gesundheit feiern, die Befreiung genießen. So wie das Ehepaar, mit dem sie am Morgen das Abschlussgespräch geführt hatte. Thorsten Bachmeier arbeitete als Investmentbanker. Er war aus New York gekommen und verknüpfte Termine in Frankfurt mit dem Besuch in Düsseldorf. Die Frau an seiner Seite war sehr nervös gewesen. Sie hatten eine Erbgutanalyse der beiden Söhne beauftragt. Paul war sieben, Alexander fünf Jahre alt.

Dorllin trug das Ergebnis vor, sie übersprang einige Details. Die DNA war unauffällig, der Bereich für Lesevermögen und Intelligenz ohne Fehler. Wenn beide Kinder regelmäßig Vorsorgeuntersuchungen besuchten, blieben sie bis zum fünfzigsten Geburtstag vermutlich von schweren Krankheiten verschont. Dorllin hatte für Paul und Alexander einen Plan speziell für ihre genetischen Voraussetzungen erstellt. Das tat sie für jeden Patienten.

»Für die Leber sind die Daten bei Paul nicht ganz eindeutig«, erklärte sie. »Dort sehe ich ein geringes, aber leicht erhöhtes Risiko. Sie sollten das regelmäßig von ihrem Hausarzt überprüfen lassen.«

Die Bachmeiers stießen bereitwillig an.

»Herzlichen Glückwunsch. Bitte warten Sie noch einen Moment.« Franziska Dorllin hatte sich das Beste bis zum Schluss aufgehoben. Sie hatte ein Juwel entdeckt. Die DNA von Alexander war im Bereich des Geruchssinns nahezu fehlerfrei.

»Meine Empfehlung«, sagte sie und wartete einen Trommelwirbel ab, den es nicht gab. »Alexander sollte Koch werden. Er bringt die perfekten Voraussetzungen mit.«

Thorsten Bachmaier reagierte überrascht. »Wie sieht es mit Jura aus?«

Mittlerweile war es fünf Uhr. Dorllins Geduld war erschöpft. Die unverhoffte Freistunde bot die Gelegenheit, ein neues Kleid zu kaufen. Sie wollte es am Abend tragen, wenn sie mit Johannes Wittjer ausging. Ein blaues Kleid mit einem unauffälligen roten Muster, vor einer Woche hatte sie es auf der Kö im Schaufenster gefunden. Der klassische Schnitt würde ihre Figur betonen. Vielleicht hatte sie Glück, und Anabelle, die französische Shop-Managerin, hatte sogar die passenden Schuhe dazu. Dorllin räumte die Sektgläser weg und zog die Tür hinter sich zu. Eine halbe Stunde später lief sie mit einem neuen Kleid und roten Schuhen mit einer aufgesetzten blauen Perle durch den Hofgarten.

Das »Jacobi« lag in einem kleinen denkmalgeschützten Gebäude am Rande des Parks. Das Restaurant kam ohne jegliche Werbung aus. Zu den Gästen zählten die Professoren der Kunstakademie, erfolgreiche Manager und ein paar Chefärzte. Wer über genug Geld verfügte, durfte direkt vor dem Eingang parken. Johannes Wittjer war zu Fuß gekommen. Ihm war ein kleiner Tisch im hinteren Bereich des Restaurants zugeteilt worden. Die schönsten Plätze direkt vor der gläsernen Schwingtür, die in einen kleinen Park führte, waren den Stammgästen vorbehalten. Er saß mit dem Rücken zur Tür, damit Dorllin den Springbrunnen im Garten sehen konnte, den ein japanischer Künstler illuminiert hatte. Wittjer hatte für seine beste Kundin einen der teuersten Weine gewählt. Ihre Praxis lief gut und er profitierte davon. Jeden Monat erhielt er sieben oder acht Aufträge, ein guter Grund für ein festliches Abendessen.

Franziska Dorllin bewegte sich durch die Halle des Jacobis wie auf dem roten Teppich. Am Eingang zum Restaurant blieb sie einen Moment in der Tür stehen, damit den übrigen Gästen ihre Ankunft nicht entging. Wittjer stand auf und winkte ihr zu. Dorllin ging an den vollbesetzten Tischen vorbei und begrüßte ihn mit einem Kuss auf die Wange.

»Du siehst toll aus«, sagte Wittjer und meinte es sogar ernst.

»Danke. Das Kleid habe ich heute erst gefunden. Du bist der Erste, für den ich es trage.« Dorllin schmeichelte ihm und bemerkte erfreut, dass Wittjer nicht in ihr Gesicht schaute. Sie hatte die Wirkung des Kleides richtig eingeschätzt.

»Wartest du schon lange?«, fragte sie ihn.

»Nur kurz. Ich habe schon einen Wein ausgesucht. Ich hoffe, er gefällt dir.«

Dorllin nippte an ihrem Glas und lächelte.

»Hattest du einen schönen Tag?«

»Eigentlich schon. Die letzte Patientin ist nicht gekommen. Wir wollten die Prophylaxe-Strategie besprechen, aber sie ist nicht aufgetaucht.« Das neue Kleid hatte den Ärger längst vertrieben. Dorllin erzählte lieber von dem kleinen Jungen, der Koch werden sollte. »Die Mutter hat sich nachher sogar bei mir bedankt.«

Wittjer deutete der Bedienung, dass er die Karte nicht benötigte. »Wir nehmen das Fünf-Gänge-Menü.«

»Ich hatte auch ein komisches Erlebnis«, sagte er zu Dorllin gewandt. Er berichtete von der Frau, die den Hundehaufen auf seinem Schreibtisch deponiert hatte.

»Ich mag keine Hunde«, sagte Dorllin.

Die Bedienung brachte die Vorspeise: »Geschälte Radieschen mit Gemüsefüllung. Wir haben pürierten Rucola, gelbe Paprika, Süßkartoffel, Aubergine, grünen Spargel und rote Beete.« Die Radieschen waren wie ein Regenbogen angeordnet.

Der Wein schmeckte gut, das Essen auch.

»Danke für die Einladung.«

»Es gibt ja allen Grund dazu. Weißt du eigentlich, dass wir auf den Tag genau seit drei Jahren zusammenarbeiten?« Wittjer hatte den Termin in den Kalender seines Handys eingegeben, das ihn rechtzeitig mit dem Stichwort »Jacobi« erinnerte.

»Nein, das hatte ich nicht im Kopf. Ist ja lieb, dass du daran gedacht hast.«

Sie hatten sich auf dem Flughafen in Sydney kennengelernt, in der Warteschlange vor dem Schalter der Lufthansa. Wittjer war auf dem Rückweg von einem Gentechnik-Kongress. Wegen eines Pilotenstreiks war der reguläre Flug nach Frankfurt gestrichen worden. Die Lufthansa hatte Wittjer und Dorllin in einem Hotel direkt am Flughafen einquartiert, der nächste Flieger sollte um vier Uhr morgens starten. So saßen sie zusammen im Taxi zum Hotel, dann noch kurz an der Bar und trafen sich schließlich morgens im Terminalgebäude auf der Suche nach einer Gelegenheit zum Frühstück wieder.

»Weißt du noch, wie ich dir auf dem Rückflug stundenlang von den Vorträgen der Tagung erzählt habe?«

»Oh ja. Du warst sehr beeindruckt. Bist du danach noch einmal in Australien gewesen?«

»Nein, der Kongress wechselt alle zwei Jahre den Kontinent. Zuletzt war ich in Bangkok, demnächst ist er in Rio de Janeiro. Und du?«

»Ich habe dort noch einmal Urlaub gemacht. Die Oper in Sydney ist wirklich toll, mir gefällt das Wetter, und dort gibt es viele Modedesigner.«

Als die Flusskrebssuppe mit Frühlingszwiebeln in einem Palmenblatt serviert wurde, holte Franziska Dorllin ihren neuen Katalog aus der Handtasche.

Wittjer blätterte darin. »Schön geworden. Wer hat das für dich gemacht?«

Dorllin erzählte von der Zusammenarbeit mit der Werbeagentur und den Veränderungen in ihrer Praxis. »Ich möchte die Gentests gern in einen Event mit Show-Charakter verwandeln. ›Vorhang auf für Ihr Leben‹ lautet der Vorschlag der Werbeagentur. Natürlich nur für die Fälle, in denen wir keine schweren Krankheiten finden. Wie findest du das?«

Wittjer löffelte seine Suppe und wog ab, was er sagen sollte.

Dorllin wartete seine Reaktion nicht ab. »Wir müssen den Menschen Mut machen. Damit sie ihr Leben annehmen, wie es vorbestimmt ist. Stell dir vor: Ohne meine Hilfe würde der Junge von heute Morgen nie darüber nachdenken, ob er Koch werden soll. Vielleicht kocht er in zwanzig Jahren für uns. Die Suppe ist herrlich.«

Wittjer schenkte Wein nach. Er musste nicht viel sagen, denn Dorllin gefiel sich in ihrer Rolle. Sie redete von den Chancen, die sie Kindern eröffnen wollte.

»Es ist doch so schade, wenn der Mensch nicht das Beste aus seinem Leben macht. Wir werden Künstler, Sportler und Musiker entdecken, denen eine große Karriere bevorsteht. Es ist so wunderbar, wenn Menschen ihr Talent entfalten.«

»Lehnst du dich nicht etwas weit aus dem Fenster?«

»Wer es sich leisten konnte, ist schon immer zu Wahrsagern gegangen.« Dorllin beugte sich nach vorn, ergriff Wittjers Hand und tat so, als ob sie daraus lesen wollte. »Wir sind die Wahrsager der Neuzeit. Die Naturwissenschaft ersetzt die Kartenleger und die Glaskugel.« Sie machte eine Pause. »Merlin und Pythia werden nicht mehr gebraucht. Wir können das besser.«

Der Kellner servierte den nächsten Gang, marinierte Lammzunge. Die Zunge lag auf einer Scheibe Zucchini und war umsäumt von Kresse wie ein Lämmchen auf einer Wiese.

»Und wenn es schlechte Nachrichten gibt?«, fragte Wittjer.

»Was soll das sein? Krebs lässt sich therapieren, wenn der Tumor früh gefunden wird. Jeder bekommt die passende Vorsorge. Ich würde mir bei Brustkrebsgefahr die Brüste amputieren lassen. Das Leben geht danach weiter. Die Ärzte leisten heutzutage sehr viel, gerade hier in Düsseldorf.«

Wittjer erinnerte sich an die Vorträge über den Weg zu einem langen Leben, die er in den USA gehört hatte. Viele Menschen könnten hundert Jahre alt werden, wenn sie ein gesünderes Leben führen würden.

Dorllin redete ohne Unterlass. Mit jedem Glas Wein kam ihr ein neues Projekt in den Sinn. »Stell dir vor, dass wir die meisten Krankheiten verhindern können. Wir sollten alle Kinder untersuchen, möglichst früh, Gentests für alle Babys.«

»Franziska, du hast großartige Ideen«, sagte Wittjer und hob sein Glas. Sie stieß mit ihm an.

»Und du hast eine großartige Vorarbeit geleistet«, sagte Dorllin, die nichts auf ihrem Teller zurückgelassen hatte. Der Kellner bremste ihren Redeschwall. Er servierte ein Rindersteak mit Böhnchen und Rösti. Der Koch hatte die Böhnchen senkrecht ins Rösti gesteckt und sie mit Chili-Fäden verbunden. Mitten darin lag ein Chateaubriand vom argentinischen Rind.

»Wie hübsch«, sagte Dorllin, »ich traue mich gar nicht, es zu essen.«

Wittjer riss den Zaun um das Steak ein und probierte das Fleisch. Er war zufrieden. Sie hatten genug über das Geschäftliche gesprochen, er wechselte das Thema: Mode. Während Dorllin über die Vorzüge von Dior redete und Anabelle in den höchsten Tönen lobte, erreichten sie den Nachtisch. Ein herzförmiger Crêpe mit einer Kugel Trüffel-Eis im Inneren, die von einem Pfeil durchbohrt wurde, der aus einer Honigmelone geschnitzt worden war.

»Wie wunderbar«, jubelte Dorllin und bestellte Champagner.

Freitag

XXIII

Der russische Gesandte ging durch jeden Raum in Wittjers Kanzlei und überzeugte sich, dass keine Fremden anwesend waren.

»Wo ist Ihre Sekretärin?«, fragte er.

»Ich habe ihr einen Tag frei gegeben. So wie Sie es verlangt haben«, antwortete Wittjer schmunzelnd.

»Wo können wir reden?«

Wittjer führte ihn in sein Büro. Der Russe setzte sich so an den Konferenztisch, dass er den Raum und den Eingangsbereich überblicken konnte. Wittjer nahm mit dem Rücken zum Fenster Platz. Er wollte das Gespräch eröffnen, aber sein Gast kam ihm zuvor.

»Meine Name ist Viktor Prosposzov. Ich besuche Sie im Auftrag der russischen Regierung.« Er zog seinen Ausweis aus der Manteltasche und legte ihn auf den Tisch. Ein Diplomatenpass. Wittjer verzichtete darauf, ihn zu kontrollieren.

Sein Gast sprach fast akzentfreies Deutsch. Wittjer schätzte ihn auf sechzig. Prosposzov hatte ein kantiges Gesicht und eine hohe Stirn, die von Falten durchzogen war. Am Hals trug er eine lange Narbe, die unter dem Kragen seines Hemdes endete, das von einer schwarzen Seidenkrawatte geschlossen wurde.

»Anatol Michalovic hat sie empfohlen. Sie haben für seinen Sohn Dimitrij gearbeitet. Er sagte, Sie seien sehr diskret, zuverlässig und erfolgreich.«

Wittjer wusste noch immer nicht, was Prosposzov von ihm wollte. Er hatte sich selbst eingeladen und den Termin bestimmt.

»Sie schmeicheln mir«, antwortete er. »Ich habe dank meiner Datenbank Michalovic einen wichtigen Hinweis geben können. Mehr nicht.«

»Anatol Michalovic ist ein Freund des Präsidenten. Kennen Sie ihn?«

»Nein, nur seinen Sohn. Ein angenehmer Mensch.«

»Haben Sie schon einmal für die russische Regierung gearbeitet.«

»Nein, das Vergnügen hatte ich noch nicht.«

»Nun gut, dann erkläre ich Ihnen die Rahmenbedingungen für Ihren Auftrag.« Prosposzov beugte sich nach vorn. »Es ist eine delikate Sache. Wir erwarten absolutes Stillschweigen.«

»Sie können sich auf mich verlassen.«

»Wenn Sie das Schweigen brechen, werden Sie einen Unfall haben, mit dem Flugzeug abstürzen oder sonst wie zu Tode kommen. Haben Sie das verstanden?«

Wittjer musste schlucken und nickte.

»Sie können sicher sein, dass Sie sich nicht verstecken können. Wir finden sie überall.«

Prosposzovs stechende Augen hatten ihn ins Visier genommen. Wittjer suchte nach der von einer Waffe ausgebeulten Tasche des Jacketts. Sein Gast war allein, dennoch hatte er auf diese Form der Sicherheit verzichtet, weil er Wittjer ein paar Tage beobachtet hatte. Prosposzovs regulärer Begleiter, der seine dämonische Autorität noch verstärkt hätte, wartete in einer Kneipe am Rande der Altstadt. Ein ungehobelter Kerl, dessen Oberarme nicht nur im Volumen sein Gehirn mühelos übertrafen.

»Wir haben uns über Sie erkundigt. Wenn Sie verschwinden, werden wir ihre Schwester und ihre beiden Freundinnen töten.«

»Meine Freundinnen?«, fragte Wittjer.

»Frau Professor Dorllin und Frau Professor Löning. Zwei sehr hübsche Frauen. Ich möchte ihnen nicht wehtun müssen, aber wissen Sie, der russische Präsident versteht in manchen Dingen nicht besonders viel Spaß.«

»Und wenn ich kein Interesse an dem Auftrag habe?«

»Wollen Sie unseren Präsidenten beleidigen?«

»Das liegt mir fern. Was soll ich tun?«

»Ich freue mich über Ihre Zusage, Herr Dr. Wittjer. Wir werden Sie in ein paar Monaten nach Russland einladen. Da erledigen Sie Ihre Aufgabe und danach lassen wir Sie in Ruhe. Sie müssen nur noch die Vorbereitungen für Ihre Reise treffen.«

»Die da wären?«

»Sagen Sie uns, mit welchen Geräten und welcher Aufarbeitung Sie bei Ihren DNA-Analysen arbeiten. Wir werden in Russland für Sie ein Labor einrichten.«

»Die Geräte sind auf dem Weltmarkt frei verfügbar. Sie können Sie ohne meine Hilfe kaufen und sie lassen sich einfach bedienen. Warum benötigen Sie mich?«

Prosposzov zögerte, etwas lenkte ihn ab. Er schaute zum Fenster. »Was ist das?«, fragte er.

Wittjer musste sich für die Antwort nicht umdrehen. »Der Zeiger der großen Uhr am Haus. Sie hängt genau vor dieser Etage.«

Der Russe ignorierte die Ablenkung. »Stellen Sie Ihr Licht nicht unter den Scheffel. Bei Michalovics Sohn hatten Sie nur ein bisschen Sperma, aber Sie konnten daraus den Mann identifizieren, der das Mädchen geschändet hat. Unser Präsident will für sein Projekt den besten Wissenschaftler.«

»Sein Projekt?«

»Russland erlebt zur Zeit einen großen Präsidenten. Das war nicht immer so. Wir glauben, dass unser Präsident die guten Eigenschaften des russischen Volkes in sich verkörpert.«

»Das mag sein, aber welche Rolle spiele ich dabei?«

»Unser Präsident will Sicherheit. Er lässt sich gern von Fakten überzeugen. Die sollen Sie liefern.«

»Ich soll seine DNA untersuchen?«

»Sie sollen vergleichen, ob er die Stärken seines Volkes in sich vereinigt. Russland hat viele große Menschen hervorgebracht: den Kosmonauten Juri Gagarin, den Dichter Leo Tolstoi, den Komponisten Peter Tschaikowski, die Zarenfamilie, den Schachspieler Boris Spassky, den Eishockeyspieler Pavel Datsyuk, den Gewichtheber Wassilij Alexejew, den Naturforscher Dimitrij Mendeleev, Konstantin Novoselov, unseren letzten Nobelpreisträger, oder Sergeji Koroljow, der uns auf den Mond gebracht hat.«

»Eine beeindruckende Aufzählung. Was hat das mit dem Präsidenten zu tun?«

»Der Präsident glaubt, dass er die Gene dieser Helden Russlands in sich vereinigt. Sie sollen das überprüfen.«

»Sie wollen einen Vergleich der DNA?«

»Ich sehe, Sie haben verstanden.«

Wittjer rutschte auf dem Stuhl hin und her. »Warum beauftragen Sie nicht einen der Forscher in Ihrem Heimatland?«

»Wir haben Sie gefragt, aber Sie sagen, dass sie vier oder fünf Jahre dafür benötigen würden. Herr Dr. Wittjer, ich habe gehört, Sie können das viel schneller.«

»Ich weise die russischen Forscher gern in die Technik ein.«

»Das ist nicht mehr möglich. Sie hatten einen Unfall.«

Wittjer bemerkte, wie er schwitzte. Er sagte nichts mehr.

Prosposzov wertete das als Zustimmung. »Darf ich mich darauf verlassen, dass Sie eine Liste der Dinge schicken, die Sie benötigen?«

»Geben Sie mir zwei Monate. Dann kann ich alles vorbereiten.«

»Ich komme in genau zwei Monaten wieder in Ihr Büro.«

»Wie kann ich Sie erreichen?«

»Ich erreiche Sie, nicht Sie mich.«

»Wenn ich Fragen habe?«

»Schreiben Sie eine E-Mail an prosposzov@mail.ru. Es wird jemand antworten.«

Prosposzov stand auf und holte eine Spraydose aus der Jackentasche. Er sprühte auf die Gegenstände, die er berührt hatte und wischte sie mit einem Tuch trocken. Das Tuch verschwand in einer Tragetasche.

»Ich möchte nicht, dass Sie mich identifizieren können«, sagte er, bevor er die Türklinke der gleichen Prozedur unterzog.

Er ging ohne sich umzudrehen die Treppe hinab. Als Wittjer durch das Fenster auf die Heinrich-Heine-Allee schaute, konnte er niemanden entdecken, der das Haus verließ.

XIV

Wittjer verstand Henrikes SMS sofort. In der Wohngemeinschaft hatten sie bestimmte Sprachcodes entwickelt. »Habe Bier kalt gestellt. Kommst Du vorbei?«, kündigte Probleme an. Er antwortete sofort: »Bin um neunzehn Uhr bei Dir.«

Henrike war ihm zuvorgekommen, Wittjer hätte sie sonst zum Bier eingeladen. Nach Prosposzovs Besuch saß er ratlos an seinem Schreibtisch. Der Kaffee schmeckte nicht. Er wollte sich ablenken und an der neuen Struktur der Datenbank arbeiten, aber der Schock saß zu tief. Er benötigte Henrikes Rat.

Eine Stunde später war er unterwegs in die Eifel. Wie vor jedem Wochenende staute sich der Verkehr Richtung Köln. Er benötigte mehr als eine Stunde, bis er den Kölner Ring passiert hatte. Die Fahrt beruhigte ihn ebenso wie die Aussicht, Henrike zu treffen. Wittjer summte zur Musik im Auto. Er hatte die Lautstärke voll aufgedreht. Er musste Henrike warnen, denn er glaubte den Drohungen des Russen. Immerhin hatte er Zeit gewonnen. In zwei Monaten sollte er die Liste abliefern. Mindestens ein halbes Jahr dauerte der Aufbau des Labors. Für die Sammlung der DNA-Proben, die er für den Vergleich benötigte, veranschlagte er weitere drei Monate.

Genug Zeit, um eine Strategie zu erarbeiten. Warum sollte er Angst haben? Wenn das Labor funktionierte, war die Arbeit in drei Wochen erledigt. Einen großen Teil des Gutachtens konnte er schreiben, lange bevor die erste Messung lief. Die Unterschiede im Erbgut zweier Menschen waren nicht so groß, ob sie nun Präsident oder Bettler waren. Vielleicht dauerte der ganze Spuk nur vier oder fünf Wochen. Wittjer atmete durch.

Er fuhr schon auf der Straße nach Nideggen. Warum hatte Henrike ihn eingeladen? Sie war es, die Probleme besprechen wollte. Noch bevor er den Gedanken beenden konnte, erreichte er ihr Haus. Die Begrüßung war herzlich. Das Bier stand bereits auf dem Küchentisch.

Henrike ließ ihn nicht lange warten. Sie redete sich den Frust von der Seele. Er unterbrach sie nicht. Sie erzählte die ganze Geschichte. Von den Stellenstreichungen, von der abgesetzten Vorlesung. Von ihrem Praktikum »Eingriff in die Pflanzengenetik«, das nicht mehr zu den Pflichtveranstaltungen im Studium gehörte. Für das sich nur noch drei Studenten angemeldet hatten. Und heute die Ablehnung ihrer Anträge durch die Deutsche Forschungsgemeinschaft.

Sie war am Ende. »Die wollen mich loswerden.«

Wittjer öffnete noch ein Bier. »Hast du mit dem Dekan telefoniert?«

»Seine Sekretärin hat mich abgewimmelt. Wichtige Termine. Ich habe in vier Wochen ein Gespräch bei ihm.«

»Willst du kündigen?«

»Bisher habe ich nie ernsthaft darüber nachgedacht. Ich habe nichts falsch gemacht, mich für das Institut eingesetzt. Ich habe meinen Vertrag erfüllt. Aber vielleicht ist es die einzige Alternative. Frauen haben es in der Wissenschaft in Deutschland schwer. Forschung ist ein knallharter Job. Ich habe mich lange blenden lassen, weil mich alle am Institut hofiert haben. Das ist jetzt vorbei.«

Henrike erinnerte sich an die Vertragsverhandlungen mit dem Institut. Damals lagen ihr alle zu Füßen. Grüne Gentechnik galt als die Zukunftsbranche schlechthin. Sie hatte nicht verheimlicht, dass ihr gleichzeitig ein Angebot aus Kanada vorlag. Das Institut war großzügig gewesen. Am Ende zahlte der Dekan, was Henrike gefordert hatte. Im Gegenzug akzeptierte sie die Teilnahme an ein paar Werbeveranstaltungen. In einer Talkshow musste sie das Institut für seine Frauenförderung loben.

Wittjer unterbrach sie. »Du kannst bei mir einsteigen. Das Angebot steht immer noch. Ich würde mich sehr freuen. Wir haben genug Arbeit.«

»Ich will das nicht. Das weißt du. Ich möchte gern mit Pflanzen arbeiten, nicht mit irgendwelchen Datenbanken.«

»Aber sie lassen dich nicht mehr arbeiten.«

»Du weißt, dass ich deiner Methode nicht traue. Du wertest Statistiken aus. Bei dir fehlen Beweise, dass es wirklich einen Zusammenhang zwischen Krankheit und Gendefekt gibt. Das ist nicht mein Verständnis von Wissenschaft.«

Die alte Kritik, dachte Wittjer. »Ich will nicht mit dir streiten. Hast du schon einen Plan?«

Sie machte eine Pause. Er kannte sie gut. In ihren Augen fehlte die Leidenschaft, während sie vom Institut erzählte. Ihr Gesicht trug mehr Falten als sonst, die Lippen waren stumpf. Hatten der Stress und die ständige Demütigung Spuren hinterlassen? Sie sah älter aus, wenigstens ein bisschen. Das war ihm nie aufgefallen, diese Veränderung an ihrem Äußeren. Ihre Fingernägel waren abgekaut. Sie riss kleine Papierfetzen vom Etikett der Flasche ab und rollte sie zwischen ihren Fingerspitzen zu Kugeln zusammen.

»Das wollte ich dir heute sagen. Ich habe mich wieder beworben. Im Ausland gibt es noch Jobs für Pflanzengenetiker. Es gibt eine Stelle an der UCLA, der University of California. Ich könnte außerdem immer noch nach Kanada gehen. Als Assistance Professor. Das Team in Quebec hat mich nicht vergessen.«

Wittjer konnte seine Enttäuschung nicht verbergen. »Henrike, das kannst du nicht machen. Du fühlst dich doch wohl, hier in deinem Haus. Es gibt bestimmt eine Lösung. Sprich doch noch einmal mit dem Dekan.«

»Ich muss etwas verändern. Ich träume sogar schon vom Institut. Ich habe geträumt, ich hätte mein Büro verloren und säße jetzt im alten Gärtnerhaus. Dort wo früher Josef und Karl ihr Material lagerten. Ich habe es dir mal gezeigt. Kannst du dich erinnern?«

»Das blaue Holzhaus mit den Playboy-Fotos an jedem Spind?«

»Genau. In meinem Traum sitze ich mittendrin.«

Sie stießen mit den halbvollen Flaschen an. Es war wie früher. Nach dem vierten Bier war Henrikes Kampfeslust geweckt. Zum ersten Mal an diesem Abend lachte sie. Der Alkohol drang in ihr Gespräch ein. Ihr zurückkehrender Mut vertrieb bei Wittjer die Angst vor Prosposzov. Sie waren ausgelassen wie zu Studentenzeiten. Wittjer verdrängte den Gedanken, dass sie Deutschland verlassen würde. Er erzählte vom Besuch des Russen, seinen Drohungen und vom Spray, mit dem er seinen Abschied eingeleitet hatte.

»Welche Position hat dieser Prosposzov eigentlich?«, fragte Henrike.

»Ich weiß es nicht. Bei Google findet sich kein Eintrag.«

Henrike öffnete den Kühlschrank. Sie holte einen kleinen Teller mit Goldrand hervor, darauf lagen acht Geranienblätter.

»Wollen wir es mal versuchen?«, fragte sie.

»Hast du Pfefferminz?«, antwortete er.

Die Nacht war schön. Sie gingen auf die Terrasse und betrachteten die Sterne. Wittjer wollte Henrike in den Arm nehmen, aber er verzichtete darauf. Durch den Zaun konnten sie die Schafe beobachten. Eines von ihnen glänzte wie die Venus am Himmel.

»Sie müssen geschoren werden«, sagte Henrike. »Ich werde mir aus der Wolle einen Schal stricken.«

Samstag

XXV

Walter Karnatsch saß auf seinem Fahrrad und spürte so manches Gebrechen. Die Knie schmerzten bei jeder Bewegung, auch der Rücken beschwerte sich. Er hatte seinen inneren Schweinehund besiegt, der mit dem Taxi zum Stadion fahren wollte. Ein paar Kinder, gekleidet in den Trikots der Fortuna, überholten ihn. Karnatsch ließ sie vorbeiziehen. Diesen Kampf führte er nicht mehr. Sabine war mit fünfzig noch sportlich gewesen, beweglich wie eine junge Frau. Er hatte ihre Fitness immer als Vorwurf aufgefasst, auch wenn sie das nie gesagt hatte. Aber er hatte ihre Blicke bemerkt. War es Mitleid oder schon ein Anflug von Abscheu? Er fragte nicht nach. Mit der Zeit hatte er es vermieden, zu Hause zu sein, wenn sie vom Laufen zurückkehrte.

Sabine hatte die Heimspiele der Fortuna nur als Druckmittel genutzt. Für jedes Spiel schleppte sie ihn einmal ins Schauspielhaus. Eine Folterkammer ohne Südtribüne, in der man während des Stücks nicht über die Spieler sprechen durfte. Das Theater nahm immer den gleichen Ausgang. Auch wenn die Hauptdarstellerin einen schlechten Tag erwischte, konnte sie sicher sein, den Angebeteten zu ehelichen, weil der Autor des Stücks es so vorgesehen hatte. Was für eine verlogene Welt.

Endlich hatte er wieder Zeit für Fußball. Karnatsch fuhr quer durch die Stadt Richtung Rhein. Sein rot-weißes Trikot mit der Nummer 17 spannte am Bauch, wenn er in die Pedale trat. Wie sollte er abnehmen, wenn er sein Büro kaum noch verließ? Ein neues Trikot kam nicht infrage. Erst wenn es wieder etwas zu feiern gab, wie damals, als die Fortuna nach dem Bundesliga-Aufstieg fast bei Bayern München gewonnen hätte. Das war sein letztes Auswärtsspiel gewesen. Statt sonntags war er erst montags aus München zurückgekehrt. Sabine hatte ihm zornig die Tür geöffnet. Sie hatten sich gestritten wie nie zuvor in ihrer Ehe.

Heute nahm er sich viel Zeit. Am Rhein machte er Halt und trank am Kiosk ein Bier. Bei gutem Wetter legten die Fans auf dem Weg zum Stadion hier eine Pause ein. Das Warten in der Schlange vor dem rot-weißen Büdchen gehörte zu jedem Heimspiel. Die Fans saßen auf der dicken Sandsteinmauer, die den Kiosk vom Rhein trennte. Karnatsch ließ den Blick über die wenigen Stehtische schweifen. Wittjer war noch nicht da. Aber auf der Mauer saßen ein paar Bekannte aus der Südkurve. Sie sprachen über das Spiel und die Chancen der Fortuna, die wie immer schlecht waren. In einer guten Saison konnte Fortuna um den Aufstieg mitspielen, aber eine gute Saison war selten.

»Wenn es ein Unentschieden gäbe, wäre das ein gutes Ergebnis«, sagte Karnatsch, obwohl er einen Sieg erwartete. Er wollte immer gewinnen.

Johannes Wittjer strampelte auf dem Fahrrad gegen den Wind. Trotz zweier Kopfschmerztabletten spürte er das Bier und die Blätter. Er hatte sieben Stunden geschlafen, ein komatöser Schlaf ohne Träume und Unterbrechungen auf dem Sofa in Henrikes Wohnzimmer. Nur weil die Fortuna spielte, war er aufgestanden, sonst wäre er liegen geblieben bis drei Uhr oder noch länger. Er kämpfte mit dem Fahrrad und dem Wind, die Altstadt war schon in Sichtweite. Der Tag war sonnig. Die Menschen flanierten am Rhein entlang. An den Kasematten fiel der Weg mit dem Rad durch die Menge schwer. Wittjer wollte sich um zwölf Uhr mit Karnatsch am Kiosk treffen, aber er hörte schon das Mittagsgeläut der Lambertikirche. Er würde zu spät kommen. Er schlängelte sich durch die Autos auf dem Parkplatz am Ende der Kasematten und fuhr die Rampe zum Kiosk hoch. Der Hauptkommissar stand an der dicken Sandsteinmauer, die den Platz um den Kiosk vom Rhein abgrenzte.

Sie begrüßten sich per Handschlag. Karnatsch reichte Wittjer ein Bier, als sein Telefon klingelte. Der Hauptkommissar reagierte verärgert. »Becker? Was soll das? Ich habe frei. Mord 2 hat dieses Wochenende Dienst.«

Wittjer konnte nicht verstehen, was Becker antwortete. Karnatsch reagierte mürrisch und fragte mehrfach nach. Er fluchte und schaute Wittjer an.

»Ich muss noch kurz weg. Neben dem Stadion liegt eine Leiche. Hinten auf den Parkplätzen am Messegelände, die bei Hochwasser überflutet werden.«

»Ich dachte, du hast frei.«

Karnatsch nahm die Flasche und trank sie in zwei Zügen leer. »Ich soll es mir trotzdem anschauen.«

»Warum?«

»Dem Toten wurde der Kopf abgetrennt. Sie dachten erst, es wäre ein Unfall gewesen. Das Auto ist komplett ausgebrannt«, sagte Karnatsch und setzte sich auf das Fahrrad. »Wir treffen uns im Stadion. Ist ja nicht weit von dort.«

Nach zwei Bier fuhr sich das Rad leichter. Die Schmerzen waren nicht mehr so real. Vielleicht sollte er häufiger trinken. Er kam dem Stadion näher, die Fans und ihre Fahrräder drängten sich dicht an dicht. Als der rot-weiße Strom rechts zum Stadion schwenkte, fuhr Karnatsch geradeaus. Die Polizei hatte den schmalen Weg zum Rhein abgesperrt. Er stellte sein Rad neben dem ersten Feuerwehrwagen ab. Es roch intensiv nach den Resten eines Feuers.

Becker kam ihm entgegen. »Gut, dass du da bist. Hegemann wollte nicht, dass ich dich anrufe. Aber du musst das sehen.«

»Schon gut. Hegemann zählt nicht, der soll erst einmal seine Arbeit richtig machen.«

Er mochte das Team der Mord 2 nicht. Hegemann war nicht hartnäckig genug. Dreimal hatte Karnatsch Fälle aufklären müssen, die der Kollege nicht lösen konnte.

»Was wisst Ihr über das Auto?«, fragte er Becker.

»Das waren wohl Profis. Ein VW Golf. Die Fahrzeugnummer wurde unkenntlich gemacht, die Kennzeichen fehlen. Der Brand wurde vermutlich mit Benzin ausgelöst. Das Auto hat mindestens eine Stunde gebrannt, da ist nicht viel übrig geblieben.«

Karnatsch hob nur kurz die Hand zum Gruß, als er Hegemann sah. Er ging direkt zum Wrack des Autos. Becker hatte recht, der Golf war völlig zerstört. Die Leiche saß auf dem Beifahrersitz. Man konnte nicht einmal mehr erkennen, ob es sich um einen Mann oder eine Frau handelte. Die Hände lagen zusammengefaltet auf dem Schoß. Zumindest vermutete Karnatsch das aus der Lage der Reste der Knochen, die nicht viel mehr als Asche waren. Das Opfer war angeschnallt gewesen, der Gurt steckte noch im Schloss.

»Irgendwelche Taschen oder sonstige Gegenstände?«

»Nichts«, sagte Becker.

»Wo ist der Kopf?«, fragte Karnatsch.

Becker zuckte mit den Schultern. »Abgetrennt.«

»Lasst die ganze Böschung absuchen. Schlag Hegemann vor, er soll Taucher in den Rhein schicken.«

Becker nickte. Karnatsch schaute ihn an. »Hält ein Anschnallgurt während der Fahrt, wenn man keinen Hals mehr hat?«

»Ich weiß es nicht. Du meinst, sie haben ihn erst hier angeschnallt?«

»Könnte sein. Ich hätte gern eine Kopie des Berichts. Und schick Wittjer eine DNA-Probe. Vielleicht kann er das Opfer identifizieren. Hegemann muss davon ja nichts wissen.«

Becker nickte. Karnatsch verabschiedete sich. Es lohnte nicht, länger zu bleiben. An diesem Tatort war die Spurensicherung gefragt. Karnatsch stieg auf sein Rad und fuhr zum Stadion. Er hatte das Gefühl, dass dieser Fall bald bei ihm landen würde. Aus dem Stadion tönten die Gesänge der Fans. Das lenkte ihn ab. Bis zum Anpfiff blieb noch Zeit für ein weiteres Bier.

XXVI

Wittjer blickte nach Karnatschs plötzlichem Abschied die Mauer entlang und suchte nach Bekannten, als er das Telefon in der Hosentasche spürte. Eine SMS. Ausgerechnet jetzt. Er schaute auf das Display. Es war eine Nachricht von Yan: »Du musst kommen.«

Wittjer wollte den Chinesen überzeugen, dass die Sache wohl Zeit habe. Aber Li Yan ließ nicht locker. »Du musst kommen. Sofort«, schrieb er.

Wittjer hielt eines der Taxis an, die auf dem Rückweg vom Stadion waren und fuhr zum Labor in Unterbilk. Li Yan wartete am Durchgang zum Hinterhof. Er zitterte.

»Was ist passiert?«

Der Chinese antwortete nicht. Er führte Wittjer zur Metalltür des Labors. Der Schlüssel steckte. Das Licht im Flur brannte. Wittjer stieg der strenge Geruch von angebranntem Essen in die Nase. Die Kochstelle im Erdgeschoss.

Wittjer ärgerte sich. »Warum sollte ich kommen?«

Li Yan deutete auf den Topf. »Ich war nur kurz weg, vielleicht drei Stunden. Bestimmt nicht länger.« Mehr sagte er nicht. Er schob Wittjer in Richtung Tür, blieb aber am Eingang stehen.

Der Geruch wurde schlimmer. Auf dem Boden lag Erbrochenes. Es gab kein Fenster, das sich öffnen ließ. Aus Sicherheitsgründen waren sie vergittert. Wittjer ging langsam voran. Er musste in die Lache auf dem Boden treten, damit er die Küchenzeile erreichen konnte. In der Spüle standen ein paar Reisschalen, links neben dem Herd eine Flasche Sonnenblumenöl, daneben Plastikbehältnisse mit verschiedenen Gewürzen.

Wittjer hielt sich ein Taschentuch vor die Nase. Der Gestank entströmte dem Topf. Er schaute sich um. Li Yan war im Flur stehengeblieben. Er war kreidebleich und starrte auf den Topf. Der Strom für den Kochtopf war längst ausgeschaltet, aber er strahlte noch immer Wärme ab. Er trug deutliche Gebrauchsspuren, die braunen Plastikgriffe waren abgewetzt. Der Deckel lag schräg auf dem Topf. Wittjer suchte nach einem Tuch, um den heißen Deckel berühren zu können. Als er ihn hochhob, trat ihm ein stinkender Nebel entgegen. Wittjer musste würgen. Er ließ den Deckel los, der scheppernd auf dem Boden landete. Der Gestank wurde stärker. Damit Wittjer in den hohen Topf hineinschauen konnte, trat er einen Schritt näher zum Herd. Zuerst sah er einen schwarzen Klumpen aus den Resten von Haaren. Dann erkannte er Ohren und Nase. Die Augen waren in den Schädel gefallen, der Unterkiefer hatte sich vom Rest abgetrennt. Der Reis auf dem Boden des Topfes war verbrannt. In der schwarzen Masse lag der Kopf eines Menschen. Wittjer rannte aus dem Raum, stürzte an dem Chinesen vorbei und hechelte nach Luft.

Sie saßen unendlich lange im Hof und sagten nichts. Li Yan hatte seinen Kopf zwischen den Knien und mochte nicht aufschauen. Wittjer starrte auf die vergitterten Fenster.

»Was ist passiert, Yan?«, fragte er. Zum ersten Mal sah er Yan weinen.

»Ich habe alle Proben an den Sequenziermaschinen gewechselt. Dann bin ich nach Hause gefahren, wie jeden Samstag. Um zwölf Uhr war der nächste Wechsel fällig, da habe ich ihn gefunden.«

»Hast du den Topf angestellt? War die Tür geöffnet?«

»Ich schwöre: Nein. Samstags esse ich immer mit meiner Familie. Die Tür war verschlossen. Es war nur der Geruch, sonst war alles wie immer.«

»Fahr nach Hause«, sagte Wittjer. »Ich räume auf.«

Wortlos verließ Li Yan den Hof. Wittjer lehnte sich an die Wand und suchte nach Luft. Er blieb noch ein Weile sitzen, bevor er sich an die Arbeit machte. Mit energischen Schritten kehrte er zum Topf zurück und schüttete den Inhalt aus. Der Kopf drehte sich im Spülbecken. Ein unbekannter Mensch schaute ihn an, die Hitze hatte ihm zugesetzt. Die Haare verstopften den Abfluss. Wittjer wollte das Alter schätzen, aber er musste sich übergeben. Er suchte nach einem Behältnis und fand die Plastiktüte eines Kaufhauses. Wittjer nahm sie mit beiden Händen und umfasste den Schädel. Als er zugreifen wollte, rutschte ihm der Kopf aus der Hand. Seine Finger bohrten sich durch die Haut in das Fleisch der Wangen, die weich geworden waren. Es löste sich vom Knochen. Er rollte die Tüte zusammen und legte sie in den Kühlschrank. Morgen würde er eine DNA-Probe nehmen und den Mann identifizieren. Aber heute brauchte er frische Luft, viel frische Luft.

Er ging den Weg nach Hause zu Fuß. Manchmal rannte er ein Stück, als ob er dem Geruch entkommen könnte. Er öffnete die Jacke und hoffte, dass der Wind ihn befreien würde. Aber es ging nicht, er lief wie ein Gejagter, weiter als er je zuvor gelaufen war. An der alten Eisenbahnbrücke in Hamm bemerkte er das Toben seines Herzens. Er war außer Atem und musste sich setzen. Sein Herz raste, aber der Geruch haftete an ihm wie ein billiges Parfüm. Er konnte den Tod riechen und seine Gedanken vermochten sich nicht von dem weich gekochten Kopf zu lösen. Die Augen eines toten Mannes starrten ihn aus dem Inneren eines Schädels an. Er stand auf und wollte diesen Ort verlassen, aber die Erinnerungen an den Topf liefen so schnell wie er. Er konnte ihnen nicht entkommen, auch nicht, als er längst zu Hause war.

Er war durchgeschwitzt, aber diesem Schweiß fehlte der strenge Geruch, der etwas anderes überdecken konnte. Er warf seine Sachen in die Waschmaschine, lief nackt durchs Haus bis unter die Dusche. Das Wasser war warm. Er setzte sich auf den Boden und ließ es auf sich niederprasseln. Es musste eine Ewigkeit vergangen sein, bevor er aufstand und nach dem Duschgel griff. Jetzt kam er zur Ruhe und seifte sich ein, als ob er den Moment vergessen machen könnte. Als er sich angezogen hatte, riss er die Fenster auf. Er hatte vergessen, wie laut der Lärm der Züge war, aber jetzt wollte er dieses Geräusch hören. Jedes Quietschen des Güterzuges und das Rattern der S-Bahn verdrängten die Angst aus seinem Gehirn. Der Lärm erinnerte ihn an seine Jugend. Er fühlte sich geborgen. Er war müde, wollte aber noch Henrike anrufen, bevor er kraftlos und abgekämpft schlafen ging. Auf dem Display des Handys stand eine neue Nachricht. Von Walter Karnatsch: »Wo bist Du? Dein Fahrrad steht am Kiosk. Aber ich kann Dich nicht finden.«

Wittjer warf das Handy in die Ecke. Für Henrike hatte er keine Worte mehr. Er schlief ein. Endlich.

Sonntag

XXVII

Der Krach der ersten S-Bahn riss Johannes Wittjer aus dem Schlaf. Es war sechs Uhr. Er bemerkte den intensiven Geruch seines Deos, an dem er nicht gespart hatte. In der Küche machte er Kaffee und suchte das Ergebnis der Fortuna im Internet. Er hatte einen 4:0-Sieg verpasst. Wittjer dachte über den gestrigen Tag nach. Er war in seinem Leben noch nie so verstört gewesen. Weder beim Tod seiner Mutter oder seines Vaters noch bei der Abschlussprüfung des Studiums. Vielleicht damals, als er mit Dennis die Datenbank gestartet hatte. Aber das war eine andere Art der Aufregung gewesen, mehr wie die Vorfreude eines Kindes auf Weihnachten. Jetzt lag ein Kopf in seinem Labor. Er suchte sein Handy, um Henrike anzurufen. Auf Karnatschs Nachricht würde er später antworten.

»Kannst du auch mal zu einer normalen Zeit anrufen?« Henrike klang genervt. »Was willst du?«

»Kannst du kommen? Es ist etwas passiert.«

»Was denn?«

»Im Labor wurde eingebrochen. Jemand hat einen Kopf dort deponiert.«

»Einen Kopf? Ein Einbrecher? Wessen Kopf?«

»Ich weiß es nicht. Yan hat ihn gestern im Reiskocher gefunden. Es hat so gestunken. Es war widerlich. Der Kopf lag auf dem Reis, er ist angebrannt. Vermutlich waren es die Russen.«

»Hast du die Polizei informiert? Oder Karnatsch angerufen?«

»Nein. Ich will nicht, dass sie das Labor durchsuchen.«

»Wo ist der Kopf jetzt?«

»Im Kühlschrank. Bitte, du musst mir helfen.«

»Ich sage nur noch meiner Mutter Bescheid, dass ich sie heute doch nicht besuchen komme. Wir wollten zusammen frühstücken.«

Wittjer fühlte sich besser bei dem Gedanken, dass Henrike bald da sein würde. Sie hatte immer gute Ideen. Was sollte er nur tun, falls sie nach Amerika ginge? Er durchstöberte im Internet die Berichterstattung über die Fortuna, konnte sich aber auf keinen der Texte konzentrieren. Wittjer suchte die E-Mail-Adresse heraus, die Prosposzov ihm gegeben hatte. Warum hatte der Russe das getan? Wittjer hatte ihm doch versichert, dass er seine Aufgabe erfüllen würde. Hatte Prosposzov irgendwelche Zweifel?

Wittjer öffnete das Mail-Programm und fügte den Empfänger ein. Er schrieb in die Betreffzeile: »WARUM HABEN SIE DAS GETAN?«

Er verzichtete auf eine Anrede und einen Gruß. Dann tippte er auf den Button mit der Aufschrift »Senden«.

Als Henrike klingelte, trug sie eine Brötchentüte in der Hand. Wittjer war froh, sie zu sehen und begrüßte sie mit einer innigen Umarmung. Er war hungrig. Seit der Sache mit dem Kopf hatte er nichts gegessen. Sie gingen in die Küche. Henrike zögerte, als sie den Kühlschrank öffnen wollte.

»Liegt er hier im Kühlschrank?«

»Nein«, antworte Wittjer, »im Labor.« Er deckte den Tisch und begann zu erzählen. Er ließ nichts aus. Er beschrieb auch den Rückweg, als er getrieben von Angst am Rhein entlanggelaufen war. Henrike unterbrach ihn immer wieder und stellte Fragen.

»Und Yan hat wie immer abgeschlossen. Wurde die Tür denn aufgebrochen?«

»Ich weiß es nicht. Ich war so entsetzt von diesem Geruch. Ich habe nicht darauf geachtet.« Wittjer ärgerte sich über seine mangelnde Professionalität. »Vermutlich wäre mir ein Einbruch aufgefallen, aber ich kann es nicht sagen.«

»Und wenn jemand einen Schlüssel besitzt?«

»Der Russe hat gesagt, er habe mich intensiv beobachtet. Er wusste alles Mögliche über mich, vielleicht hat er auch den Schlüssel kopiert.«

»Fehlt denn etwas? Laufen die Maschinen noch?«

Wittjer bemerkte, dass er sich nur um den Kopf gekümmert hatte. Er war nicht einmal die Treppe hochgegangen, um nach den Maschinen zu schauen.

»Komm, wir fahren ins Labor«, sagte er.

Sie nahmen Henrikes Wagen, der noch in der Einfahrt stand. Auf dem Weg ging Wittjer in seinem Kopf die möglichen Szenarien durch. Was wäre, wenn der Einbrecher alles zerstört hätte? Henrike fuhr schnell. Sie ignorierte eine Ampel, die auf Rot gesprungen war und parkte das Auto im Halteverbot gegenüber der Hofeinfahrt.

Das Labor sah von außen unbeschädigt aus. Die Metalltür war verschlossen. Wittjer suchte nach Spuren eines Einbruchs, aber es gab keine, weder innen noch außen. Er sprintete die Treppe hinauf. Der Geruch aus dem Erdgeschoss war auch in den Maschinensaal hochgestiegen, aber er war hier kaum noch wahrzunehmen. Lüftung und Klimaanlage hatten gute Arbeit geleistet. Es war nichts von den gestrigen Ereignissen zu bemerken. Yans Jacke hing noch am Stuhl vor den Arbeitsplatten, auf denen die Proben vorbereitet wurden. Es war etwas leiser als gewöhnlich. Nur zwei der sechs Sequenziermaschinen liefen noch, die anderen hatten ihr Programm erledigt und in den Stand-by-Modus geschaltet. Der Computer am Server zeigte keine Fehlermeldungen an. Wer auch immer ins Labor eingedrungen war, er hatte sich für den Maschinensaal nicht interessiert.

Als Wittjer die Treppe hinunterstieg, stand Henrike bereits mitten im Chaos . Sie hielt sich ein feuchtes Handtuch vor die Nase und schaute sich um.

»Vielleicht sollten wir doch die Spurensicherung anrufen. Wie heißt der noch mal, den du so gut kennst?«

»Becker. Er wird hier nichts mehr finden. Yan hat auf den Boden gebrochen. Ich auch. Wir sind überall herumgelaufen. Überall Fußabdrücke. Ich habe den Topf ausgeschüttet. Hier ist nichts mehr so, wie es vorher war.«

»Wo ist der Kopf?«

Wittjer öffnete den Kühlschrank und zog die Plastiktüte hervor. Henrike blickte hinein. Sie erblickte ein Ohr, das leblos an einem strähnigen Stück hing, das einmal Haut gewesen war.

»Stammt das von einem Ohrring?« Henrike zeigte auf eine dunkle Stelle im Ohrläppchen. Sie war eine gute Beobachterin. Wittjer bewunderte ihre Abgeklärtheit und spürte, wie sie auf ihn abstrahlte. Er war viel ruhiger als gestern.

»Das könnte sein«, sagte er. Er zog das Ohrläppchen nach unten und ein Loch zeigte sich, bevor ein Teil des Gewebes abriss. Ein Ohrring war nirgends zu sehen.

»Was hast du mit dem Reis gemacht?«

»In die Mülltonne gekippt. Ein Teil ist noch im Topf.«

Henrike überprüfte die schmalen Fenster. Sie waren alle verschlossen.

»Was machen wir jetzt?«, fragte Wittjer, weil er es selbst nicht wusste.

»Ich muss hier raus«, sagte Henrike.

Draußen hatte es zu regnen begonnen. Sie setzten sich ins Auto.

»Warum willst du nicht die Polizei rufen?«

»Wenn die Russen erfahren, dass die Polizei im Spiel ist, bin ich ein toter Mann.«

»Und wenn es gar nicht die Russen waren?«

»Wie kommst du darauf?«

»Prosposzov hat doch keinen Grund dafür. Er ginge mit so einer Aktion doch ein unnötiges Risiko ein. Und warum zu diesem Zeitpunkt? Euer Projekt hat noch nicht einmal begonnen.« Henrike schaute ihn an. »Je länger ich darüber nachdenke, desto mehr glaube ich, dass es nicht die Russen waren. Sie hätten eine klare Nachricht zurückgelassen, dass die Botschaft von ihnen ist. Irgendetwas. Da fiele Prosposzov bestimmt etwas ein. Wenn es nicht die Russen waren, würdest du Karnatsch dann anrufen?«.

Wittjer reagierte gereizt. »Auf keinen Fall. Wir sind so weit gekommen. Dank der guten Geschäfte mit Dorllin werde ich drei oder vier neue Maschinen kaufen können. Bald werden Ärzte in Heidelberg und Berlin, in London und Paris auf meine Analysen zurückgreifen. Die prophylaktische Zukunftsmedizin wächst gewaltig. Bald werden wir alle Auswirkungen der Gene auf unser Leben kennen. Wenn die Datenbank noch ein oder zwei Jahre läuft, bin ich am Ziel. Jede Woche wissen wir ein bisschen mehr. Wir können vorhersagen, ob Menschen sportlich oder intelligent sind. Ob sie gewalttätig werden. Vor welchen Krankheiten sie sich schützen müssen. Wir kennen ihre Schwächen und ihre Eigenschaften. Wir können Eltern Tipps geben, damit sie den perfekten Einfluss auf ihre Kinder ausüben, sie auf dem richtigen Gebiet fördern. Bald können wir sogar das Aussehen ermitteln, Geschlecht, Größe, Haarfarbe. Aus einer einfachen DNA-Probe lässt sich ein Phantombild erstellen. Dennis neue Datenbank arbeitet perfekt. Wir korrelieren mehrere Millionen Erbgut-Datensätze. Wir kennen die epigenetischen Signale der Zellen, die entscheiden, welcher Teil der genetischen Informationen genutzt wird. Wenn die Polizei kommt, werden sie feststellen, woher die Gen-Informationen und die persönlichen Daten stammen, die ich so gezielt kombinieren kann. Die Quellen sind illegal. Dann kann ich mit dem Projekt aufhören. Das lasse ich nicht zu. Es ist mein Lebenswerk. Und es ist gut für die Menschheit. Du weißt, dass viele Genforscher daran arbeiten. Aber keiner ist so weit wie ich. Keiner.«

Henrike erschrak, weil Wittjer sich in Rage redete. Er hatte schnell Fortschritte gemacht. Sie erinnerte sich genau, wie er zu Anfang über das Projekt gesprochen hatte. Vor Jahren in der Küche ihrer gemeinsamen WG. Während sie Chilli kochte, hatte er ihr die Möglichkeiten einer umfassenden Datenbank in der Gentechnik erläutert. Sie hatte ihm widersprochen, aber er hatte recht behalten. Die Computer waren leistungsfähiger geworden. Die vollständige Entschlüsselung des Erbguts dauerte nicht einmal mehr einen Tag. Mehr als eine Million Datensätze existierten schon. Menschen, die aus ganz unterschiedlichen Gründen eine DNA-Analyse hatten machen lassen. Wenn Wittjer diese Daten gesammelt hatte und die Datenmengen ordnen konnte, dann lieferten sie sehr viel mehr Informationen über den Menschen, als man jemals zuvor hatte.

»Und Karnatsch hat keine Ahnung, was du tust? Obwohl die Polizei von deiner Datenbank profitiert?«, fragte Henrike.

»Er nutzt es, aber versteht es nicht. Er kann sich die neuen Möglichkeiten nicht vorstellen. Er ist zu alt dafür. Ich gebe ihm, was er wissen will. Aber ich sage ihm nicht, wie ich das gemacht habe.«

»Kannst du den Kopf identifizieren?«

»Yan will morgen mit der Aufbereitung der DNA anfangen. Du weißt, wie schwierig das werden wird. Du hast den Kopf gesehen. Die Hitze hat die DNA denaturiert. Wenn ich den Namen kenne, gebe ich Karnatsch einen Tipp. Dann kann er den Rest der Leiche suchen. Wenn einer sie finden wird, dann ist er es.«

»Na gut«, sagte Henrike, »dann machen wir es ohne Polizei.«

Sie putzten ohne Pause den ganzen Nachmittag. Nur den Kühlschrank und die Mülltonne ließen sie aus. Wittjer rückte die Möbel von den Wänden ab und schruppte die Fugen zwischen den Wandfliesen. Auch die Bodenfliesen erforderten diese Spezialbehandlung. Henrike hatte in der Drogerie am Bahnhof ein Raumluftspray gekauft, das sie versprühte bis die Dose leer war. Bald war der kleine Raum geschwängert vom Duft eines Fichtenwäldchens. Zumindest roch es nach den Duftstoffen, mit denen Industrie-Chemiker die Natur nachahmten. Dort, wo Henrike wohnte, rochen die Bäume anders. Aber es war immer noch besser als der Geruch nach verbranntem Reis, Haut und Haaren.

Wittjer schüttete den Inhalt der Mülltonne in drei flache Schalen. Mit einer Pinzette durchsuchte er die schwarze Masse nach Auffälligkeiten. Aber die Suche blieb erfolglos. Kein Ohrring, nichts, was dem Kopf noch zugeordnet werden konnte. Nur schwarze Krusten, wie in einem selten gereinigten Backofen. Wenn es einen Hinweis gegeben hatte, war dieser verkohlt oder von einer schwarzen Schicht überzogen.

»Soll ich das Zeug aufbewahren?«, fragte er.

Henrike hatte die Reste des Topfes untersucht. Als Kind hatte sie einmal einen Einkochtopf auseinandergenommen. Entweder hatte sich die Technik in den letzten dreißig Jahren nicht verändert, oder Yans Topf stammte noch aus dieser Zeit. Es gab keinen Unterschied. Der Einbrecher hatte den Topf nicht manipuliert.

»Kannst du es in einen Kanister füllen? Dann stelle ich es bei mir in den Keller. Wer weiß, ob wir die Reste noch brauchen.«

Sie brachte die Müllsäcke zum Container und trug den riechenden Topf und den weißen Kanister zum Kofferraum ihres Autos.

»Wollen wir uns den Kopf noch genauer anschauen?«, fragte Wittjer.

Henrike bemerkte, wie sehr sie diesem Moment aus dem Weg gegangen war. Weder sie noch Wittjer hatten die Kühlschranktür angerührt. Sie hatten den Raum gesäubert, als erledigten sie einen gewöhnlichen Frühjahrsputz. Jetzt spürte sie die Beklommenheit, die von der Nähe des Todes ausgelöst wurde. Auch wenn es nur der Kopf eines Unbekannten war.

Wittjer hatte Mut gewonnen. Er zwang sich, den Kopf als gewöhnliches Forschungsobjekt zu bewerten. So wie die Zahnbürste des Dirigenten, eine Blutprobe oder die alten Stiefel von Keith Richards. Er holte die Tüte aus dem Kühlschrank, zog den Kopf heraus und legte ihn in die Spüle. Ein Gesicht war nicht mehr zu erkennen. Zwei schwarze leere Augenhöhlen, der Unterkiefer war abgetrennt, an manchen Stellen lugte schon der Schädelknochen hervor. Wittjers mangelnde Sorgfalt hatte dem Kopf ebenso zugesetzt wie die stundenlange Hitze im Reistopf. Die Reste der Haut waren aufgerissen und hatten ein dunkles Braun angenommen.

»Was glaubst du? Ist es ein Mann oder eine Frau?«, fragte Wittjer.

Selbst diese Frage ließ sich kaum entscheiden.

»Ich weiß es nicht. Die Proportionen erinnern eher an einen Mann. Anhand des Schädels könnte man das Gesicht rekonstruieren. Vielleicht erkennt ihn dann jemand.«

»Es geht auch anders. Yan wird das Problem schon lösen, wenn er ein bisschen verwertbare DNA findet. Gleich morgen.«

Henrike fotografierte den Kopf mit ihrem Handy, bevor Wittjer ihn wieder im Kühlschrank verstaute.

Dann fuhren sie in ein südafrikanisches Restaurant, das nur zwei Straßen weiter war. Sie aßen weder Reis noch gekochte Gerichte. Wittjer bestellte Fisch mit Süßkartoffeln. Henrike bevorzugte etwas Vegetarisches.

Montag

XXVIII

Die Schürfwunde an der rechten Hand war noch nicht verheilt. Walter Karnatsch hatte notdürftig ein Pflaster darüber geklebt. Der Verband sah nicht gut aus, aber er erfüllte seinen Zweck. Für einen Besuch beim Hausarzt fehlte ihm die Zeit. Das Verhör von Katharina Achtermann konnte nicht noch einmal verschoben werden. Die Hand schmerzte beim Schalten, aber sie tat weniger weh als gestern. Karnatsch war mit dem Fahrrad auf dem Rückweg von der Altstadt gestürzt. Es war fünf oder sechs Uhr morgens gewesen. Der 4:0-Erfolg musste ausgiebig gefeiert werden, solche deutlichen Siege gelangen der Fortuna nur selten. Er hatte schon lange nicht mehr bis in den Morgen gefeiert. Entweder wegen Sabine oder wegen der ständigen Wochenenddienste. Sabine gehörte nicht zu den Nachteulen, so war sein Ausgehverhalten seriöser geworden. Am Samstag hatte er entschieden zu viel getrunken. Das Fahrrad trug vom Aufprall auf die Bordsteinkante eine Delle im Vorderrad davon. Das Trikot war blutverschmiert.

Den Sonntag hatte Karnatsch fast verschlafen. Erst um siebzehn Uhr stand er von Hunger getrieben auf, orderte eine Pizza vom Kiosk nebenan und verbrachte den Rest des Tages auf dem Sofa. Karnatsch erinnerte sich, dass er an solchen Tagen früher nachmittags wieder losgezogen war, aber das schaffte er nicht mehr. Das Altbier zeigte auch am Montag noch Wirkung. Nicht, dass er betrunken war, aber es raubte dem Körper die Frische.

Katharina Achtermann erwartete ihn in der Tür der Villa. Karnatsch wollte sie nicht im Präsidium befragen. In den vergangenen sechs Wochen hatten die Ermittlungen einige Details zutage befördert, die den Fall vielleicht aufklären konnten. Er war gespannt auf ihre Reaktion. Sie begrüßte ihn und führte ihn ins Wohnzimmer. Er nahm sich einen Kaffee, noch bevor Achtermann ihn angeboten hatte.

»Frau Achtermann, wie geht es Ihnen?«, fragte Karnatsch.

»In der vergangenen Woche konnten wir Daniel endlich beerdigen. Sie hatten seinen Leichnam bis dahin festgehalten. Nach der Beerdigung ist es einfacher. Auch für die Mädchen.«

»Es tut mir leid. So sind die Vorschriften, ich hatte das nicht zu entscheiden.«

Karnatsch öffnete seine Tasche. »Wir haben ein paar Fotos Ihres Mannes, vielleicht können Sie mir sagen, wer noch darauf zu sehen ist.«

Die jungen Kollegen hatten die Gesichtserkennung genutzt. Auf einer russischen Webseite, die so ähnlich wie Facebook funktionierte, waren sehr viele Bilder von Daniel Achtermann gepostet worden. Er war immer in Begleitung von Frauen mit großer Oberweite abgelichtet. Auf einer Art Messe oder an einem Swimmingpool.

»Kennen Sie eine der Frauen? Oder diesen Mann hier?«

Katharina Achtermann durchblätterte interessiert die Fotos. »Ich kenne niemanden. Mein Mann hat nie mit mir über Moskau gesprochen. Wir haben uns auseinandergelebt. Es scheint ihm dort gefallen zu haben. Er hatte viel Geld. Daniel hat Millionen in Moskau verdient. Da wird das Geld für ein paar Nutten gereicht haben.«

»Sie haben keine gute Meinung von Ihrem Mann?«

»Er hat mich nicht mehr respektiert. Mir ständig Vorwürfe gemacht. Ich habe die Wochenenden gehasst, an denen er in Düsseldorf war. Gott sei Dank kam das nicht so oft vor.«

»Haben Sie die Liste der Hotels erstellt, in denen Ihr Mann übernachtet hat?«

»Ich habe Sie Ihren Kollegen per E-Mail geschickt. Manchmal war er nicht im Hotel. Ich kann Ihnen nicht sagen, wo er dann übernachtet hat. Wie gesagt, wir haben darüber nicht gesprochen.«

»Warum haben Sie für Ihre Kinder einen Vaterschaftstest machen lassen?«

»Woher wissen Sie das?«

»Ich habe meine Quellen. Also warum?«

»Für meine Töchter. Sandra und Sophie sollen wissen, dass Daniel nicht ihr leiblicher Vater ist. Mein Mann hat sie ständig unter

Druck gesetzt. Ich glaube, sie mögen Daniel nicht besonders. Mit dem Ergebnis des Vaterschaftstests ist es für die beiden einfacher, von Daniel Abstand zu gewinnen. Es ist immer noch schwer, aber ich wusste keinen anderen Weg. Immerhin haben wir in diesem Punkt Klarheit.«

»Wollten Sie sich trennen?«

»Nein. Daniel hat viel Geld verdient. Ich hätte alles verloren.«

»Der Mann muss mit einem Vaterschaftstest einverstanden sein. Warum hat er zugestimmt?«

»Er hat nicht zugestimmt. Ich habe einen Unterschriften-Stempel, damit ich Dinge regeln konnte, wenn er nicht da war. Das kam häufig vor. Damit habe ich den Antrag unterschrieben, dem Labor hat das gereicht.«

»Kannte Daniel das Ergebnis?«

»Nein, ich wollte es ihm nicht sagen.«

»Wie ist das Verhältnis von Sandra und Sophie zu ihrem Vater?«

»Erst waren sie traurig, dass Daniel so häufig nach Russland musste. Im Laufe der Zeit haben sie ihn immer weniger vermisst. Das liegt auch an Christian, der ein gutes Verhältnis zu den Mädchen hat.«

»Werden Sie das Haus behalten?«

»Ja, ich habe das Haus und das Geld bekommen.«

»Sie haben also vom Tod Ihres Mannes profitiert.«

»Macht mich das verdächtig?«

»Es wäre nicht der erste Mord, der aus diesem Grund begangen wurde.«

»Ich war auf dem Schulfest. Vier Stunden hinter dem Kuchenstand. Ohne Unterbrechung.«

»Bestellen Sie häufiger im Internet?«

»Ja, sicher. Aber das ist ja wohl nicht ungewöhnlich.«

»Haben Sie an dem Tag, als ihr Mann ermordet wurde, ein Paket erwartet?«

»Nein.«

»Ihre Nachbarn auch nicht. Aber trotzdem war der Paketbote unterwegs. Das Auto ist von mehreren Sicherheitskameras in Ihrer Straße gefilmt worden. Ist das nicht seltsam?«

Katharina Achtermann schwieg.

»Was ist mit Christian Esser? Ist das Ihr Freund?«

»Ein guter Bekannter. Ich kenne ihn seit vielen Jahren.«

»Haben Sie ein Verhältnis mit ihm?«

»Nein. Er ist ein Freund, mehr nicht.«

»War er häufiger hier, wenn Ihr Mann nicht da war?«

»Manchmal schon. Die Mädchen mögen ihn.«

»Und Sie auch?«

»Natürlich mag ich ihn. Wenn man so eine Ehe führt, wie ich es getan habe, hat man es nicht leicht.«

Für Karnatsch war Christian Esser der Hauptverdächtige. Sein Team klapperte die Paketboten der Umgebung ab und untersuchte die GPS-Aufzeichnungen der Lieferwagen. Bevor er ging, wollte er noch einen Blick in die Küche werfen. »Entschuldigen Sie bitte, darf ich mein Pflaster bei Ihnen entsorgen?«

»Aber sicher«, sagte Katharina Achtermann. Sie führte ihn in die Küche. Karnatsch riss das Pflaster ab und warf es in die Mülltonne. Er hielt den Deckel geöffnet und schaute hinein. Der Müll der Familie Achtermann hatte sich verändert.

»Wohnt Herr Esser bei Ihnen?«

»Nein. Er hat eine eigene Wohnung.«

Karnatsch glaubte ihr nicht, sagte aber nichts. »Vielen Dank für Ihre Offenheit, Frau Achtermann. Ich werde Sie in der kommenden Woche wieder besuchen. Hoffentlich wissen wir dann mehr.«

XXIX

Die Suche nach unbeschädigter DNA erwies sich als außerordentlich schwierig. Becker suchte mit einer Pinzette nach größeren Stücken in der Asche der Leiche vom Rheinufer. Das Feuer hatte den Torso weitgehend zerstört. Das Auto hatte mindestens eine Stunde lichterloh gebrannt. Dadurch waren sämtliche Spuren verwischt. Manchmal überstanden Zähne diese Hitze für eine längere Zeit. Doch dieser Leiche fehlte der Kopf. Beckers Hoffnung richtete sich auf ein paar größere Knochenstücke, die zumindest noch Spuren von DNA enthalten könnten. Knochen konservierten genetische Informationen über Jahrhunderte. Der britische König Richard III. konnte auf diesem Weg fünfhundert Jahre nach seinem Tod noch identifiziert werden. Sein Skelett war bei Bauarbeiten für einen Parkplatz eines Supermarkts in Leicester gefunden worden. Er war nicht beliebt, aber vermutlich blond und hatte blaue Augen. Die Person, dessen Reste Becker beschäftigten, war erst achtundvierzig Stunden tot, aber es war kaum noch etwas Verwertbares vorhanden. Becker suchte in seinem Handy nach der Nummer von Johannes Wittjer.

Wittjer stand neben Li Yan, der den beschädigten Kopf in den Maschinensaal gebracht hatte und das Gewebe nun schichtweise abtrennte. Mit jedem Schritt verlor der Kopf ein bisschen mehr seiner Menschlichkeit. Yan grub sich langsam bis zum Schädelknochen vor. Er vermutete dort genügend Rest-DNA für eine Genanalyse, für die er mehrere Maschinen einsetzen wollte. Später würde der Computer die einzelnen Bruchstücke zu einem großen Ganzen zusammenführen. Wittjer kannte das Prozedere genau, aber hatte die Aufgabe gern abgegeben. Yans Hände arbeiteten routinierter und geschickter. Bereits der Hauch einer Ungeschicklichkeit konnte alles verderben.

»Kannst du noch eine DNA-Probe vom Türgriff nehmen?«, fragte Wittjer.

»Die läuft schon auf Maschine 4«, sagte Li Yan und schaute kurz auf. »Deine DNA haben wir ja, aber ich brauche noch eine Probe von Henrike, damit ich weiß, was Fremd-DNA ist und was nicht.«

Henrike würde keine DNA-Probe abgeben. Das wusste Wittjer. Er hatte oft mit ihr darüber diskutiert, aber sie lehnte es ab.

Wittjer ließ seinen Angestellten in Ruhe. Er verschob alle Aufträge, damit Yan freie Hand hatte. Dass Becker anrief, überraschte ihn nicht.

»Hallo Johannes, ich brauche deine Hilfe. Ich habe eine verbrannte Leiche. Karnatsch hat dir schon davon erzählt. Du musst uns bei der Identifizierung helfen.«

»Ein Mann oder eine Frau?«

»Wahrscheinlich ein Mann, aber das ist nur eine Vermutung.«

»Habt ihr schon eine DNA-Probe?«

»Nein, es ist fast nichts übrig. Die Asche ist so fein wie nach einer Verbrennung im Krematorium. Ich bin mit meinem Latein am Ende. Kannst du Li Yan schicken?«

»Wir haben viel zu tun, das wird ein paar Tage dauern. Donnerstag vielleicht, oder Freitag.«

»Ihr seid doch sonst immer so schnell.«

»Tut mir leid. Diesmal geht's nicht anders.«

»Ich würde dich nicht anrufen, wenn es nicht wichtig wäre. Hegemann leitet die Ermittlungen und ist schon unruhig, weil wir nicht weiter kommen.«

»Du weißt, dass ich nur für Karnatsch arbeite.«

»Dann mach es für mich. Tu mir den Gefallen.«

»In Ordnung. Yan macht sich gleich auf den Weg. Wie lange bist du im Dienst?«

»Bis vier, aber ich werde auf ihn warten.«

Wittjer legte auf und ging zu Li Yan. »Kannst du zur Rechtsmedizin fahren? Becker wartet auf dich.«

»Ich würde lieber das hier erst beenden.«

»Becker hat eine Leiche ohne Kopf. Wir müssen wissen, ob unser Kopf zu der Leiche passt. Wir können Zeit gewinnen. Wir müssen der Polizei das Ergebnis ja nicht sofort mitteilen. Uns wird es in jedem Fall helfen.«

Li Yan lächelte. Der Plan gefiel ihm. Er hatte den Schock von Samstag verarbeitet.

Wittjer fuhr zu einem Schlüsseldienst und beauftragte neue Schlösser für das Labor und sein Büro. Beide Türen wollte er zusätzlich mit einem PIN-Code sichern lassen. Wittjer saß schon im Auto, aber er kehrte noch einmal um. Er ließ auch die Schlösser seiner Wohnung austauschen. Bis Freitag sei alles erledigt, versprach der Handwerker, der keine weiteren Fragen stellte. Der Russe wird sich ärgern, dachte Wittjer.

Er kaufte einen neuen Reistopf, der mit einer Zeitschaltuhr ausgestattet war. Bis er einen speziellen Kühlschrank für Laborbedarf gefunden hatte, musste er suchen. Ein kleiner Händler an der Bilker Allee hatte eine gute Auswahl. Der neue Kühlschrank besaß etwas mehr Stauraum als der alte. Im Drogeriemarkt besorgte Wittjer eine weitere Dose des Fichtenwald-Sprays. Yan hatte ihm die Adresse eines Asien-Supermarkts am Fürstenwall gegeben. Wittjer übergab der Verkäuferin eine Liste mit Gewürzen und weiteren Zutaten, mit denen Yan sein Essen im Labor zubereitete. Der Chinese bevorzugte eine klebrige Reissorte, die in deutschen Geschäften nicht angeboten wurde. Auf dem Fünf-Kilo-Sack standen nur chinesische Schriftzeichen. Wittjer bezahlte. Der Einkauf füllte den Rest des Kofferraums seines Autos.

Wittjer parkte den Wagen auf dem Hof. Als er mit dem Ausladen begonnen hatte, kehrte Li Yan aus der Rechtsmedizin zurück. Sie trugen den Kühlschrank in den Raum im Erdgeschoss. Danach machte sich Yan wieder an die Arbeit. Er hatte sechs Knochenstückchen aus der Asche in einem Plastiktütchen mitgebracht, die er Wittjer präsentierte.

»Die DNA ist fast vollständig zerstört. Diese Stückchen sind noch aussichtsreich. Nicht viel, aber ich werde es versuchen.«

»Was hat Becker gesagt? Haben sie schon eine Spur?«

»Noch nicht. Vielleicht liefert das Auto etwas. Aber das wird dauern.«

»Glaubst du, dass du etwas finden wirst?«

»Frag mich morgen früh. Ich versuche, über Nacht die DNA zu extrahieren. Den Rest der Zeit bin ich mit unserem Kopf beschäftigt. Da sieht es etwas besser aus.«

»Ruf mich an, auch wenn es nicht klappt.«

Wittjer machte sich auf den Weg nach Hause. Unterwegs kaufte er eine Pizza. Der Tag war viel besser verlaufen, als er es erwartet hatte. Die Aufregung hatte sich gelegt. Li Yan würde seine Arbeit machen, mehr konnte er nicht tun. Man musste den wissenschaftlichen Methoden ausreichend Zeit lassen. Die Sequenziermaschinen würden alle Fragen beantworten. Er erinnerte sich nur ungern an Samstag. Warum hatte er so heftig reagiert? Das war nicht professionell. Sie hatten zu viele Spuren vernichtet. Er ärgerte sich über sich selbst.

Wittjer nahm die Pizza, doch als er die Haustür aufschließen wollte, stürzte seine Nachbarin auf ihn zu. Er konnte Frau Roppenmeier nicht leiden und ging ihr aus dem Weg.

»Herr Wittjer, Herr Wittjer«, rief sie. »Ich habe Fotos gemacht. Von den beiden Männern, die bei Ihnen einbrechen wollten. Ich wollte schon die Polizei rufen, aber mein Mann sagte, ich solle auf sie warten.«

Sein Puls schlug schneller. Schon wieder ein Einbruch? Am Samstag im Labor, heute bei ihm in der Wohnung?

Frau Roppenmeier kam ihm mit dem Handy entgegen. »Schauen Sie die Fotos an.«

Wittjer erwartete, zwei Russen auf den Bildern zu sehen. Aber es waren zwei junge Männer mit Kapuzenpullovern. Er erkannte sie sofort: Dennis und Flash.

»Sie wollten einbrechen, aber sie haben es nicht geschafft. Aus Frust haben sie dann die Geranienkübel geplündert. Schauen Sie: Alle Pflanzen wurden herausgerissen. Dabei tragen sie gar keine Blüten. Dieser Vandalismus. Es wird immer schlimmer. Aber die Polizei wird die Täter kriegen.«

Wittjer nahm das Handy und löschte sämtliche Bilder. »Ich habe die Bilder auf mein Handy übertragen«, log er. »Morgen werde ich zur Polizei fahren. Vielen Dank, Frau Roppenmeier.«

XXX

Franziska Dorllin rätselte, was sie anziehen sollte. Sie lief vor dem Spiegel auf und ab. Ihr Appartement in Oberkassel verfügte über ein eigenes Ankleidezimmer. Die maßgefertigten Kleiderschränke reichten bis zur Decke und füllten sämtliche Wände. Gegenüber der Tür befand sich ein großer Spiegel. Er verbarg einen Schrank mit einer großen Auswahl an Schuhen. Dorllin betrachtete sich in einem dezenten grün-gelben Kostüm, das für diesen Tag wohl die bessere Wahl war als ein auffälliges Kleid. Es stammte aus Bremen von einer jungen Designerin, die sich in der Branche noch keinen Namen gemacht hatte.

Dorllin erwartete eine prominente Patientin in ihrer Praxis. Sie bewunderte Maria Malenta. Malenta sah immer perfekt aus. Die Schauspielerin erhielt in Köln den wichtigsten deutschen Fernsehpreis und verknüpfte das mit dem Besuch in Düsseldorf. Dorllin war aufgeregt gewesen, als Malentas Manager in ihrer Praxis nach einem Termin gefragt hatte. Offiziell hatte die Diva eine schöpferische Pause genommen. Acht Monate gab es keinen einzigen Auftritt in der Öffentlichkeit. Die Regenbogenpresse gönnte Malenta diese Pause. Die Schauspielerin hatte viel gearbeitet, jedes Jahr einen neuen Film gedreht. Einer nach dem anderen war ein Erfolg an der Kinokasse. Die Kritiker verglichen Malenta in ihrer Eleganz mit Romy Schneider und in ihrer Frische und Frechheit mit Heike Makatsch.

Franziska Dorllin musste eine zusätzliche Verschwiegenheitserklärung unterzeichnen. Sie hatte dem Personal der Praxis freigegeben. Kein Wort durfte nach außen dringen. Malenta hatte ihre Karriere bis ins Detail geplant. Sie wollte die Berichterstattung über ihr Privatleben kontrollieren. Von ihrem ersten Sohn gab es nur ein paar Fotos, die Mutter und Kind am Strand auf den Malediven zeigten. Das Geheiminis, von dem Dorllin wusste, hatte in keiner Zeitung gestanden. Selbst die gut informierte »Gala« war ahnungslos. Malenta war erneut schwanger gewesen und hatte ihr zweites Kind geboren. Jetzt wollte die Schauspielerin die Zukunft ihrer beiden Söhne planen.

Der Termin war nicht einfach für Franziska Dorllin. Am liebsten hätte sie ihre Patientin um ein Autogramm gebeten. Sie hätte gefragt, ob sie gemeinsam für ein Foto posieren könnten. Aber das ziemte sich nicht. Dorllin musste die Sache professionell abwickeln. Das grün-gelbe Kostüm war unauffällig genug. Sie verzichtete auf Parfüm. Sie wollte Maria Malenta nicht die Schau stehlen. Vielleicht würde das die Sache einfacher machen. Auf dem Weg zu ihrer Praxis dachte sie darüber nach, wie das Gespräch mit der Schauspielerin verlaufen sollte.

Als Dorllin ihrem besonderen Gast die Tür öffnete, stand kein Sekt bereit. Zu ihrer Überraschung trug Malenta Jeans und einen unifarbenen Pullover. Sie strahlte trotzdem Eleganz aus. Ihr Mann begleitete sie, ein sonnengebräunter Südländer im modischen Anzug. Dorllin schätzte den durchtrainierten Mann auf Anfang dreißig. Er war Fotograf, das wusste sie aus der Klatschpresse. Dorllin begleitete das Paar in ihr Büro und lobte auf dem Weg das Kleid, das Malenta zur Preisverleihung getragen hatte. Malenta lobte das Hotel und die Aussicht aus ihrer Suite auf den Rhein. Sie hatten nicht in Köln übernachtet, sondern ein Hotel im Düsseldorfer Hafenviertel ausgewählt. Die Kinder waren zu Hause geblieben.

»Stephan, mein Jüngster, ist jetzt zehn Wochen alt und schreit so viel. Es ist sehr anstrengend. Ich bin ganz dankbar, ein paar Tage frei zu haben«, sagte Malenta.

Sie setzte sich in den Sessel, ihr Mann entschuldigte sich und suchte die Toilette auf. Eine gute Gelegenheit für ein problematisches Detail aus der Genanalyse.

»Frau Malenta, ich habe ein Problem«, sagte Dorllin geradeheraus. »Die Genanalyse hat ergeben, dass das zweite Kind nicht von Ihrem Mann ist. Wie soll ich damit umgehen?«

Die Schauspielerin schien nicht sehr überrascht zu sein. »Ich hatte befürchtet, dass es so ist. Es ist wohl in Hollywood passiert. Ein Techtelmechtel nach einer Party von Universal Studios. Ich war mit meinem Manager für Vertragsverhandlungen unterwegs.«

»Es gehört zu meiner ärztlichen Pflicht, Sie beide darüber zu informieren. Ich meine, auch Ihren Mann. Sie beide haben mir den Auftrag gemeinsam erteilt.« Dorllin machte eine kleine Pause. »Ich könnte das natürlich vergessen, wenn Sie es wünschen.«

Malenta nickte. »Mein Manager wird Ihnen morgen einen Scheck bringen. Sind zwanzigtausend Euro genug?«

»Sie sind sehr großzügig. Vielen Dank«, antwortete Dorllin. »Warum haben Sie trotzdem die genetische Analyse in Auftrag gegeben? Sie wussten doch, dass die Vaterschaft ans Licht kommen würde.«

»Ja, wusste ich. Es hätte aber auch von meinem Mann sein können. Ich war nicht sicher. Deshalb wollte ich Gewissheit. Mit einer Frau kann ich so etwas besser besprechen. Und ich habe gehört, dass Sie sehr diskret sind. Sie sind elegant und erfolgreich, das gefällt mir. Mir haben unser Kennenlernen und das Vorgespräch sehr gut gefallen. Ich vertraue Ihnen.«

»Danke«, sagte Dorllin. Das Lob schmeichelte ihr.

»Ich habe mich trotzdem für die Genanalyse entschieden, weil ich wissen möchte, wie sich das Leben meiner Kinder entwickeln wird. Ich habe mein Leben geplant und auch sie sollen erfolgreich sein. Es gibt nichts Schöneres, als im Rampenlicht zu stehen.«

Malentas Mann kehrte zurück. »Haben Sie schon angefangen?«

»Nein, wir haben natürlich auf dich gewartet, mein Schatz«, flötete Malenta.

Er küsste sie auf den Mund, bevor er sich setzte.

Dorllin begann mit dem Vortrag, den sie sich zurecht gelegt hatte. Sie drehte den Bildschirm ihres Computers und zeigte ein paar Schaubilder.

»Es ist ungewöhnlich, wenn Geschwister sehr verschieden sind. Aber es kommt immer wieder vor.«

Auf dem Bildschirm lief ein Video, das zeigte, welche genetischen Kombinationen möglich waren. Es berücksichtigte nicht nur das Erbgut der Eltern, sondern bezog auch die Großeltern des Kindes mit ein.

»Manchmal kommt es sogar vor, dass die Gene der Großeltern eine größere Rolle spielen als die der Eltern. Das könnte auch in Ihrem Fall so sein.«

Dorllin näherte sich dem Kern ihrer Analyse.

»Was den älteren Sohn betrifft, kann ich nur gute Prognosen machen. Er ist kerngesund, intelligent und hat auf jedem Gebiet gute Voraussetzungen. Sie können stolz auf ihn sein.«

»Und was ist mit Stephan?«, fragte Maria Malenta. »Ich hatte immer das Gefühl, dass er anders ist als sein Bruder. Schon während der Schwangerschaft. Was ist mit ihm?«

»Bei ihm sind andere Gene dominant. Ich würde Ihnen gern etwas anderes erzählen, aber die Wahrscheinlichkeit, dass er sein ganzes Leben krank sein wird, ist sehr hoch.«

Malenta schluckte.

Franziska Dorllin setzte ihren Vortrag fort. »Stephan besitzt eine Veranlagung zur Schuppenflechte und zur Neurodermitis. Er wird vermutlich sein ganzes Leben lang mit Ausschlägen zu kämpfen haben. Seine Haut kann sich nur schlecht regenerieren.«

»Was bedeutet das?«, fragte Malenta.

»Einen Moment, bitte«, antwortete Dorllin. Sie öffnete auf ihrem Computer ein paar Fotos. Sie zeigten Kinder mit Hautausschlägen am ganzen Körper und sogar im Gesicht.

Malenta erschrak.

»Ich weiß, es ist nicht einfach für Sie. Aber ich muss Ihnen die Wahrheit zeigen. Die Wahrscheinlichkeiten, dass Stephan eine der beiden Krankheiten entwickeln wird, liegt bei über neunzig Prozent.«

Die Schauspielerin begann zu weinen. »Es ist besser, wenn wir das wissen«, sagte sie, aber es klang nicht überzeugend.

»Aber das ist nur ein Problem. Stephan hat leider noch ein weiteres: Adipositas.«

»Was ist das?«, fragte der Fotograf.

Noch bevor Dorllin etwas sagen konnte, antwortete Malenta. »Er wird fett sein. Fett. Mein Sohn ist ein dicker Junge mit Hautausschlag am ganzen Körper.«

»Das kann doch nicht sein«, sagte der Fotograf.

»Doch. Leider liegt auch hier die Wahrscheinlichkeit bei über neunzig Prozent. In Stephans Fall sind gleich mehrere Gene betroffen.«

»Sie haben sich bestimmt geirrt.«

»Das dachte ich zunächst auch. Ich habe die zweite Blutprobe ebenfalls analysiert. Es gibt leider keinen Zweifel. Schönheit, wie Sie sie besitzen, ist ein großes Glück, auch genetisches Glück. Dabei spielen viele Gene zusammen. Bei Stephan ist das Pendel gewissermaßen in die andere Richtung ausgeschlagen. Ich würde Ihnen gern etwas anderes sagen, aber es ist meine Pflicht, Sie korrekt zu informieren.«

Franziska Dorllin schaute das Ehepaar an. »Sie müssen sich darüber im Klaren sein, was das für Stephan bedeutet. Er wird in der Schule gehänselt werden. Beim Sportunterricht werden sie über ihn lachen. Er wird Schwierigkeiten haben, Freunde zu finden. Er wird gemobbt werden.«

Dorllin dachte, vor der Erfindung der sozialen Netzwerke war es einfacher, hässlich zu sein. Aber das sagte sie nicht.

Maria Malenta schaute auf. »Und wenn wir ihn sofort behandeln? Ich könnte die besten Ärzte bezahlen.«

»Ich sehe nur wenig Chancen. Die Ärzte werden ihm Cortison geben. Die Nebenwirkungen dieser Therapie sind nicht ungefährlich. Wenn man es länger einnehmen muss, quillt das Gesicht auf. Aber Sie können gern ein zusätzliches Gutachten einholen.«

»Du kannst dich mit einem dicken Kind nicht in der Öffentlichkeit zeigen«, sagte der Fotograf. »Alle Interviews werden sich auf diese Frage reduzieren. Ich sehe schon die Schlagzeilen. Sie werden dir Essstörungen andichten.«

Maria Malenta hatte aufgehört zu weinen. »Ich will nicht, dass alle über mein Kind lachen. Jemand wird ein Video ins Netz stellen und die ganze Welt lacht über Stephan. Das Internet vergisst niemals. Ich kann das nicht ertragen.«

Auf diesen Moment hatte Franziska Dorllin gewartet. Sie verstand es als Teil ihrer Dienstleistungen, dass sie auch Lösungen parat hatte. Stephan war ein schwieriger Fall, aber er war schließlich nicht das einzige Kind mit dieser Diagnose.

»Darf ich Ihnen einen Vorschlag machen?«, fragte Dorllin. »Es gibt spezielle Einrichtungen, die sich um Kinder wie Stephan kümmern. Zum Beispiel eine Privatschule in England.«

Malenta wurde aufmerksam. Ein Schimmer der Hoffnung erschien auf ihrem Gesicht. »Dort kann man ihm helfen?«

»Dort hat Stephan es einfacher, sein Leben zu führen. Sie haben gute Ärzte und spezielle Psychologen. Alle Kinder dort haben Auffälligkeiten, deshalb gibt es keinen Sportunterricht. Es wird weniger gelästert. Die Kinder lernen, mit ihrem Makel zu leben. Außerdem ist die Anlage hermetisch von der Außenwelt abgeschlossen.«

Dorllin startete ein Video. Auf dem Bildschirm erschien eine großzügige Parkanlage mit einem alten Herrenhaus. Menschen waren nicht zu sehen. Die Kamera machte einen Schwenk zum Haus. Die Zimmer waren groß und neu eingerichtet. Der Speisesaal lag im ersten Stock. Die Sonne durchflutete den Raum. Als der Rektor ins Bild kam, schaltete Dorllin das Video ab.

»Das Heim liegt im Süden Englands. Nicht weit von der Küste entfernt. Die Meeresluft begünstigt bei Hautkrankheiten die Heilungschancen.«

»Es sieht sehr schön aus«, sagte Malenta.

»Das ist es auch. Sie können sich auf mich verlassen. Sonst hätte ich es nicht vorgeschlagen.«

»Ab wann würden sie Stephan aufnehmen?«

»Ich habe bereits angefragt. Die Schule hat sofort einen Platz frei. Ich denke, es macht Ihr Leben einfacher. Erfahrungsgemäß ist der Abschiedsschmerz geringer, wenn die Kinder noch jung sind. Auch für die Kleinen ist es besser, frühzeitig umfassend versorgt zu werden. Die Kinder nehmen die Schule schneller als ihre neue Familie an.«

»Wie oft könnte ich Stephan besuchen?«

»So oft Sie wollen. Gäste können in einem kleinen Cottage übernachten. Aber es ist nicht unbedingt üblich. Die meisten Kinder bekommen keinen Besuch. Sie vermissen ihn auch nicht. Sie haben genügend neue Bezugspersonen innerhalb des Heimes. Das ist ihre Familie, eine Umgebung voller Verständnis.«

Maria Malenta musste schlucken. Sie suchte nach einem Taschentuch. Dorllin öffnete die Schublade und reichte ihr eines. Malenta trocknete ihre Tränen.

»Was kostet das«, fragte der Fotograf.

»Sie müssen mit der Schule verhandeln. Es gibt verschiedene Integrationsansätze.«

»Was meinen Sie damit?«

»Die Grundversorgung enthält Unterkunft, Verpflegung, Ausbildung und Therapie. Wenn Sie es wünschen, wird einer der Lehrer an der Schule Ihr Kind adoptieren. Dann bekäme es sogar einen anderen Namen. Es kann für Kinder belastend sein, einen berühmten Nachnamen zu tragen. Malenta ist ein seltener Name. Stephan würde ständig gefragt, warum er diesen Namen trägt.«

Die Schauspielerin nickte. Dorllin suchte Augenkontakt. Sie hatte ihr Gegenüber aufmerksam verfolgt. Sie spürte, dass Maria Malenta sich entschieden hatte. Und sie war stolz, dass sie der Schauspielerin helfen konnte.

»In der heutigen Zeit lassen sich alle Probleme lösen«, sagte sie. »Kein Kind muss mehr leiden. Wir Frauen können unser Leben selbst bestimmen. Sie sind noch jung genug für ein weiteres Kind.«

Dorllin bot ihre Hilfe an, innerhalb eines Tages könnte sie die Formalitäten erledigen. Damit war alles gesagt. Dorllin lenkte das Gespräch auf den älteren Sohn und dessen gute Perspektive. Sie redeten noch ein paar Minuten. Maria Malenta verließ die Praxis nachdenklich. Ihr Vertrauen in Franziska Dorllin war gerechtfertigt. Sie benötigte kein weiteres Gutachten. Beim Verlassen der Praxis achtete sie darauf, dass kein Paparazzi auf der Kö lauerte. Von diesem Tag wollte sie kein Foto von sich.

Mittwoch – Zwei Wochen später

XXXI

In den vergangenen zwei Wochen hatte Li Yan im Labor geschlafen. Er suchte jede Gelegenheit, um Reste der DNA aus dem Schädel zu extrahieren. Die DNA war nicht unversehrt geblieben, die Hitze im Topf hatte sie zerstört oder beschädigt. Das Erbgut verhielt sich als Protein nicht anders als flüssiges Eiweiß beim Eierkochen. Es veränderte sich und verlor unwiderruflich seine ursprüngliche Struktur. Yan verwendete Zellen des Schädelknochens, Fragmente der Haut, Bruchstücke der Haare, Teile der Augen und Zähne. Drei der sechs Sequenziermaschinen liefen seit zwei Wochen nur für die Identifizierung des unbekannten Kopfes. Ein weiteres Gerät analysierte für die Polizei die DNA-Proben aus der Asche.

Wittjer blieben nur zwei Maschinen, um die eigene Datenbank auszubauen und die Anfragen der Auftraggeber abzuarbeiten. Er lud Franziska Dorllin zum Italiener ein und berichtete ihr von technischen Problemen. Eine längst überfällige Software-Aktualisierung bereite ihm Schwierigkeiten, deshalb könne er nicht alle Aufträge sofort bearbeiten. Dorllin glaubte ihm. Wittjer hatte Zeit gewonnen.

Der Kopf beschäftigte auch Wittjer über die Maßen. Jedes Fragment der DNA, das Li Yan identifizieren konnte, speiste er in die Datenbank ein. Manchmal waren es nur ein paar Millionen Bausteine, die die Hitze des Reistopfes ausgehalten hatten. Nur ein winziger Abschnitt aus der Kette der dreizehn Milliarden Bausteine der menschlichen DNA. Zu Anfang hatte Wittjer geschätzt, dass eine Woche für die Analyse ausreichen würde. Mittlerweile war er weniger optimistisch. Seine Datenbank verweigerte Antworten, weil sie für eine einigermaßen sichere Aussage zu wenig Daten besaß. Es waren vier Tage vergangen, bis der Rechner das erste Resultat geliefert hatte. Wie sie vermutet hatten, war der Tote männlich. Daran gab es keinen Zweifel. Li Yan hatte ein Stück DNA gefunden, das typisch für das Y-Chromosom war, welches nur Männer besaßen. Danach mussten sie wieder warten. Li Yan rechnete täglich mit einem weiteren Ergebnis, aber es dauerte. Heute oder morgen könnte es soweit sein.

Wittjer hatte gerade das Frühstück beendet und wollte ins Büro fahren, als die Datenbank eine SMS schickte. Endlich, dachte er. Es erschienen sechs Zeilen Text auf dem Display.

Auftrag 671: Personenidentifikation
Datenbank-Code: 23Tr45wt ez51
Auftraggeber: Johannes Wittjer
Identifiziert: Simon Hilbert, Rockville, USA
Sicherheit: 42 Prozent
Vergleichsprobe: DNA-Fragmente, gekochter Kopf

Nach dieser Nachricht musste er sich setzen. Der Kopf gehörte Simon Hilbert. Zweiundvierzig Prozent Sicherheit, das war nicht besonders viel, aber ein deutlicher Hinweis. Simon hatte ihm die Daten seiner DNA geschickt, als er die Datenbank aufgesetzt hatte. Der Wert musste noch besser werden, bevor es Sicherheit gab. Aber die Datenbank irrte sich nur selten. Simon. Wer hatte Simon getötet? Und warum? Wer könnte den Kopf in seinem Labor platziert haben? Wer wusste überhaupt, dass er Simon kannte?

Wittjer schossen Bilder durch den Kopf. Ihm trat der Tag vor Augen, als er Simon während des USA-Aufenthalts erstmals getroffen hatte. Wittjers Chef am Institut in Rockville war schnell klar geworden, dass moderne Gentechnik nur mit Computerunterstützung funktionierte. Die meisten Biologen taten sich schwer mit dem Einsatz von Datenbanken, aber Wittjer war damals Feuer und Flamme für diese Idee gewesen. So hatten Wittjer und Simon sich kennengelernt, in einer Arbeitsgruppe des Instituts. Er hatte Simon sofort gemocht, obwohl sie so unterschiedliche Typen waren. Simon war ein dynamischer Typ, der alles ausprobierte, während er lieber sorgsam abwog, bevor er sich ins Risiko stürzte. Jeden Dienstag trafen sich Biologen und Programmierer, nach einem Jahr hatten sie ein Konzept für die Software entwickelt, das noch heute Bestand hatte. Wittjer und Simon waren in dieser Gruppe die treibende Kraft. Die beiden Männer konnten Probleme messerscharf analysieren und Lösungen entwickeln. Sie trafen sich oft zur Vorbereitung der gemeinsamen Sitzungen und konnten lange diskutieren. Aber wenn Wittjer heute zurückblickte, musste er zugeben, dass sie nie über private Dinge gesprochen hatten.

Wittjer dachte an Henrike. Sie war bei ihrem Besuch in den USA viel mit Simon unterwegs gewesen. Alle Frauen hatten sich für ihn interessiert. Er war intelligent, sportlich, tanzte und lachte gern. Und nun war er tot. Wittjer überlegte, ob er Henrike jetzt schon informieren oder abwarten sollte, bis die Übereinstimmung einen besseren Wert erreicht hatte? Er zögerte nicht lange und rief sie an. Henrike war auf dem Weg zum Max-Planck-Institut nach Köln. Wittjer schlug vor, sich möglichst bald in seinem Büro zu treffen. Henrike fragte, warum sie nach Düsseldorf kommen sollte. Statt einer Antwort wiederholte er nur seine Bitte.

Als Wittjer im achten Stock aus dem Paternoster stieg, wartete Henrike schon vor der Tür seines Büros.

»Was ist denn los?«, fragte sie. »Hast du noch einen Kopf gefunden?«

»Nein«, sagte Wittjer und gab den vierstelligen PIN-Code ein, der die Tür sicherte.

»Ist das neu?«, fragte Henrike beim Betreten des Büros.

»Ich habe alle Türen besser sichern lassen. Der PIN-Code wechselt täglich, sicherer geht nicht.«

»Wie merkst du dir das?«

»Ganz einfach. Es ist immer das doppelte Datum plus 1234.«

Wittjer ging gleich zum Schreibtisch, fuhr den Rechner hoch und gab die Sicherheitscodes in den Computer ein. Henrike legte ihre Jacke über einen Stuhl.

»Willst du auch Kaffee?« Als er nickte, stellte sie zwei Tassen unter die Maschine. Sie ging zum Aquarium und schaute sich die leuchtenden Fische an, die er aus Amerika bekommen hatte. Henrike hatte sie noch nicht gesehen.

»Sie leuchten intensiver als die Schafe«, sagte sie.

»Ja, aber sie sind auch anfälliger. Einer ist schon tot.«

Der große Zeiger der Uhr stand direkt vor dem Fenster. Henrike holte den Kaffee und Wittjer für sie einen weiteren Stuhl zum Schreibtisch.

Sie setzte sich neben ihm. »Was ist denn los?«

»Ich habe einen schrecklichen Verdacht«, sagte Wittjer. »Der Kopf. Ich kann es mir nicht erklären. Aber es könnte Simon sein. Die Datenbank hat Übereinstimmungen bei der DNA gefunden. Es sind nur zweiundvierzig Prozent, aber immerhin.«

»Simon? Simon Hilbert?« Henrike war schockiert. »Simon soll tot sein? Das kann nicht wahr sein.«

Wittjer spürte, dass sie Simon nicht vergessen hatte. Die Nachricht ging ihr zu Herzen. Sie musste schlucken, Tränen traten ihr in die Augen, sie sagte aber nichts.

»Ich will noch abwarten, ob der Wert für die Sicherheit steigt. Wir haben nur sehr kurze DNA-Fragmente, mehr nicht. Das verschlechtert die Treffsicherheit der Analyse.«

Henrike hatte sich etwas gefasst. »Bei zweiundvierzig Prozent Übereinstimmung könnte es da nicht auch ein Verwandter sein?«

»Im Prinzip schon. Aber Simon hat keine Geschwister, zumindest kennt er keine und soweit ich weiß, hat er auch keine Kinder.«

»Ich muss dir etwas erzählen«, sagte Henrike. »Der Kopf kann nicht Simon gehören. Ich bin ganz sicher.«

»Wie kommst du darauf?«

»Er hatte doch ein Loch für einen Ohrring. Simon trägt keine Ohrringe.«

»Woher willst du das wissen, es ist doch mehr als zehn Jahre her. Vielleicht hat er inzwischen einen Ohrring.«

»Nein. Ich weiß es genau. Ich habe ihn getroffen. Vor acht Wochen. Da hatte er keinen Ohrring.

»Du hast ihn getroffen?«

»An dem Abend als wir zusammen in der Altstadt waren. Du bist früher weg wegen der Leiche bei Karnatsch. Erinnerst du dich? Da hat er mich angerufen. Er war in Düsseldorf, weil er neue Spuren zu seinem Vater gefunden hatte.«

»Simon hat dich angerufen?«

»Ja, unser Kontakt ist nie vollständig abgebrochen. Ich wollte es dir nicht sagen. Du weißt schon, warum.«

Wittjer schaute sie an. »Seid ihr zusammen?«

»Nein«, antwortete sie kurz und dachte, Kalifornien ist für eine feste Beziehung zu weit weg.

»Was war an diesem Abend?«

»Wir haben geredet. Ich wollte tanzen, aber Simon wollte nicht.«

»Und da hatte er keinen Ohrring?«

»Da bin ich ganz sicher. Ich habe ihn am Sonntag aus dem Hotel abgeholt. Danach hat er eine Woche bei mir gewohnt und seinen Vater gesucht.«

»Was hat er erzählt?«

»Er war anders als früher. Verbittert und unzufrieden. Ich glaube, die Suche nach seinem Vater hat ihm sehr zugesetzt.«

Wittjer hatte Simon anders in Erinnerung. Aber das war nicht mehr wichtig. Henrike und Simon? Die beiden ein Paar? Er hatte bei ihr gewohnt? Warum hatte Henrike das nicht erzählt? Wittjer atmete tief durch und trank seinen Kaffee aus.

»Wenn es nicht Simon ist, dann könnte es doch sein Vater oder seine Mutter sein?«, fragte Henrike.

»Theoretisch könnte das sein. Die DNA von Eltern und Kind sind natürlich sehr ähnlich. Bei zweiundvierig Prozent kommen auch die Eltern infrage. Aber wir haben schon ein Stück des Y-Chromosoms gefunden. Der Kopf gehört zweifelsfrei einem Mann.«

»Wenn es nicht die Mutter ist, dann bleibt nur der Vater.«

Henrike und Wittjer war klar, was dieses Ergebnis bedeutete.

Sie hatten Simons Vater gefunden. Sie hatten Simons Traum erfüllt. Aber Simons Vater war tot. Die Einbrecher hatten seinen Kopf in Wittjers Labor gelegt.

»Du musst Simon anrufen«, sagte Wittjer.

»Er ist schwer zu erreichen. Ich schreibe ihm eine E-Mail, dass er sich melden soll.« Henrike tippte auf ihrem Telefon.

»Warum ist Simon überhaupt nach Düsseldorf gekommen? Was wusste er über seinen Vater?«

»Nicht viel. Er hat noch lange als Entwickler bei Google gearbeitet und hatte großen Einfluss auf die Suchmaschine. Immer wenn jemand den Namen seiner Mutter gesucht hat, bekam er eine Nachricht. Er war sicher, dass sein Vater irgendwann wissen wollte, was aus seiner Mutter geworden war. Deshalb würde sein Vater aus Neugierde ihren Namen bei Google eingeben. Er ist jedem einzelnen Hinweis nachgegangen. Ob es der Name der Mutter war, ob es das Hotel war, in dem sie gearbeitet hat. Er war wie besessen. Erst hat er geglaubt, sein Vater stammt aus Argentinien. Aber das stellte sich als Verwechslung heraus. Dort lebte eine Frau mit dem gleichen Namen. Das hat ihn sehr getroffen. Im vergangenen Jahr hatte er dann plötzlich eine neue Spur. In Deutschland wurde mehrmals der Name seiner Mutter gegoogelt. Er hat die IP-Adresse verfolgt. Der Rechner stand im Ruhrgebiet. Als es wieder Anfragen gab, ist er nach Deutschland geflogen. Dann hat er mich angerufen, aber ich konnte ihm nicht helfen.«

»Du hast die ganze Zeit Bescheid gewusst?«

»Nein. Ich hatte jahrelang keinen Kontakt. Vor zwei Jahren habe ich ihm geschrieben. Ich hatte ein altes Foto aus Rockville wiedergefunden.«

»Und sein Vater. Was weißt du über ihn?«

»Nichts. Simon hat nichts gefunden. Er ist sogar einmal in eine Wohnung eingebrochen, weil er den Computer überprüfen wollte, aber das hat nichts gebracht. Er war ziemlich sauer, als er in die USA zurückgeflogen ist. Er wollte irgendetwas mit der Suchmaschine bei Google machen, aber das habe ich nicht verstanden.«

»Er ist noch immer bei Google?«

»Nein, jetzt nicht mehr. Sie haben ihn vor zwei Jahren ausgezahlt. Er hat ein paar Millionen Dollar bekommen.«

XXXII

Karnatsch regte sich auf, redete laut und wollte das Unheil abwenden. Aber er hatte keine Chance. Sein Vorgesetzter ließ nicht mit sich reden. Karnatsch musste die Ermittlungen im Fall des ausgebrannten Autos am Rheinufer übernehmen. Wenig später brachte ein Bürobote die Akten, die Hegemann in der Mord 2 gesammelt hatte. Es war nicht viel. Drei Aktenordner und ein vorläufiger Bericht der Rechtsmedizin, der kaum Informationen lieferte. Karnatsch telefonierte mit Becker, weil er mehr Details zu den Untersuchungen wissen wollte.

Dem Hauptkommissar fehlte das Vertrauen in Hegemanns Arbeit. Es war schon der vierte Fall, den sein Kollege nicht lösen konnte. Karnatsch war sauer. Er gab Hegemann die Mitschuld am Scheitern seiner Ehe. Sabine hatte kein Verständnis gehabt, dass er immer häufiger weg war. Selbst die Wochenenden hatte er im Polizeipräsidium verbracht. In gewisser Weise war er eins geworden mit den Verbrechen dieser Stadt. Sie ließen ihn nicht los, er zermarterte sein Gehirn, bis er die Taten verstanden hatte. Er hatte viele Mörder kennengelernt und sich in ihre Persönlichkeiten hineinversetzt. Manchmal war er überzeugt, er sei in der Lage, zu denken wie ein Mörder. Vermutlich war er der einzige, der nicht erwischt würde, wenn er in Düsseldorf einen Menschen umbrächte. Auf der Liste seiner Opfer stünde Hegemann ganz weit oben. Doch eine Anerkennung für seine hohe Aufklärungsquote erlebte er nicht. Seine Überstunden notierte er längst nicht mehr.

In den letzten Wochen hatte Karnatsch den Eindruck, er sei alt geworden. Sein Spürsinn war abgestumpft. Die Täter verhielten sich anders. Der Japaner beispielsweise. Warum hatte er seine Heimat verlassen? Er besaß in Düsseldorf weder Wohnung noch Arbeit. Der Mann hatte sich kaum auf Deutschland vorbereitet, aber er war nach Dortmund gefahren, um ein Schwert zu kaufen. Er hatte die Stadt nicht verlassen, obwohl er eine Frau getötet hatte. Stattdessen spazierte er tagelang mit der Tatwaffe durch Düsseldorf.

Becker trat in sein Büro. »Hallo Walter, ich dachte, ich schau persönlich vorbei und sage dir, was wir bisher haben.«

»Danke. In Hegemanns Akte steht ja nicht viel.«

»Du weißt, wie er ist. Aber viel wissen wir auch noch nicht.«

»Erzähl. Willst du einen Kaffee? Ich habe auch Tee, Gyokuro, grünen Tee aus Japan.«

»Tee ist gut. Es gibt einen Verdacht, dass es sich bei dem Auto um einen Mietwagen aus Dortmund handelt. Zumindest wird dort ein Wagen dieses Typs vermisst.«

Karnatsch stellte den Wasserkocher an und gab einen Löffel in eine Tasse, die er vorher am Waschbecken ausgespült hatte. »Wer hat den Wagen geliehen?«

»Das ist nicht ganz klar. Es war keine Privatperson, sondern eine Service-Firma. Sie hat einen Chauffeur geschickt, der den VW Golf zurück nach Berlin bringen sollte. Das Auto gehört einem Mietwagenverleih aus Berlin. Dort hatte ein Kunde den Wagen geliehen und ihn in Dortmund abgegeben. Die Service-Firma sollte ihn zurückbringen, aber das Auto ist am Freitag nicht in Berlin angekommen. Samstagfrüh wurde es dann in Berlin als gestohlen gemeldet.«

»Hat Hegemann schon mit der Firma gesprochen?«

»Ich glaube, er war da, aber genau weiß ich es nicht.«

»In den Akten steht nichts dazu. Kann man den Golf nicht anders identifizieren?«

»Leider nein. Das Feuer hat kaum etwas übrig gelassen, sehr viel Brandbeschleuniger. Und die Fahrzeugnummer wurde unkenntlich gemacht. Die Tat eines Profis.«

»Wir hatten mal so einen Fall. Erinnerst du dich? Damals war es ein Racheakt, Bandenkriminalität.« Karnatsch goss den Tee auf.

Becker suchte auf dem vollgepackten Schreibtisch nach einem Platz für die Tasse. »Ich weiß. Da habe ich auch schon dran gedacht. Aber die hätten doch ein x-beliebiges Auto genommen und sich nicht diese Mühe gemacht.«

Karnatsch blätterte in der Akte. »Ich frage mich die ganze Zeit, warum sie das Auto nicht irgendwo auf einem Parkplatz im Grafenberger Wald verbrannt haben? Das wäre deutlich unauffälliger als ein Feuerspektakel in Stadionnähe, noch dazu an einem Heimspieltag der Fortuna.«

»Hegemann hielt das für einen Zufall. Vermutlich haben die nicht gewusst, dass es ein Spiel gibt. Oder es war ihnen egal.«

»Was wisst ihr über die Leiche?«

Becker zuckte mit den Schultern. »Fast nichts. Ist ja nur Asche. Ich habe Wittjer angerufen. Vielleicht kann der uns helfen. Für unsere Analytik ist das zu kompliziert, wir brauchen einen Spezialisten wie ihn. Er wollte erst nicht, weil Hegemann den Fall hatte. Aber das ist jetzt ja kein Problem mehr.«

»Sonst habt ihr nichts?«

»Es gibt Hinweise, dass es ein Mann war. Von seiner Kleidung ist nur eine Gürtelschnalle übrig geblieben, wie Männer sie tragen. Der Kopf wurde auch noch nicht gefunden. Wir haben die ganze Umgebung abgesucht. Hegemann hat Taucher in den Rhein geschickt. Aber die Strömung dort ist so stark, dass sie den Kopf mitreißen würde. Könnte sein, dass er Fischfutter geworden ist.«

Karnatsch war enttäuscht über die bisherigen Ergebnisse. »Weißt du, wo die Leiche geköpft wurde? Oder lebte der Mann noch, als er enthauptet wurde?«

»Das werden wir nicht ermitteln können. Ich frage mich nur, warum das Opfer noch enthauptet wurde, wenn es sowieso verbrannt werden sollte?«

»Vielleicht gab es am Kopf verräterische Spuren.«

»Das könnte natürlich sein. Goldzähne oder so etwas. Die wären in der Asche zurückgeblieben.«

Karnatsch hatte eine andere Idee. »Oder der Täter benötigt den Kopf noch. Weil er jemand erschrecken oder seine Macht zeigen will. Das ist bei Bandenkriminalität nicht ungewöhnlich.«

Becker trank den letzten Schluck Tee. »Der war gut, was ist das für einer?«

»Eine sehr edle japanische Sorte. Der Übersetzer mochte ihn. Du kannst den Rest gern mitnehmen, ich mag keinen Tee.« Karnatsch drückte ihm die geöffnete Packung in die Hand.

»Steht der Japaner schon vor Gericht?«, fragte Becker.

»Die Anklage ist vorbereitet. Einen Gerichtstermin gibt es noch nicht. Vielleicht kann ich bis dahin noch etwas herausfinden.«

»Der Fall beschäftigt dich noch immer. Ich dachte, die Beweise sind erdrückend?«

»Sind sie auch. Aber ich verstehe nicht, warum er es getan hat. Ich habe den Dolmetscher gebeten, während seines Urlaubs einen Abstecher in das Heimatdorf des Japaners zu machen. Der Dolmetscher besucht seine Familie in Japan und die wohnt nicht weit entfernt von Okinawa. Er will mich anrufen, vielleicht heute oder morgen.«

Als Becker gegangen war, blätterte Karnatsch weiter in Hegemanns Akten. Dann rief er sein Team zusammen. Es sollte mit den

Ermittlungen noch einmal von vorn beginnen. Karnatsch beschloss, endlich Mittagspause zu machen. Doch gerade in diesem Moment klingelte das Telefon. Die Nummer auf dem Display begann mit zwei Nullen, ein Anruf aus Japan. Der Hauptkommissar setzte sich und griff nach dem Hörer. Es war der Dolmetscher.

»Herr Hauptkommissar, ich war mit meiner Familie auf Okinawa. Eine sehr schöne Insel, landschaftlich sehr reizvoll. Der Ausflug hat sich gelohnt. Zu dieser Zeit ist alles sehr grün und die Obstbäume tragen Früchte.«

»Haben Sie die Familie getroffen?«

»Aber ja. Ich war in ihrem Dorf. Sehr nette Leute, aber sie haben es nicht leicht. Wissen Sie, die Menschen auf Okinawa werden zwar sehr alt, aber sie sind gleichzeitig auch arm. Gerade die älteren Menschen kommen mit dem modernen Leben in Japan nicht zurecht. Es verändert sich alles. Die Seele der Insel ist in Gefahr. Die traditionelle Kultur, die Okinawa im Gleichgewicht hielt, gerät in eine Art Schieflage. Das macht es für die jungen Menschen auf der Insel besonders schwer. Sie hängen zwischen der alten Tradition und dem modernen technikgeprägten Japan.«

»Und deshalb ist der Mann nach Deutschland gegangen?«

»Nein. Das hatte damit nichts zu tun. Sein Vater hat mir davon erzählt. Sein Sohn hatte keine besondere Ausbildung. Er war ein einfacher Bauer, aber ein guter Schwertkämpfer. Er machte sich große Sorgen, wie er den Lebensunterhalt seiner Familie verdienen konnte. Er hat ein kleines Haus für Touristen eröffnet, die ein paar Tage das einfache Leben der Menschen auf der Insel mitmachen wollen. Ich habe es gesehen, zwei schlichte Zimmer mit einem japanischen Bett. Eine Absage an den Luxus. Offenbar hat das ganz gut funktioniert.«

»Und warum hat er dann Japan verlassen?«

»Sein Vater weiß es nicht genau. Er glaubt, dass es mit den Touristen zu tun hat. Sein Sohn sagte nicht viel, als er sich von ihm verabschiedete. Nur, dass er jetzt genug Geld für die Familie bekommen werde. Sie haben unter seiner Matratze fünf Millionen Yen gefunden. Das entspricht vierzigtausend Euro, viel Geld für diese arme Familie.«

»Könnte er das Geld als Honorar für einen Mord bekommen haben?«

»Das weiß ich nicht. Ich halte es für möglich. Vielleicht hat er es auch mit Touristen verdient.«

»Haben Sie ihm gesagt, dass sein Sohn im Gefängnis sitzt?«

»Das habe ich nicht übers Herz gebracht. Ich habe erzählt, ich kenne seinen Sohn aus Düsseldorf, darüber hat er sich sehr gefreut. Wir haben Tee getrunken. Ich habe ihm meine Familie vorgestellt. Dann bin ich zurückgefahren.«

»Wissen Sie etwas über die Touristen, die dort übernachtet haben? Gibt es eine Gästeliste?«

»Nein, die Menschen auf Okinawa sind freundlich und unvoreingenommen. Es wäre eine Beleidigung, wenn sie nach Ausweispapieren fragen würden. Wenn Sie dort Ihren Namen nennen, werden Sie so angesprochen.«

Karnatsch ärgerte sich. »Und woher kommen die Besucher?«

»Der Mythos der Hundertjährigen lockt vor allem westliche Touristen. Die meisten Gäste sind Europäer, auch viele Deutsche. Sie wissen ja, die japanische Lebensweise wird von vielen Menschen bewundert.«

»Jemand aus Düsseldorf?«

»Kann schon sein. Ich habe den Vater gefragt, ob er Düsseldorf kennt. Er sagte ja. Ich weiß aber nicht, ob sein Sohn von Düsseldorf erzählt hat oder einer der Touristen.«

Karnatsch wollte weitere Fragen stellen. Aber der Übersetzer kam ihm zuvor. »Ich muss jetzt auflegen. Meine Eltern warten auf mich mit dem Essen und ich möchte nicht unhöflich sein.«

XXXIII

Simon Hilbert ging nicht ans Telefon. Er beantwortete keine E-Mails und reagierte weder auf Nachrichten bei WhatsApp noch auf SMS. Es schien, als sei er seit Tagen offline. Henrike saß mit ihrem Laptop seit ein paar Stunden in der Küche und kontrollierte Simons Profile in den sozialen Medien. Sie fand keine neuen Einträge. Zwei

Wochen ohne ein einziges gepostetes Foto, ohne einen einzigen gelikten Beitrag. Das war ungewöhnlich für ihn. Henrike war besorgt.

Vor acht Wochen war Simon überraschend in Düsseldorf aufgetaucht. Er hatte sie auf dem Mobiltelefon angerufen. Eine halbe Stunde später hatte sie ihn in der Altstadt getroffen. Er war älter geworden, nicht mehr so athletisch wie früher. Aber er hatte noch die gleichen strahlenden Augen. Sie hatten sich sofort wieder gut verstanden, wie damals in Rockville. Er hatte viel erzählt aus den Jahren, in denen sie sich nicht gesehen hatten.

Henrike fühlte sich in seiner Umgebung wohl. Sie lud ihn in ihr Haus ein. Es war schön, ihn in der Nähe zu haben. Eine Woche war Simon geblieben. Sie hatten miteinander geschlafen. Es war Simons Idee, dass sie Deutschland für einen neuen Job in den USA verlassen sollte. Warum nicht?, dachte Henrike. An seiner Seite konnte sie sich ihre Zukunft vorstellen. Sie mochte auch Johannes, sie konnte ihm alles anvertrauen. Vielleicht hätte sie sich auf ihn eingelassen, aber er hatte ihr nie Avancen gemacht. Er war der große Bruder, den sich Henrike als Einzelkind gewünscht hatte, aber mit Simon war es anders. Dieses Gefühl hatte sie sofort wieder gespürt.

Simon war viel unterwegs, in den USA und in Europa. Henrike verfolgte seine Posts regelmäßig. Seit sie das alte Foto wiedergefunden hatte. Es zeigte Simon und sie in einem Café in Rockville. Er strahlte die Kamera und sie ihn an. Manchmal öffnete Henrike abends eine Flasche Wein und klickte sich durch seine Spuren im Internet. Sie wollte ihm auf diese Art und Weise nah sein. Die letzte Nachricht von ihm war genau zwei Wochen alt. Er hatte einen erneuten Besuch in Deutschland angekündigt. Henrike suchte die E-Mail auf ihrem Rechner. »Ich glaube, ich bin kurz davor, meinen Vater zu finden«, hatte Simon geschrieben, »ich habe eine Spur in Düsseldorf.« Dann hatte er sich nicht mehr gemeldet.

Jetzt war die Suche beendet. Der Vater war tot. Es würde Simon sehr treffen, dass er vielleicht nur ein paar Tage zu spät gewesen war. Vielleicht hätte er seinen Vater retten können. Bisher wusste er noch nichts. Henrike hatte nicht den Mut gehabt, ihm die Wahrheit zu schreiben. Ihre Nachricht war unverbindlicher: »Melde dich bitte, es ist dringend«, hatte sie geschrieben. Aber er hatte nicht reagiert. Vielleicht hatte er nicht geantwortet, weil sie sich am letzten Abend gestritten hatten. Wie egoistisch sie gewesen war. Seine Zahnbürste lag noch in ihrem Bad.

XXXIV

Franziska Dörllin genoss die Sonne in den Kasematten am Rheinufer. Sie hatte die Praxis für eine Woche geschlossen. Die technischen Probleme, von denen Wittjer aus seinem Labor erzählt hatte, wirkten sich auf ihre Arbeit aus. Wenn Wittjer keine DNA-Analysen anfertigte, konnte sie ihren Patienten nichts anbieten. Erst hatte sie sich geärgert, weil das Geschäft gerade so gut lief. Andererseits taten ihr ein paar ruhigere Tage ganz gut. Sie hatte auf der Terrasse der Dependance eines Sylter Fischrestaurants einen Platz mit Blick auf den Rhein bekommen. Die Touristen flanierten auf der Promenade. Dorllin bestellte Prosecco. Die Fahrt nach England war anstrengend gewesen. Die Eindrücke, die sie auf der Reise gesammelt hatte, wirkten noch nach.

Sie bereute ihre Entscheidung, dass sie Stephan persönlich in das englische Kinderheim gebracht hatte. Maria Malenta hatte sie angerufen, zu Hause, zwei Tage nach dem Gespräch in der Praxis. Die Schauspielerin wollte ein neues Projekt beginnen, einen Film über Marie Curie. Deshalb könne sie sich nicht um Stephan kümmern. Malenta versprach ihr einen üppigen Scheck und die Einladung zur Filmpremiere nach Paris und Warschau, wenn sie Stephan in das Heim brächte. Das Angebot schloss ein paar Übernachtungen im Pariser Ritz mit ein. Außerdem konnte Dorllin Jean-Paul Belmondo kennenlernen, mit dem Malenta vor der Kamera stand. Also hatte sie zugesagt. Zudem eine willkommene Gelegenheit, sich das Heim anzuschauen. Dorllin erachtete es nicht als wichtig, was mit den Kindern passierte. Aber vielleicht würde sich einer ihrer Kunden dafür interessieren und die sollten mit ihrem Service zufrieden sein.

Mit wenigen Anrufen in England hatte sie alle Formalien erledigt. Der Rektor war ein sehr kooperativer Mann. Dorllin hatte ihm schon zwei andere Kinder vermittelt. Maria Malenta hatte ihr die nötigen Vollmachten über ihren Anwalt zugeschickt. Die Aufgabe schien einfach. Dorllin sollte Stephan bei Maria Malenta abholen und nach England bringen. Dort sei alles vorbereitet, hatte der Rektor gesagt. Als sie bei Malentas Villa eintraf, war die Schauspielerin nicht zu Hause. Das Kindermädchen öffnete die Tür. Eine junge Frau, Mitte zwanzig. Sie weinte schon, als sie Dorllin sah. Sie schluchzte und war kaum eines Gespräches fähig. Dorllin wollte nicht mit ihr reden. Das würde die Sache nur komplizierter machen. Sie sagte nur das Nötigste. Der Koffer war gepackt. Stephan hielt einen grünen Frosch in den Händen, den er offenbar sehr mochte. Dorllin nahm das Kind samt Frosch aus dem Kinderwagen und setzte es in den Kindersitz. Stephan schaute aufmerksam und neugierig.

»Bitte lassen Sie ihn bei mir«, sagte das Kindermädchen.

»Warum?«, antwortete Dorllin. »Es ist besser für ihn, so wie es jetzt wird.« Sie stellte den Koffer samt Kinderwagen in den Kofferraum und ließ das Kindermädchen grußlos vor Malentas Villa stehen. Im Auto ging Dorllin die DNA-Analyse für Stephan noch einmal im Kopf durch. Alles war korrekt. Die Interpretation der genetischen Fehler war eindeutig.

Das Einchecken am Flughafen Düsseldorf verlief reibungslos. Dorllin hatte für sich nur Handgepäck mitgenommen. Sie hatte zwei Plätze in der ersten Klasse gebucht, damit Stephan nicht bei ihr auf dem Schoss sitzen musste. Er lag im Kinderwagenaufsatz. Niemand fragte, warum sie ein fremdes Kind bei sich trug. Sie träufelte zwei Tropfen eines Beruhigungsmittels in seinen Mund, als er das erste Mal schrie. Der Flug nach London dauerte nicht lange. Das Kind schlief, aber der Rotwein, der ihr serviert wurde, schmeckte nicht. Am Flughafen in London hatte sie den VIP-Shuttle-Service bestellt. Eine Flughafenmitarbeiterin nahm sich Stephan an.

»Der ist ja süß. Und er schläft so niedlich. Was für ein liebenswertes Kind«, sagte die Frau, deren Namen Dorllin bereits vergessen hatte.

»Ja, er ist göttlich«, hörte sie sich sagen, »ich bin sehr stolz auf ihn.«

In London regnete es. Dorllin wartete, bis ihr der Kinderwagen gebracht wurde. Der VIP-Shuttle hatte einen Bentley für die Fahrt nach Brighton ausgesucht. Der Fahrer war höflich und trug eine Melone.

Unterwegs sprachen sie kein Wort. Auch Stephan schwieg, er war noch immer müde und döste vor sich hin. Der Bentley hielt vor dem Anwesen, das von einer hohen Hecke umsäumt war. Der Regen hatte aufgehört. Ein älterer Mann im Pförtnerhaus öffnete das metallene Tor. Er nahm Dorllin den Koffer ab.

»Ich werde das Gepäck auf Stephans Zimmer bringen lassen«, sagte er.

Dorllin legte Stephan in den Kinderwagen und ging auf das Haupthaus zu. Von der Straße konnte man die Häuser der Heimkinder nicht sehen. Sie lief auf ein breites Sandsteingebäude zu, dessen Mauern mit Efeu bewachsen waren. Die Anlagen links und rechts des Weges waren gepflegt. Sie war genervt. Die letzten Meter bis zum Haus musste sie das Kind tragen. Stephan ließ den Frosch fallen, doch Dorllin bemerkte es nicht. Die große Tür öffnete sich und eine Frau trat hinaus. Sie lief auf Dorllin zu und begrüßte die beiden herzlich.

»Mein Name ist Anna. Wir haben telefoniert. Ich bin eines der Kindermädchen hier im Haus. Ich werde mich um Stephan kümmern.«

Sie betraten die Halle. Anna war eine warmherzige Frau. Sie kümmerte sich gleich um das Kind und versuchte, ihm ein Lächeln zu entlocken.

»Seien Sie nicht traurig«, sagte Anna. »Schauen Sie.« Das Kindermädchen zeigte auf die weitgeöffnete Terrassentür am anderen Ende der Halle. Dorllin sah Kinder spielen und hörte ein Kinderlachen, leise und weit entfernt.

»Es ist schön ruhig hier«, sagte sie, »das hatte ich nicht erwartet.«

»Die größeren Kinder haben noch Schule«, antwortete Anna. »Warten Sie mal ab, wenn hier nach dem Nachmittagsunterricht die Spielzeit ist. Die Kinder sind sehr lebhaft, das hört sich dann ganz anders an.«

»Solange werde ich nicht bleiben können, ich muss zurück zum Flughafen.«

Anna schaute etwas unruhig umher. »Hat Stephan kein Kuscheltier, oder so etwas?«, fragte sie.

»Doch einen Frosch. Er muss ihn verloren haben.« Dorllin war verärgert über ihre Unachtsamkeit. Sie ging hinaus und fand den Frosch auf dem Weg. Als sie zurück in die Halle kam, wartete der Rektor auf sie und bat sie in sein Büro.

Der Rektor setzte sich an einen Schreibtisch mit einer gläsernen Platte, der so gar nicht zum ehrwürdigen Gebäude passte. Er prüfte die Dokumente und zeigte sich zufrieden. Das Geld für die Betreuung hatte Malentas Anwalt bereits auf das Konto bei einer englischen Privatbank eingezahlt.

»Wie war Ihre Reise? Hatten Sie einen guten Flug?«, fragte der Rektor.

Sie versuchten Smalltalk und redeten über das Wetter.

»Wollen Sie sich die Anlage noch anschauen?«, fragte der Mann. »Unser Haus kümmert sich seit mehr als zweihundert Jahren um Kinder, für die im Elternhaus kein Platz ist. So etwas hat es immer gegeben. Hier sind Kinder von Seeleuten und Pfarrern groß geworden. Wir hatten Prinzessinnen, die den falschen Vater hatten. Auch ich bin hier aufgewachsen.«

Er schenkte Tee ein. Dorllin musterte den Mann, an dem sie nichts Ungewöhnliches erkennen konnte. Der Rektor sprach weiter.

»Heute kommen die Kinder aus anderen Gründen zu uns. Sie wissen das. Wir empfangen sie mit der gleichen Fürsorge. Glauben Sie mir, dieser Ort ist besser, als wenn die Kinder bei ihren leiblichen Eltern groß werden, wenn sie dort unerwünscht sind.«

Dorllin wollte nicht antworten.

»Wenn Sie wollen, zeige ich Ihnen noch die Anlage. Die alte Kapelle ist sehenswert, im Park stehen ein paar sehr alte Bäume.«

Die Führung des Rektors begann in der Kapelle, führte durch den Speisesaal und entlang eines Korridors, von dem Zimmer der Kinder abgingen.

»Ich glaube, dass reicht für einen ersten Eindruck. Alles sehr schön und ordentlich. Leider habe ich nicht mehr Zeit für einen

Rundgang«, sagte Dorllin, der die Füße wehtaten. Sie hatte die falschen Schuhe ausgewählt.

Der Rektor bot ihr noch einen Tee an, bevor er sich verabschiedete. Dorllin setzte sich damit an das Ende der Terrasse, von wo aus sie in den kleinen Park auf der Rückseite des Haupthauses blicken konnte. Sie ließ die Zeit verstreichen und genoss das gediegene Ambiente. Zwei Kinder kreuzten die Terrasse und grüßten freundlich und wohlerzogen. Der Junge hatte rote Haare, das Mädchen trug eine Schuluniform mit einem blau-grünen Rock, der ihre dicken Beine nicht kaschierte. Die beiden wirkten nicht weniger fröhlich als die Kinder auf dem Spielplatz gegenüber ihrer Oberkasseler Wohnung. Nach einer halben Stunde verabschiedete sie sich professionell von Anna. Stephan schlief neben seinem Frosch. Dorllin bestellte ein Taxi und verließ das Heim der unerwünschten Kinder.

Plötzlich schrie eines der Kinder. Franziska Dorllin wollte es nicht hören. Sie brauchte einen Moment, um das Geräusch einzuordnen. Bis sie bemerkte, dass sie nicht mehr im Park des Kinderheims saß. Dass sie zurückgekehrt war nach Düsseldorf. Sie saß am Rhein und das Kind, das so lautstark schrie, wollte ein Eis. Dorllin versuchte das Mädchen anzulächeln, aber es gelang ihr nicht. Das Mädchen hielt einen grünen Frosch im Arm.

Donnerstag

XXXV

Noch im Nachthemd fuhr Henrike Löning ihren Computer hoch. Sie hoffte auf ein Lebenszeichen von Simon, aber das Internet blieb stumm. Sie hatte schlecht geschlafen. Immer wieder war sie aus einem leeren Traum aufgeschreckt. Darin saß sie an verschiedenen Orten und wartete. Nichts geschah in ihrer Umgebung, das Warten füllte den ganzen Traum. Es gab kein anderes Ereignis, keine Freude oder Trauer. Nur die Zeit schritt schnell voran.

Henrike erlebte Tage und Nächte des zermürbenden Wartens. Es lag so schwer auf ihren Knochen, dass sie sich gelähmt fühlte. Ihr Wecker zeigte sechs Uhr. An anderen Tagen hätte sie sich noch einmal umgedreht, aber sie wollte nicht zurück in diesen Traum. Sie stand auf und suchte vergebens nach der aufgehenden Sonne. Es war bewölkt. Die Eichen vor dem Haus bewegten sich träge im Wind. Sie machte überall Licht und drehte das Radio in der Küche so laut, dass sie es im ganzen Haus hören konnte. Sie ging zurück zu ihrem Computer und tippte auf den »Aktualisieren«-Button. Aber es änderte sich nichts, so wie sich gestern nichts geändert hatte. Kein Lebenszeichen von Simon.

Henrike machte Kaffee. Sie gab zwei zusätzliche Löffel Pulver in den Filter. Sie zog einen alten Regenmantel über ihr Nachthemd. Dann schlüpfte sie in ihre grünen Stiefel und ging in den Hof, um die Schafe zu versorgen. Die Lampe am Hinterausgang des Hauses gab nur wenig Licht. Normalerweise begnügten sich die Tiere mit Gras, aber gelegentlich fütterte Henrike sie zusätzlich mit Heu. Sie ging über den Hof zum Zaun der Schafweide. Wenn der Morgen dämmerte, waren sich die leuchtenden Tiere gut zu erkennen.

Henrike nahm die Mistgabel und öffnete die Metalltür im Zaun. Auf der Weide war es seltsam dunkel. Henrike vermutete die Schafe in dem kleinen Regenunterstand am Ende der Weide, dort, wo sie auch das Heu lagerte. Aber dort waren sie nicht. Kein gelbes, blaues oder rotes Leuchten, nicht einmal ein sanftes Glimmen. Sie zog eine Taschenlampe aus ihrem Mantel und leuchtete über das Gras. Am Rande des Zauns entdeckte sie zwei Schafe, die sich an die Holzwand kauerten.

»Ach, da seid ihr«, sagte Henrike zu sich selbst und ging zu den Tieren. Sie regten sich nicht als sie kam. Sie bewegten sich auch nicht, als sie die Taschenlampe auf den Kopf der Schafe richtete. Henrike bückte sich und tastete nach den Tieren. Aber sie fühlte keine warme Haut, sondern nur Kälte. Die Schafe waren tot. Zehn Meter weiter lagen die anderen beiden reglos im Gras.

Alle Schafe waren tot.

Henrike spürte Kälte an ihrem Rücken aufsteigen. Sie drehte die schweren Kadaver zur Seite, aber es gab keine Spuren einer Verletzung. Die Wolle der Schafe war verschmutzt, aber nicht blutbefleckt. Das Leuchten war vollständig erloschen, die Wolle gewöhnlich weiß. Henrike suchte mit dem Licht der Taschenlampe im Gras nach etwas Ungewöhnlichem. Ein paar Schritte entfernt lag ein Haufen pelletiertes Kraftfutter. Henrike fütterte kein Kraftfutter. Sie nahm einen unangenehmen Geruch war, der vom Futter ausströmte: Es roch nach Bittermandeln. Zyankali. Die Schafe waren vergiftet worden. Ein Fremder musste das Futter auf die Weide geschüttet haben. Henrike sank auf das Gras und trommelte mit den Fäusten auf den Boden. Dann weinte sie in die Wolle eines der Tiere.

Es dauerte, bis sie wieder einen klaren Gedanken fand. Sie stand auf und lief so schnell sie mit den Gummistiefeln konnte zum Haus. Das Telefon lag auf dem Küchentisch. Sie wählte Wittjers Nummer. Sie musste zweimal anrufen, bis er sich meldete.

»Was willst du? Es ist noch nicht mal sieben Uhr. Hast du Nachricht von Simon?«

»Nein, nichts Neues. Aber die Schafe. Sie sind tot.«

»Sie sind tot?«

»Ich habe sie gefunden. Heute Morgen auf der Weide. Sie wurden vergiftet. Jemand hat Kraftfutter ausgeschüttet. Das riecht so komisch. Ich vermute, es ist Zyankali.«

»Haben alle Schafe davon gefressen? Riechen die Tiere das nicht?«

»Ich weiß nicht. Sie sind alle tot.«

»Hast du irgendetwas bemerkt? Da muss doch ein Auto auf dem Hof gewesen sein.«

»Mir ist nichts aufgefallen. Es war schon dunkel, als ich gestern nach Hause kam. Ich bin auch nicht über die Weide gegangen. Die Schafe hatten noch genug Heu.«

»Sind sie schon länger tot? Hast du gestern das Leuchten gesehen?«

»Ich habe nicht darauf geachtet. Schafe sterben leise. Ich hätte nachschauen sollen.«

»Was wollen wir jetzt machen?«

»Ich weiß es nicht. Ich kann den Tierarzt anrufen. Ich habe keine Ahnung.« Sie schwieg einen Moment. »Johannes, wer könnte das gewesen sein? Erst der Kopf, jetzt die Schafe.«

»Bleib ruhig. Das war bestimmt der Russe. Er hat gesagt, dass er deinen Namen kennt und weiß, wo du wohnst. Der will mich unter Druck setzen. Der kann was erleben.«

»Warum sollte der Russe die Schafe vergiften?«

»Du hast ihn nicht gesehen. Er ist böse. Ich habe es in seinen Augen gesehen.«

»Dann ruf ihn an.« Henrike suchte nach einer anderen Erklärung, aber sie hatte keine Idee. »Johannes, das muss aufhören. Es ist ein Albtraum. Simon meldet sich auch nicht. Ich habe Angst.«

»Lass niemanden in dein Haus. Oder besser: Komm nach Düsseldorf. Du wohnst so einsam. Bei mir bist du besser geschützt.«

»Du hast recht.« Henrike legte auf. Sie saß auf dem Küchenstuhl und bedauerte, dass sie keine Waffe besaß. Dann stand sie auf, nahm eine Mistgabel und schlich über den Hof. Das Gewächshaus mit den Geranien war unversehrt. Die Türen und die Fenster zeigten keine Spuren eines Einbruchsversuchs.

XXXVI

Als Henrike aufgelegt hatte, zog sich Johannes Wittjer sofort an. Er verzichtete auf eine Dusche und einen Kaffee und fuhr gleich ins Büro. Er nahm das Auto, weil er nicht auf die U-Bahn warten wollte.

Auf den Straßen herrschte schon dichter Verkehr. Pendler waren auf dem Weg zur Arbeit, ein paar Lieferanten parkten in der zweiten Reihe und sorgten für Staus. Wittjer war unruhig. Der Tod der Schafe wühlte ihn auf. Außerdem war Henrike in Gefahr. Er überlegte, ob er Li Yan warnen sollte.

Wittjer fuhr eng auf seinen Vordermann auf, wechselte die Spur, wann immer er konnte, und ignorierte zwei rote Ampeln. Vor dem Parkhaus unter dem Wilhelm-Marx-Haus hatte sich schon eine Schlange gebildet. Es gab keine spezielle Spur für Dauermieter. Wittjer hupte, aber es half nicht. Die Wartezeit erhöhte seine Nervosität. Er musste mit dem Russen Kontakt aufnehmen. Vielleicht würde Prosposzov sich beruhigen, wenn er ihm einen Termin für den Beginn der DNA-Analysen für den russischen Präsidenten nannte. Als er endlich ins Parkhaus fahren konnte, nahm er auf die Markierungen der Parkplätze keine Rücksicht. Er sprang aus dem Auto. An der Tür zu seinem Büro bemerkte er, wie aufgeregt er war. Er hatte den Code für das Sicherheitssystem falsch berechnet. Zum Doppelten des Datums musste er 1234 addieren. Er tippte die Zahlen in den Taschenrechner seines Handys.

In seinem Büro fühlte er sich sicher. Er setzte sich auf den Schreibtischstuhl und formulierte in Gedanken bereits die E-Mail an Prosposzov. Er wollte einen konkreten Zeitplan erstellen, damit der Russe die Ernsthaftigkeit des Vorhabens erkennen würde. In zwei oder drei Monaten könnte die Analyse beginnen.

Wittjer ging zum Kaffeeautomaten und drückte den Knopf für Cappuccino. Die Maschine begann zu fauchen. Er nahm die Dose mit dem Fischfutter aus der Schublade. Die Fische hatten seit ein paar Tagen kein Futter mehr bekommen. Als er vor dem Aquarium stand, fiel ihm die Dose aus der Hand. Statt der leuchtenden Fische drehte ein Hecht seine Bahnen. Ein stattliches Exemplar von fast einem Meter Länge. Sein langgestreckter, walzenförmiger Körper streifte direkt an der Glasscheibe vorbei. Der Hecht hatte die Fische gefressen und erwartete neue Nahrung.

Wittjer überkam die Wut. Er griff in das Wasser. Der Hecht versuchte zu entkommen, aber er war zu groß. Wittjer zog ihn an der Schwanzflosse aus dem Aquarium und schlug ihn mit Gewalt auf den Konferenztisch. Er schlug und schlug. Er wollte seinen ganzen Frust loswerden. Der Fisch platzte auf, sein Kopf riss ab, aber Wittjer hatte längst noch nicht genug. Er hörte erst auf, als er kaum mehr als die Gräten in der Hand hielt. Er ließ den Hecht fallen und stützte sich mit beiden Händen auf die Tischplatte. Er versuchte, tief durchzuatmen.

Wittjer wischte sich die Hände an der Hose ab und öffnete das Fenster. Er musste ruhiger werden. Er atmete tief ein und schaute auf den Tanzbrunnen, der mitten auf dem Platz vor dem Wilhelm-Marx-Haus stand. Die Menschen drängten aus der U-Bahn in die Altstadt. Wittjer ging zurück zum Schreibtisch. Bevor er sich setzen konnte, ging die Türglocke. Er öffnete die Tür und erschrak. Prosposzov.

Der Russe trat ein und wollte ihm die Hand schütteln. »Wie geht es Ihnen?«, fragte Prosposzov. Eine Frage ohne ein ironisches Lächeln.

»Das ist nicht ihr Ernst«, sagte Wittjer. »Sie vergiften meine Schafe, Sie töten meine Fische, Sie schicken mir einen abgetrennten Kopf, und Sie fragen, wie es mir geht?« Er stürzte sich auf den Russen. Prospszov drehte sich geschickt zur Seite. Wittjer landete im Kleiderständer, der zerbrach. Er drehte sich um und versuchte die nächste Attacke.

Er schlug mit den Fäusten auf Prosposzov ein. Der wich ihm aus und schob ihn mit Gewalt gegen die Theke. Wittjers Kopf prallte gegen das harte Holz. Als er sich aufrappelte und einen neuen Angriff versuchte, war er auf Prosposzovs Gegenangriff nicht vorbereitet. Er spürte die linke Faust auf seinem Brustkorb und den rechten Haken im Bauch. Er sank zu Boden, ihm wurde schlecht. Prosposzov drückte ihm das Knie in den Rücken.

»Wittjer. Beruhigen Sie sich. Hören Sie auf«, rief der Russe.

Wittjer spürte Prosposzovs Gewicht. Er konnte sich nicht wehren. Der Russe schien von seinem Angriff unbeeindruckt. Er keuchte nicht einmal. Sein Atem war gleichmäßig, sein Anzug saß perfekt.

»Es tut mir leid, ich wollte Ihnen nicht wehtun«, sagte Prosposzov. Er ließ Wittjer los. »Sie sollten vorsichtig sein, wenn Sie einen Agenten des KGB angreifen. Einige meiner Kollegen hätten Sie in dieser Situation getötet.«

Wittjer schmerzten die Rippen. Er hatte nicht das Gefühl, dass er besonders dankbar sein müsste. »Wieso machen Sie das alles?«, fragte er. »Ich bin doch bereit, mit Ihnen zusammenzuarbeiten.«

»Ich weiß nicht, was Sie meinen«, antwortete Prosposzov. »Ich habe nichts damit zu tun. Ich würde es Ihnen sagen, wenn ich Sie unter Druck setze.« Der Russe bot ihm einen Stuhl an. »Bitte setzen Sie sich doch. Es ist einfacher miteinander zu reden, wenn Sie nicht auf dem Boden sitzen.«

»Das hier ist Ihr Werk«, sagte Wittjer. Er warf ihm die Reste des Hechts vor die Füße.

»Ich kann es nur noch einmal wiederholen. Die Fische, die Schafe: Das ist Ihr Problem.«

»Warum sind Sie dann gekommen?«

Prosposzov antwortete mit ruhiger Stimme. »Ich wollte über unsere Zusammenarbeit sprechen. Über das Erbgut unseres Präsidenten. Ich könnte zu einem anderen Zeitpunkt wiederkommen. Aber die Sache ist dringlich. Wir werden uns damit beschäftigen müssen – und zwar jetzt.«

Wittjer griff sich an den Kopf. Seine Stirn brannte. Er suchte mit den Fingern, ob er blutete. »Wir haben doch schon gesprochen. Ich muss Ihnen noch ein Konzept schicken. Das mache ich in der nächsten Woche. Dann können wir weitersehen.«

»So wird das nicht gehen, Herr Wittjer. Dem Präsidenten hat die Idee sehr gut gefallen. Er möchte das Ergebnis so schnell wie möglich. Wir werden die Analysen nicht in Russland durchführen, sondern bei Ihnen hier in Düsseldorf. Spätestens am Wochenende sollten sie anfangen.«

Wittjer sackte zusammen.

»Herr Wittjer, haben Sie mich verstanden? Geht es Ihnen nicht gut?«

»Es geht schon«, antwortete Wittjer. »Was haben Sie gesagt? Ich soll übermorgen anfangen? Wir haben keine DNA-Probe. So einfach ist das nicht.«

Prosposzov lächelte. »Herr Wittjer, ich bin kein Anfänger. Ich habe Ihnen die ersten DNA-Proben mitgebracht. Dabei ist auch eine Blutprobe des Präsidenten.«

Erst jetzt fiel Wittjer auf, dass der Russe ein Köfferchen bei sich trug. Prosposzov öffnete das Behältnis und zog ein paar Ampullen heraus.

»Soll ich die Proben bei Ihrem chinesischen Mitarbeiter abgeben? Oder darf ich Ihnen das wertvolle Material überlassen?«

»Lassen Sie es stehen. Bei mir ist es in guten Händen. Aber können Sie mich jetzt bitte in Ruhe lassen?«

Prosposzov lächelte erneut. »Selbstverständlich. Aber ich muss Ihnen noch sagen, dass Sie Besuch bekommen werden. Ich schicke Ihnen Dr. Abramov. Er wird am Samstag um neun Uhr vor Ihrem Labor auf Sie warten. Wenn Sie alles richtig machen, ist er ein netter Kerl. Aber er kann auch ungemütlich werden.«

Wittjer reagierte nicht.

»Haben Sie alles verstanden?«

»Ja«, sagte Wittjer, »alles klar. Am Samstag um neun Uhr bei mir am Labor. Ich werde da sein. Sie können sich auf mich verlassen.«

Der Russe schaute ihn an. »Ich glaube, Sie sollten nach Hause fahren und sich ein bisschen ausruhen.« Dann verabschiedete er sich.

Der Cappuccino war kalt geworden. Wittjer ging zur Bar, machte sich einen Drink und wickelte ein paar Eiswürfel in ein Taschentuch.

XXXVII

Franziska Dorllin kam es seltsam ruhig in der Praxis vor. Sie hatte ihr Personal in den Urlaub geschickt. Eine Woche Praxisferien kamen gerade recht. Dorllin trug das blaue Kleid mit dem roten Muster, das sie für das Abendessen im Jacobi gekauft hatte. Sie warf die Post ungeöffnet auf den Schreibtisch am Empfang. Sie wollte ein paar Patientenakten durcharbeiten und den Nachmittag in der Sauna in Neuss verbringen. Dort könnte sie am Pool liegen und auf der Terrasse des Restaurants einen wunderbaren Obstsalat essen. Vielleicht würde sie sich eine Massage gönnen, aber nur wenn Thajo, der junge Thailänder, Dienst hätte. Sie klickte auf die To-do-

Liste ihrer Praxis-Software. Dreißig Namen erschienen auf dem Display. Die Liste war länger, als sie erwartet hatte. Sie überflog die Namen und entwickelte keine besondere Lust, eine der Dateien zu öffnen.

Ganz am Ende stand der Name Maria Malenta. Dorllin dachte an den grünen Frosch. An das Kinderheim, die gepflegten Anlagen, das Kinderlachen. Es war nicht einfach als Ärztin für genetische Konstitution. Seit ihrer Spezialisierung auf Zukunftsforschung hatte sie viel erlebt. Die meisten Menschen machten sich über ihr Leben zu wenig Gedanken. Sie waren unvorsichtig. Dorllin fand, sie hatte die richtigen Schlüsse aus ihrer eigenen DNA-Analyse gezogen. Ihr Leben folgte einem genauen Plan, ihrem Plan. Sie rechnete damit, neunzig bis hundert Jahre alt zu werden. Als Alterssitz hatte sie eine Finca in Andalusien im Visier. Ein Anwesen an der Costa del Luz weit ab von den Städten, wo sich die Touristen drängelten. Das Haus war lichtdurchflutet. Geschwungene Granitsteine und Olivenbäume säumten den schicken Swimmingpool im Garten. In zehn Jahren wollte Dorllin das Haus kaufen und sich langsam aus der Praxis zurückziehen. Geld hatte sie genug. Sie würde Thajo einladen, mit ihr in der Villa zu wohnen. Jeden Morgen eine Massage, was für ein Traum.

Das Handy klingelte. Lena Ahlenbeck stand auf dem Display. Dorllin freute sich.

»Frau Ahlenbeck, wie geht es Ihnen? Ich hoffe, Sie haben gute Nachrichten.«

»Das habe ich Frau Professor, das habe ich. Der Verkauf der Wohnung kann über die Bühne gehen. Sie können schon im nächsten Monat einziehen. Kann ich Sie morgen Nachmittag treffen? Dann können wir die letzten Einzelheiten besprechen.«

»Sie können gern schon heute vorbeikommen. Ich habe Zeit.«

»Ich muss noch ein paar Vorbereitungen treffen. Morgen passt mir besser. Gegen 16.30 Uhr? In Ihrer Praxis? Passt Ihnen das?«

»Sehr gern«, antwortete Dorllin. Sie hatte schon Pläne, wie sie die neue Wohnung einrichten wollte. Der Anruf beflügelte sie. Der Papierkram konnte liegen bleiben, Thajo wartete bestimmt schon. Sie nahm ihre Jacke und ging zu ihrem Auto.

Dorllin setzte rückwärts aus der Parklücke. Die Fahrt ging nur stockend voran. Feierabendverkehr. Auf der Elisabethstraße zeigte jede Ampel Rot. Ihr Handy klingelte erneut.

»Frau Dorllin, haben Sie meine Nachricht erhalten?«, fragte die Stimme aus der Freisprechanlage.

»Welche Nachricht? Wer sind Sie?«

»Das wissen Sie nicht? Sie haben meine Mutter auf dem Gewissen, und Sie werden dafür bezahlen.«

»Ich verstehe nicht.«

»Meine Mutter. Asha Indiraj. Sie hat sich nach dem letzten Besuch in ihrer Praxis umgebracht. Und Sie werden dafür bezahlen. Sie sind keine Ärztin, Sie sind eine Totengräberin. Frau Dorllin, Sie sind schuld an ihrem Selbstmord. Ich werde dafür sorgen, dass Sie ihre Praxis schließen müssen!«

Im nächsten Moment schepperte es. Dorllins Auto knallte mit voller Wucht auf einen roten Golf. Sie hatte nicht gebremst. Die Nachricht hatte sie abgelenkt. Ihr Kopf schlug gegen die Kopfstütze.

»Ich bin nicht schuld«, sagte sie laut.

»Wer denn sonst?«, brüllte eine Stimme auf der Straße. Ein Mann im Jogginganzug schrie sie an. Er riss die Tür ihres Autos auf. »Die Ampel ist rot. Hast du das nicht gesehen? Du Idiot!«

»Ich bin nicht schuld«, wiederholte Dorllin.

»Du blöde Kuh. Ich rufe die Polizei.« Der Mann kramte aus seiner Hosentasche ein Handy hervor. Hinter ihr hupten die Autos im länger werdenden Stau. Ein Mercedes versuchte, sich an der Unfallstelle vorbeizudrängeln.

»Ich melde mich bei Ihnen. Sie werden dafür bezahlen. Das ist erst der Anfang«, sagte die Stimme aus der Freisprechanlage.

Das Hupkonzert wurde lauter. Sie schaute den Mann an. »Hören Sie auf. Ich gebe Ihnen Geld«, sagt Dorllin zu ihm. Sie schaute in ihr Portemonnaie. »Sind tausend Euro genug?«

»Du spinnst wohl. Das reicht nie. Die Kofferraumklappe ist kaputt, die Scheibe gesprungen. Pass doch besser auf.«

Dorllin sagte nichts. Sie erinnerte sich an die Inderin, wie sie auf dem Stuhl in ihrer Praxis gesessen hatte. Dorllin hatte das Bild der weinenden Frau vor Augen.

Eine Polizeibeamtin tippte ihr auf die Schulter. »Geht es Ihnen gut?«, fragte sie. »Wissen Sie was passiert ist? Sie haben einen Unfall verursacht.«

»Ja, ja. Ich weiß. Ich habe nicht aufgepasst.«

Der Mann mischte sich ein. »Sie hat die Ampel übersehen, die blöde Kuh. Sie wollte mich mit tausend Euro abfertigen.«

»Stimmt das?«, fragte die Polizistin. »Bitte steigen Sie aus und zeigen mir Ihre Papiere.«

Dorllin beruhigte sich etwas. Sie holte Führerschein und Fahrzeugpapiere aus dem Handschuhfach. Dann stieg sie aus.

»Haben Sie gesehen, dass Ihr Auto verkratzt ist?«, fragte die Polizistin.

Dorllin umrundete den Wagen. Beide Türen, die Kotflügel, die Kofferraumklappe. Das gesamte Auto war verkratzt. Das sei erst der Anfang, hatte der Mann gesagt. Tiefe Rillen durchzogen den Lack. Dort, wo sie mit dem Golf zusammengestoßen war, lief Wasser aus dem Kühler.

Die Polizistin gab Anweisung, mit beiden Autos auf den Bürgersteig zu fahren. Doch Dorllins Wagen sprang nicht mehr an. Ein paar Autos fuhren langsam vorbei, ihre Fahrer gafften. Dorllin stand vor ihrem Auto auf der Straße und erinnerte sich an das Telefonat.

»Ich bin nicht schuld«, sagte sie.

»Ich glaube schon«, sagte die Polizistin. »Die Situation ist eigentlich recht eindeutig. Ich rufe einen Abschleppwagen.«

Dorllin setzte sich auf die Fensterbank einer Gaststätte, die zu einem Hotel gehörte. Sie schaute auf die Straße, wo die Polizistin den Unfall managte.

»Soll ich einen Arzt rufen?«

»Nein, danke. Es geht schon. Ein Taxi wäre gut«, sagte Dorllin. »Ich nehme die Schuld auf mich. Die Schuld für diesen Unfall, meine ich. Ich habe die Ampel nicht beachtet.«

Dorllin saß eine Weile reglos auf der Fensterbank. Sie unterschrieb den Unfallbericht. Als der Abschleppwagen kam, nahm sie ihre Handtasche vom Beifahrersitz und nannte dem Fahrer die Adresse einer Werkstatt. Sie schaute auf ihr Handy und wollte den Mann zurückrufen. Aber er hatte seine Telefonnummer unterdrückt.

»Bitte kommen Sie mit auf die Wache«, sagte die Polizistin. »Sie sind so abwesend. Haben Sie etwas genommen? Wir werden einen Drogentest machen.«

XXXVIII

Johannes Wittjer trug ein feuchtes Handtuch auf dem Kopf. Die Eiswürfel hatte er längst aufgebraucht. Er trank einen Espresso. Es war schon sein Dritter. Die Kopfschmerzen ließen langsam nach. Prosposzov hatte gewonnen, daran bestand kein Zweifel. Er spürte jede Stelle, die der Russe mit seinen Schlägen getroffen hatte. Vermutlich hatte er sich eine Rippe gebrochen und eine Gehirnerschütterung. Wie mochte es wohl einem Schwergewichtsboxer nach einer K.o.-Niederlage ergehen?

Auf dem Tisch stand Prosposzovs Köfferchen mit den DNA-Proben. Wittjer zog es heran und öffnete den Deckel. Der mit rotem Samt ausgekleidete Innenraum beherbergte zwölf kleine Glasbehälter mit Schraubverschluss. Das Köfferchen versammelte die biologischen Grundlagen eines Teils der russischen Geschichte. Die DNA von elf Männern, mit denen der Präsident sein Erbgut vergleichen wollte. Frauen waren nicht dabei. Wittjer studierte die Aufschriften: Boris Spassky, Leo Tolstoi, Wassilij Alexejew, Dimitrij Mendeleev, Josef Stalin, Pjotr Tschaikowski, Juri Gagarin, Konstantin Novoselov, Michail Kalaschnikov, Pavel Datsyuk und Georgi Konstantinowitsch Schukow. Auf dem Gefäß mit der Probe des Präsidenten klebte ein besonderes Etikett. Darin befand sich eine kleine Ampulle mit Blut. Wittjer hielt sie gegen das Licht. Es war genug, um Prosposzovs Wunsch zu erfüllen. Er rief Li Yan an und sagte ihm, er solle zwei der Sequenziermaschinen für eine besondere Aufgabe freihalten. Als er seine Jacke holte, spürte Wittjer seine Rippen. Er schloss das Köfferchen und verließ das Büro.

Der Stau des Verkehrs der Innenstadt begann direkt nach der Ausfahrt aus dem Parkhaus. Es ging nur im Schritttempo voran. Wittjer war ungeduldig, aber er konnte nichts ändern. Wenn sich auf der

Elisabethstraße ein Unfall ereignete, bildete sich schnell ein Stau bis zur Heinrich-Heine-Allee. Zwanzig Minuten kroch er mit dem Verkehr in Richtung Bilk. Kurz vor dem Kirchplatz stand ein defektes Auto mitten auf der Straße. Wasser tropfte aus dem Kühler. Die Motorhaube war verbeult. Wittjer erkannte Franziska Dorllin auf einer Fensterbank sitzend, aber er hielt nicht an.

Im Labor stellte er die erlesene Auswahl russischer Prominenz auf den Schreibtisch von Li Yan. »Wir haben einen geheimen Auftrag der russischen Regierung«, erklärte Wittjer. »Wir sollen die DNA dieser Herren vergleichen. Der Präsident möchte wissen, welche der überragenden Fähigkeiten seiner Landsleute auch in seinem eigenen Erbgut zu finden sind. Es sind bisher zwölf DNA-Proben, vielleicht werden es noch mehr. Ganz nach Gusto des Präsidenten.«

Li Yan reagierte genervt. »Ich bin noch mit der Asche des Toten im Auto beschäftigt.«

»Glaub mir, wir haben keine andere Wahl. Die Russen schicken sogar extra einen Aufpasser. Er heißt Dr. Abramov und kommt Samstag um neun Uhr.«

Li Yan schob das Köfferchen an den Rand des Schreibtisches. »Schau dir lieber das an. Ich bin mit der Asche sehr weit gekommen. Oder ist das nicht mehr wichtig?«

»Doch, die Asche ist wichtig. Sehr wichtig. Was hast du herausgefunden?«

»Die Analyse ist noch nicht fertig. Die Sequenziermaschine läuft noch mindestens drei Stunden. Aber ich habe endlich genug DNA gefunden. Die Qualität reicht für eine Analyse aus.«

Wittjer freute sich. Fast zwei Wochen hatte der Chinese an den wenigen Überresten des Feuers gearbeitet. Wittjer hatte schon nicht mehr mit einem Ergebnis gerechnet.

»Ich bin stolz auf dich. Das hätte kein anderer geschafft.«

»Warten wir die Ergebnisse ab«, sagte Li Yan vorsichtig.

»Glaubst du, dass die Asche zu unserem Kopf gehört?«, fragte Wittjer.

»Es gibt Parallelen, aber es ist noch viel zu früh, um das zu bewerten.«

»Was hast du denn schon? Du hast doch einen Verdacht.«

»Die Analyse ist erst bei elf Prozent. Komischerweise sind manche Teile der DNA des Kopfes und der Asche identisch, andere unterscheiden sich aber recht deutlich. Ich hoffe, die Polizei hat die Asche nicht mit einer anderen DNA verunreinigt.«

»Das glaube ich nicht, Becker war doch mit der Spurensicherung beauftragt. Der ist sehr sorgfältig.«

»Mag sein. Ich warte lieber ab, bis die Analyse weiter fortgeschritten ist. Noch drei oder vier Stunden. Dann müssen wir nicht mehr spekulieren.« Li Yan schaute Wittjer an. »Was ist jetzt eigentlich mit dem Kopf? Gibt es etwas Neues?«

»Nein, nichts«, antwortete Wittjer, ohne rot zu werden. »Wer immer es gewesen sein mag, der Mann wird nicht vermisst. Ich weiß nicht, warum der Kopf bei uns im Labor gelegen hat. Manchmal kommt es mir vor wie ein Traum. Als ob es nicht Wirklichkeit gewesen wäre.«

»Es war kein Traum«, sagte Li Yan. »Die erste Zeit allein im Labor hatte ich Angst. Ich dachte, der Täter kommt noch einmal wieder.«

Wittjer war überrascht. Der Chinese redete sonst nie von seinen Gefühlen.

»Meine Frau sagt, wir sollten das Land verlassen und zurück nach China gehen. Sie glaubt, es waren die Triaden, die chinesische Mafia. Sie fühlt sich nicht mehr sicher.«

»Mach dir keine Sorgen«, sagte Wittjer, »es wird schon. Hast du alles, was du brauchst? Oder soll ich noch etwas besorgen? Ich wollte nach Hause, Henrike kommt gleich.«

»Alles gut«, sagte Li Yan. »Soll ich den russischen Präsidenten noch heute analysieren oder bis morgen warten?«

»Lieber sofort. Ich bin froh, wenn die Russen wieder weg sind. Und die freuen sich, wenn wir schnell fertig werden. Der Präsident macht ihnen ganz schön Druck.«

Das Verkehrschaos hatte sich aufgelöst. Wittjer freute sich auf eine Dusche zu Hause. Sein Kopf schmerzte wieder, er konnte sich kaum konzentrieren. Kurz vor Hamm hielt er an einem Getränkemarkt und kaufte Bier. In einer Stunde wollte Henrike da sein. Er hatte schon Durst. Als er auf den Parkplatz vor seinem Haus fuhr, sah er die Nachbarin schon in der Tür stehen. Er versuchte, sie zu ignorieren, aber Frau Roppenmeier ließ ihm keine Chance. »Herr Wittjer, Herr Wittjer«, rief sie.

Wittjer sah sich um. Die Blumenkästen hatten sich nicht verändert. Er wusste keinen Grund, warum die Nachbarin auf ihn zurannte.

»Guten Abend Frau Roppenmeier, was ist passiert?«

»Herr Wittjer, guten Abend. Ich wusste gar nicht, dass Sie das Haus verkaufen wollen. Warum haben Sie uns denn nicht informiert?«

Wittjer verstand nicht, wovon sie redete. Frau Roppenmeier machte keine Pause.

»Als Nachbarn hilft man sich doch. Und wissen Sie, meine Schwiegertochter, die sucht eine neue Wohnung in Hamm. Es wäre doch schade, wenn dieses alte Haus an Neuzugezogene fallen würde. Das sehen Sie doch auch so, oder? Wir können das gern besprechen. Vielleicht kommen Sie auf einen Kaffee vorbei. Ich backe gern Kuchen, dann können wir am Wochenende sprechen. Wenn Sie wollen, lade ich auch meine Schwiegertochter ein. Dann wissen Sie, an wen Sie verkaufen. Mein Sohn hat genug Geld, glauben Sie mir.«

Ihre Stimme lärmte in seinem Kopf. Endlich schaffte er es, sie zu unterbrechen.

»Wie kommen Sie darauf, dass ich das Haus verkaufen will?«

Roppenmeier schaute ungläubig. »Heute Morgen war eine Frau da. Sie hat bei uns geklingelt und gesagt, sie hätte einen Besichtigungstermin für ihr Haus. Sie hat mir schon alles erzählt.«

»Was hat sie erzählt?«

»Dass sie das Haus schon kennt, weil sie ein paarmal bei Ihnen zu Besuch war. Es klang, als seien sie sich schon über den Verkauf einig. Warum haben Sie denn nichts gesagt? Wir können doch über den Preis reden. Egal, was sie mit dieser Frau vereinbart haben. Es wäre wunderbar, wenn mein Sohn in die Nachbarschaft ziehen würde.«

»Frau Roppenmeier, ich möchte mein Haus nicht verkaufen. Ganz bestimmt nicht. Wissen Sie, wie die Frau hieß? Hat Sie eine Telefonnummer hinterlassen?«

»Nein. Sie sagte, sie würde wiederkommen oder Sie anrufen. Jetzt fällt mir auf, dass sie sich gar nicht vorgestellt hat. Sie ist nicht von hier. Vielleicht aus der Stadt, sie ist in Düsseldorf zur Schule gegangen, hat sie erzählt.«

»Haben Sie vielleicht ein Foto gemacht?«

»Nein, natürlich nicht.«

»Frau Roppenmeier, da wollte sich jemand einen Scherz erlauben. Ich hatte heute keinen Termin. Aber ich habe jemanden in Verdacht. Ich würde es gern der Polizei melden. Sie haben doch ein gutes Foto gemacht, dass der Polizei hilft die Randalierer zu fassen, die meine Geranien geplündert haben. Haben Sie nicht vielleicht doch ein Foto von der Frau? Das würde mir sehr helfen.«

Frau Roppenmeier überlegte. »Ich habe eins, aber man kann niemanden erkennen. Es ist ein Auto mit getönten Scheiben.«

»Zeigen Sie mal.« Wittjer schaute auf Roppenmeiers Handy und schickte das Foto als SMS auf sein Handy. Ein graues Auto, mehr war nicht zu erkennen. Frau Roppenmeier hatte das Bild durch die Glasscheibe der Haustür aufgenommen. Er löschte das Foto auf ihrem Handy und bedankte sich.

»Ich werde nicht verkaufen«, sagte Wittjer. »Aber ich habe gehört, Heinz Schuttner will sein Haus verkaufen. Der geht doch ins Kloster. Haben Sie ihn schon gefragt?«

Frau Roppenmeier nickte. »Ja, da sind wir dran, aber das Haus gehört zur Gärtnerei. Es ist nicht so leicht, das einzeln zu verkaufen.«

Bevor die Nachbarin ins Detail ging, verabschiedete sich Wittjer von ihr. »Vielen Dank für das Foto.«

XXXIX

Wittjer warf seine Jacke in den Flur, stellte das Bier kalt und ging unter die Dusche. Er suchte seinen Körper nach Spuren des Kampfes mit Prosposzov ab. Die linke Hälfte seines Brustkorbs war blau. Am Kopf fühlte er eine Beule. Er hatte sich in seinem Leben noch nie geprügelt. Mit den Fingern tastete er über seine Rippen. Sie schmerzten, vielleicht waren sie sogar gebrochen. Als er sich abtrocknete, klingelte das Telefon. Er erwartete Henrike, aber es war Franziska Dorllin.

»Franziska, was ist los?«

»Ich werde bedroht. Der Sohn einer Patientin. Er will mich fertigmachen.«

»Was?« Wittjer verstand nicht. Dorllin erzählte von dem Telefonat, von den Kratzern im Lack, vom Unfall mit dem Golf und von der Polizei.

»Geht es dir gut? Warst du beim Arzt?«

»Mit mir ist nichts.«

»Weißt du, wer der Anrufer ist?«

»Der Sohn von Asha Indiraj. Er ist Rechtsanwalt in London, glaube ich. Seine Mutter hat sich umgebracht.«

Wittjer sagte nichts. Für ein paar Sekunden herrschte Stille.

»Johannes, ich hatte einen beschissenen Tag. Können wir uns treffen?«

»Nein«, sagte Wittjer, »das geht nicht.« Er hatte einiges mit Henrike zu besprechen. Der Kopf, die Asche, die Schafe, die Fische. »Es tut mir leid. Aber es geht heute Abend nicht.« Er redete weiter auf sie ein. Sie solle den Anruf nicht überbewerten. »Er ist Rechtsanwalt. Er wird dir nichts tun. Er verklagt dich vielleicht. Das sind seine Waffen. Du musst Ruhe bewahren. Ruf deinen Anwalt an.«

Dorllin antwortete nicht.

»Versuch dich zu entspannen. Ich rufe dich morgen an. Dann können wir sprechen.«

Dorllin zögerte. Dann fragte sie: »Johannes, ich bin nicht schuld an ihrem Tod. Ich habe nur Daten geliefert. Mehr nicht. Sie hat es selbst entschieden. Oder glaubst du, dass ich schuld bin?«

Wittjer verstand nicht, was sie meinte. »Nein, du bist nicht schuld. Lenk dich ab. Geh ins Kino oder mach eine Flasche Wein auf. Schlaf ein bisschen, das wird dir gut tun.«

Er legte auf, weil es an der Tür klingelte.

Henrike wunderte sich, dass Wittjer nur mit Boxershorts bekleidet die Tür öffnete. Sie musterte ihn. »Was ist denn mit dir los?«, fragte sie.

»Ich stand unter der Dusche.«

»Ich meine deine Rippen. Das sieht schlimm aus. Bist du hingefallen?«

»Der Russe hat mich verprügelt. Das heißt, eigentlich hat er sich nur verteidigt. Er war geschickter als ich. Ich glaube, er hat mir die Rippen gebrochen. Es tut echt weh.«

»Du hast ihn angegriffen? Ich dachte, ihr wolltet reden.«

Wittjer streifte sich ein T-Shirt über und zog eine Hose an. »Prosposzov kam heute Morgen in mein Büro. Ich soll mit dem DNA-Vergleich für den russischen Präsidenten sofort beginnen. Ich habe ihn gefragt, warum er die Schafe getötet hat. Aber er hat nichts damit zu tun. Er wusste nichts von den Schafen, nichts von dem Kopf und nichts von den Fischen.«

»Was ist mit den Fischen?«

Henrike stellte ihre Tasche ab. Wittjer führte sie in die Küche. Er erzählte von dem Hecht im Aquarium und von Prosposzovs Reaktion. »Der Russe hat nichts davon gewusst, da bin ich ganz sicher.«

Henrike starrte ihn an. »Weißt du, was das bedeutet? Jemand hat es auf uns abgesehen. Erst hat er Simons Vater getötet. Jetzt kommt er uns immer näher.«

Wittjer öffnete den Kühlschrank. Er nahm zwei Flaschen Bier und stellte Gläser auf den Küchentisch.

Henrike wollte sich nicht setzen. »Der Mann hätte statt der Schafe auch mich umbringen können. Ich war allein zu Hause. Er hätte mich einfach erschießen können. Ich hätte keine Chance gehabt.«

»Hat er aber nicht. Wenn er uns töten wollte, warum geht er diesen umständlichen Weg? Mit jeder Attacke geht er ein Risiko ein. Ich glaube nicht, dass er uns töten will.«

»Johannes! Er hat Simons Vater getötet. Er hat ihn enthauptet. Der Typ ist skrupellos. Er wartet nur auf seine Chance.«

Wittjer fasste sie an die Schultern. »Henrike. Denk nach! Es muss einen Grund geben, warum er so handelt. Warum der Reiskocher? Er hätte den Kopf auf den Tisch legen können und fertig.«

»Weil der Typ pervers ist. Er ist widerwärtig. Ein Verrückter.« Sie befreite sich aus seinem Griff.

Wittjer setzte sich und trank einen Schluck Bier. »Ich glaube nicht, dass er verrückt ist. Er weiß genau, was er tut. Jede seiner Taten ist eine Inszenierung. Er hätte die Fische im Aquarium vergiften können oder die Scheibe einschlagen. Stattdessen macht er sich die Mühe und kauft einen Hecht.«

Henrike setzte sich zu ihm an den Tisch. »Das stimmt. Und den Kopf im Labor hat er auch inszeniert. Er mag das Dramatische. Wie im Kino.«

»Eine Frage beschäftigt mich schon seit Tagen: Warum hat er es uns so schwer gemacht, Simons Vater zu identifizieren?«

Henrike nippte an ihrem Glas. »Es gibt nur einen Grund: Weil er weiß, dass du das kannst. Denn nur mit der Datenbank lässt sich der Kopf identifizieren. Er weiß, dass du die Datenbank besitzt. Das ist seine Botschaft.«

»Du hast recht. Es muss einen Zusammenhang mit der Datenbank geben.«

Noch bevor Wittjer weiterreden konnte, wurde er von Henrike unterbrochen. Sie war aufgeregt. »Der Mord im Hofgarten, der Japaner, der eine Frau enthauptet hat. Du hättest den Täter ohne die Datenbank nicht gefunden. Du hast ihn identifiziert, weil er das Gen der Hundertjährigen trug. Wenn Du mich fragst: Die beiden Morde gehören zusammen.«

Wittjer schwieg einen Moment. Diese Idee war ihm noch nicht gekommen. Henrikes Gedanke klang plausibel. Das Bild des Mordopfers, das er in Karnatschs Wohnung gesehen hatte, kam ihm in den Sinn. Die hervorgetretenen Augen, der hängende Kiefer, das blutverschmierte Haar. Das Opfer war eine hübsche junge Frau gewesen. War sie gestorben, damit er die Tat mit der Datenbank aufklären konnte? Hatte Karnatsch erwähnt, dass es sich im einen Auftragsmord handeln könnte? Er konnte sich nicht erinnern. Er versuchte, sich zu konzentrieren, wollte das Bild der Frau verdrängen. Ein anderer Gedanke schoss ihm durch den Kopf. „Warum Simons Vater? Warum hat er uns nicht irgendeinen Kopf geschickt?«

Henrike schauderte, als sie begriff, was die Antwort auf Wittjers Fragen sein musste. »Klarer kann der Hinweis nicht sein. Der Täter kennt sogar die Anfänge der Datenbank. Deshalb hat er den Kopf von Simons Vater genommen. Schließlich hat alles mit Simons Suche nach ihm begonnen.«

»Das stimmt. Aber ich verstehe noch nicht, was das Ziel seiner Inszenierungen ist.«

Henrike trank aus ihrem Glas. »Und warum er die Schafe vergiftet hat?«

»Aus dem gleichen Grund, aus dem er die Fische getötet hat. Er will uns zeigen, dass er ganz in der Nähe sein kann. Sonst könnte er auch den Computer hacken oder so etwas. Aber das ist nicht seine Methode. Er kämpft auf einem anderen Weg gegen die Datenbank.«

Diesmal musste Henrike zustimmen. Wittjer fand seine Theorie überzeugend. Er holte zwei neue Flaschen aus dem Kühlschrank. Das Treffen mit Henrike beruhigte ihn.

»Eine Sache stimmt nicht«, sagte sie. »Ohne Simon wäre die Datenbank nicht entstanden. Weil er die undichte Stelle in die Software der Sequenzierungsautomaten eingesetzt hat, bekommst du die Daten. Welche Rolle spielt Simon dabei?«

»Ich weiß es nicht. Aber ich fürchte, er ist in Gefahr.« Wittjer zögerte einen Moment. Er dachte an den Anruf von Franziska Dorllin, die sich ebenfalls bedroht fühlte. Aber er wollte Henrike nicht noch mehr beunruhigen. »Hast du Simon erreicht?«, fragte er.

»Nein. Nichts.« Henrike kontrollierte ihr Handy. »Seit zwei Wochen keine einzige Spur im Internet. Der Tod seines Vaters wird ihn sehr mitnehmen. Wenn ich nur wüsste, wo er ist.«

»Wir können nur warten.«

»Ich will aber nicht mehr warten.«

Beide tranken ihr Bier und schwiegen eine Zeit lang.

»Ich werde ein paar Tage bei dir bleiben, bis der Albtraum zu Ende ist«, sagte Henrike dann.

Wittjer grübelte. »Ich bin überzeugt, dass der Täter in der Datenbank zu finden ist. Es muss eine direkte Verbindung zwischen den Daten und ihm geben, sonst würde er nicht dagegen kämpfen. In der Datenbank liegt die entscheidende Spur. Ich muss sie nur finden.«

»Du willst auf eigene Faust suchen? Ohne Polizei?«

»Ja. Der Täter hat sich bisher nur uns gezeigt. Er sucht das direkte Duell mit uns. Er will uns Angst machen, wir brauchen keine Polizei.«

»Du sagst immer ›wir‹ und ›uns‹. Welche Rolle spiele ich in deinem Plan? Soll ich warten, bis ich getötet werde? Es geht um deine Datenbank, um dein Lebensprojekt. Das willst du verteidigen. Es ist dein Kampf, den du führst.«

»Ja. Es ist mein Lebenstraum, den lasse ich mir nicht zerstören.«

»Du bist wahnsinnig.«

»Gib mir drei Tage Zeit. Nur das Wochenende. Wenn ich Montag nichts habe, kannst du Karnatsch anrufen. Aber bitte lass mir solange Zeit.«

Henrike nickte. »Hast du eine Waffe?«, fragte sie.

Er schüttelte den Kopf.

»Ich kann nicht hier sitzen und warten. Ich werde alles durchwühlen, was Simon mir geschickt hat. Er hat vermutet, dass sein Vater im Ruhrgebiet lebt, und sehr viel im Internet gepostet. Vielleicht finde ich einen Hinweis.«, erklärte Henrike.

Sie hatten sich geeinigt. Wie immer, wenn sie so beisammen saßen. Wittjer hatte drei Tage Zeit. Mehr nicht. Diesmal holte Henrike neues Bier. Sie hatten aufgehört die Flaschen zu zählen.

»Weißt du, dass ich die Schafe sehr gemocht habe?«, sagte Henrike. »Vor allem bei Vollmond. Manchmal habe ich am Tor zur Weide gestanden, den Mond und die Sterne am Himmel angeschaut und dazu das matte Leuchten der Schafe. Das war wunderschön.« Sie begann zu weinen. »Ich werde das nie vergessen.«

Wittjer rückte zu ihr. Erst nahm er ihre Hand, dann legte er den Arm um sie.

»Heute war ein schlimmer Tag«, sagte er, »aber wir werden das schaffen.«

Sein Telefon lag auf dem Küchentisch. Das Signal der Datenbank ertönte.

»Ist das wichtig?«, fragte Henrike.

»Ja«, sagte er, »das dürfte das Ergebnis der Analyse der Asche sein. Li Yan hat es heute Nachmittag angekündigt.«

Er tippte den Sicherheitscode in das Handy ein. Dann musste er die Anmeldung mit einem Fingerabdruck bestätigen. Er konnte die Nachricht der Datenbank jetzt auf dem Handy aufrufen. Es waren nur wenige Zeilen.

Auftrag 712: Personenidentifikation
Datenbank-Code: 2Jb3q45rf 34t
Auftraggeber: Johannes Wittjer
Identifiziert: Simon Hilbert, Rockville, USA
Sicherheit: 96 Prozent
Vergleichsprobe: Knochenreste, Asche aus verbranntem Auto.

Es war Simon Hilbert. Der verbrannte Körper aus dem Auto am Rhein gehörte nicht zu dem Kopf, den sie im Labor gefunden hatten. Es war die Leiche von Simon Hilbert. Sechsundneunzig Prozent Sicherheit ließen keinen Zweifel zu. Wittjer wurde bleich im Gesicht.

Henrike stand auf und riss ihm das Handy aus der Hand und schaute auf das Display. »Es ist Simon«, rief sie, »es ist Simon!« Sie warf das Handy in die Ecke. »Das kann nicht wahr sein!« Tränen strömten über ihr Gesicht. Sie fühlte ihre Beine schwach werden.

Wittjer hielt sie fest. »Es tut mir leid«, sagte er.

Freitag

XL

Henrike wusste nicht, wie lange sie geschlafen hatte. Sie versuchte, sich zu orientieren. Die Uhr in der Küche zeigte Viertel nach acht. Die Gardinen vor dem Fenster waren nicht zugezogen. Draußen regnete es. Auf dem Tisch standen leere Bierflaschen. Sie trug noch den Pullover und die Jeans von gestern. Ihre Knochen signalisierten, dass sie die Nacht auf dem Teppich verbracht hatte. Wittjer lag im Schlafsack neben ihr auf dem Boden und schlief. Sie zog die Knie an, wickelte die Beine in eine Decke und lehnte sich gegen die Wand. Sie war erschöpft, aber der harte Teppich bot keine Option für weiteren Schlaf. Ihre Zunge spürte einen pelzigen Belag auf den Zähnen. Sie massierte mit den Fingern ihren Schädel, als könne das den aufkommenden Kopfschmerz vertreiben. Was war das für eine Nacht gewesen?

Ihr Handy lag auf dem Teppich, sie zog es mit dem Fuß heran und suchte intuitiv nach neuen Nachrichten. Simon hatte sich noch immer nicht gemeldet. Simon. Langsam kehrte die Erinnerung zurück. Johannes hatte gesagt, Simon sei tot. Sie sah die Nachricht auf Wittjers Handy vor sich, die Nachricht aus der Datenbank. Es war kein Traum gewesen. Der Schmerz war noch da. Simon war im Auto verbrannt, die Datenbank hatte ihn aus den Resten der DNA in der Asche identifiziert.

Ihre Erinnerung endete an dieser Stelle. Danach folgte nichts mehr. Sie musste sich eingestehen, dass Simons Tod keine Überraschung war. Mit jedem Tag ohne Kontakt zu ihm war die Angst gewachsen. Die Angst vor seinem Tod. Sie hatten so lange gebraucht, um wieder zusammenzufinden, und jetzt waren sie schon wieder getrennt. Diesmal für immer. Sie weinte, krabbelte zu Johannes und rüttelte an seiner Schulter. Er war sofort hellwach.

»Geht es dir besser?«, fragte er.

»Vielleicht ein bisschen«, sagte sie, »ich weiß noch nicht.«

Wittjer setzte sich neben sie an die Wand. »Du hast lange geweint und bist irgendwann eingeschlafen. Ich wollte dich nicht mehr wecken und habe Decken aus dem Wohnzimmer geholt.«

»Simon ist tot, nicht wahr?«

»Ja. Es gibt keinen Zweifel. Als du eingeschlafen bist, habe ich den Datenbankeintrag noch einmal gecheckt. Die Übereinstimmung ist sogar noch gestiegen.«

»Ich verstehe das nicht. Simon ist tot, sein Vater ist tot. Die Frau im Hofgarten ist tot. Was haben wir getan, dass die drei sterben mussten?«

»Ich weiß es nicht, aber wir werden es herausfinden. Simons Tod ist ein weiterer Beweis, dass der Schlüssel in der Datenbank liegt. Ich hatte recht, ich habe es dir gestern Abend erklärt.«

Henrike antwortete nicht sofort.

»Du hast dich verliebt, oder?«, sagte Wittjer. »Du wolltest zu ihm nach Amerika. Hast du dich deshalb an der UCLA beworben?«

»Ja. Simon wollte für uns ein Haus in Los Angeles kaufen. Ich hätte dort an der Uni arbeiten können.«

Wittjer schwieg. Henrike lehnte sich an ihn. »Simon hat gesagt, er habe auf mich gewartet, seitdem ich dich in Rockville besucht habe. Er hatte ein paar Freundinnen danach, aber es sei nichts Festes gewesen.«

»Und trotzdem hat er sich nach seiner Ankunft in Deutschland nicht bei dir gemeldet?«

»Nein, hat er nicht. Ich weiß nicht warum. Ich Idiot. Ich war sogar sauer auf ihn, weil er so lange nichts von sich hören ließ.«

Wittjer stand auf und kochte Kaffee. Henrike hing weiter ihren Gedanken nach. Sie hatte Simon vor Augen, seine blauen Augen, den durchtrainierten Körper. Alles war vorbei. Der Mörder hatte nicht nur Simon getötet, er hatte auch ihre Zukunft zerstört. Der Kaffee, den Wittjer ihr reichte, schmeckte nicht. Sie rührte Zucker hinein und wartete, dass er sich auflösen würde. In einem halben Jahr wäre sie in ein Flugzeug gestiegen und hätte den Frust aus ihrem Institut hinter sich gelassen und mit Simon in Kalifornien ein neues Leben begonnen. Sie hatte sich auf dem Weg ins Paradies gewähnt. Jetzt waren Blumen, Sonne und Meer ausgelöscht, geblieben war eine riesige Leere. Kein Schild wies den Ausgang, nicht einmal einen Notausgang. Wer immer Simon getötet hatte, er hatte auch sie verletzt. Warum war all das geschehen? Wut stieg in ihr auf. Sie musste etwas tun. Durch die weiten Fenster sah sie die Geranien in Wittjers Garten. Sie stand auf und überlegte, ob sie ein paar Blätter kauen sollte. Sie wollte den Schmerz betäuben, für ein paar Stunden aussteigen aus diesem schlimmen Film. Doch sie verwarf die Idee.

»Ich gehe duschen«, sagte sie, »dann fahre ich zu dem Hotel, in dem Simon immer übernachtet hat, wenn er in Düsseldorf war. Vielleicht finde ich dort eine Spur.«

»Gute Idee. Ruf mich an, wenn du etwas weißt«, antwortete Wittjer, »ich fahre ins Büro und durchsuche die Datenbank.«

Henrike nickte. Gleichzeitig überlegte sie, ob sie nicht besser Karnatsch informieren sollte. Aber sie hatte Wittjer versprochen, dass er bis Montag freie Hand hätte. »Bist du sicher, dass du etwas finden wirst?«

»Die Lösung muss in der Datenbank liegen. Diese Brutalität – sie muss in den Genen verankert sein«, sagte Wittjer und griff nach dem Autoschlüssel.

Henrike wollte ihm nicht widersprechen. Sie glaubte nicht an seinen Erfolg. Gene sind nur ein paar Aminosäuren. Sie sind weder gut noch böse, dachte sie, als Wittjer die Tür hinter sich ins Schloss zog.

XLI

Walter Karnatsch war mit seinem alten Peugeot unterwegs nach Dortmund. Er hasste diese Fahrten mit dem alten Auto. Sein Handy lag auf dem Beifahrersitz und diente als Navigationsgerät. Eine krächzende Stimme forderte ihn auf, am Autobahnkreuz Oberhausen weiter geradeaus zu fahren. Der Peugeot quälte sich mit hundertdreißig auf der mittleren Spur. Sein Chef würde wegen der Spesenrechnung Ärger machen. Zeugenbefragungen außerhalb der Stadt sollten die Kollegen vor Ort erledigen. Karnatsch setzte sich gerade über diese Regel hinweg. Er wollte den Laden sehen, in dem der Japaner das Schwert gekauft hatte. Und danach den Mietwagenverleih besuchen, dessen Auto am Rhein abgebrannt war. Der Hauptkommissar versprach sich viel davon. Er benötigte dringend ein Erfolgserlebnis. Es gab drei Leichen, und außer der Verhaftung des Japaners hatte er nicht viel vorzuweisen.

Hinter dem Dreieck Bottrop klingelte sein Telefon. Der Peugeot hatte keine Freisprechanlage. Karnatsch wechselte auf die rechte Spur und schob sich zwischen zwei Lkw. Er ignorierte, dass Telefonieren am Steuer verboten war. Ihm fehlte die Zeit, um anzuhalten.

»Walter Karnatsch«, sagte er.

»Hallo Chef. Es gibt gute Nachrichten. Wir haben eine heiße Spur.«

Er freute sich, die Stimme zu hören. Lisa Adjouri war eine neue Kollegin, er mochte ihre Hartnäckigkeit. »Das klingt gut, Lisa. Was gibt es denn?«

»Ich habe mir die Überwachungsvideos im Fall Achtermann noch einmal angesehen. Die Filme mit dem Paketwagen, der bei den Achtermanns war. Mir ist etwas aufgefallen, was wir bisher übersehen haben.«

»Spann mich nicht auf die Folter. Was denn?«

»Der Paketwagen hat kein Logo. Es ist bei der schlechten Qualität der Schwarz-Weiß-Aufnahmen kaum zu erkennen. Ich musste es mir mehrfach anschauen. Das Firmenlogo ist überklebt, man sieht nur die Umrisse. Der Wagen ist ausrangiert, deshalb haben wir ihn bisher nicht ausfindig machen können. Ich habe mich erkundigt, was die mit den alten Fahrzeugen machen. Die meisten werden verschrottet, aber manchmal versuchen Liebhaber, einen gebrauchten Lkw zu kaufen.«

»Und?«

»Ich habe schon recherchiert. In Duisburg kann man die Dinger mieten. Ein Autoverleih bietet einen Paketwagen an.«

»Gute Arbeit«, sagte Karnatsch, »dann rufen Sie da doch mal an.«

»Habe ich schon. An dem Freitag, als Achtermann ermordet wurde, ist der Lkw verliehen worden. Der Mieter stammt wohl aus

Russland. Ein gewisser Anatol Prosposzov. Abgeholt hat ihn jemand anders. Der Verleiher konnte sich noch gut an den Mann erinnern. Er hat einen russischen Führerschein auf den Namen Dr. Viktor Abramov vorgelegt. Ein ziemlich ungehobelter Kerl. Mehr der Typ Gewichtheber als jemand mit akademischem Hintergrund. Gut möglich, dass der Führerschein gefälscht ist. Wir lassen gerade die Kopie analysieren, die der Lkw-Besitzer erstellt hat.«

»Dann hat der Mord also doch etwas mit den Russland-Geschäften zu tun. Bitte laden Sie die beiden Russen vor. Ich bin heute Nachmittag zurück, dann kann ich bei der Vernehmung dabei sein.«

»Deshalb rufe ich an. Es gibt ein Problem: Prosposzov ist als Diplomat in Deutschland. Er gehört zur russischen Botschaft in Berlin. Und dieser Dr. Abramov ist vor drei Monaten mit einem Touristenvisum eingereist. Wir wissen nicht, wo er sich aufhält.«

»Ich verstehe. Ich spreche nachher mit dem Polizeipräsidenten, wie wir weitermachen. Sammeln Sie alles über Abramov, was sie finden können. Vor allem Fotos. Vielleicht können wir ihn auf den Videos identifizieren.«

»Da bin ich schon bei. Die Visa-Stelle faxt mir gleich die Unterlagen. Wenn ich etwas weiß, melde ich mich.«

Karnatsch legte auf und versuchte mit einer Hand das Navi auf dem Mobiltelefon zu aktivieren. Lisa hatte gute Arbeit geleistet. Aber wenn die russische Mafia ihre Finger im Spiel hatte, dann war es unwahrscheinlich, dass sie einen Mörder finden würden. Am Ende würden die beiden Russen auf die Liste der in Deutschland unerwünschten Personen gesetzt werden. Mehr nicht. Aber vielleicht hatte er Glück. Auf jeden Fall hatte der Tag gut begonnen. Die krächzende Stimme meldete sich zurück. An der nächsten Ausfahrt solle er die Autobahn verlassen.

Als Karnatsch durch den Dortmunder Stadtteil Mengede fuhr, fragte er sich, warum ein Spezialist für japanische Waffen ausgerechnet hier sein Geschäft eröffnet hatte. Der Laden lag in einer Einbahnstraße gegenüber einer Schule. Karnatsch hatte Mühe, einen Parkplatz zu finden. Er stellte das Auto vor einem Bäcker ab und lief die Straße hinunter. Das Schaufenster des Japanshops war gefüllt mit technischen Spielereien. Nur eine lebensgroße Samurai-Figur gab einen Hinweis darauf, dass neben Unterhaltungselektronik auch Schwerter zum Angebot des Ladens gehörten. Der Inhaber war irritiert, dass die Polizei ihn schon wieder besuchte, diesmal sogar ein Beamter aus Düsseldorf. Karnatsch erfuhr, was er schon wusste. Der Japaner war ein sehr eleganter Schwertkämpfer, der mit seiner Technik beeindruckte.

»Ist es nicht ungewöhnlich, dass jemand aus Düsseldorf nach Dortmund fährt, um eines Ihrer Schwerter zu kaufen?«, fragte Karnatsch.

Der Ladeninhaber schüttelte den Kopf. »Wir haben Kunden aus ganz Deutschland. Das liegt an meiner Frau. Sie ist Japanerin und stammt aus einer Familie, die sich auf die Herstellung von Schwertern versteht.«

Karnatsch ließ sich ein paar Schwerter zeigen. Der Inhaber öffnete ein paar Holzkisten und erklärte die Besonderheiten der jeweiligen Waffe. Die Gravierungen der Katanas waren mit kleinen Meißeln in die Klinge eingearbeitet und hatten eine besondere Bedeutung.

»Ist es schwer, mit einem Schwert einen Menschen zu enthaupten«, fragte Karnatsch.

»Nein, wenn Sie die richtige Technik beherrschen, ist es ganz leicht«, sagte der Ladeninhaber und machte eine entsprechende Bewegung mit dem Oberkörper und den Armen. »Es sind Waffen. Sie wurden zur Verteidigung entwickelt. Aber die meisten unserer Kunden nutzen sie nur als Dekorationsobjekte.«

»Wie transportiere ich denn so ein Katana?«, fragte Karnatsch, »ich kann es mir schlecht an den Gürtel binden.«

»Bei dem Schwert, nach dem Sie gefragt haben, erhalten Sie eine Holzkiste dazu. Wir händigen den Käufern immer eine Übersicht der gesetzlichen Vorschriften aus.«

Karnatsch konnte sich erinnern, dass sie eine Holzkiste im Hotelzimmer des Japaners gefunden hatten. »Fährt hier ein Bus oder die U-Bahn? Es ist ziemlich weit zum Hauptbahnhof für den Rückweg nach Düsseldorf. Noch dazu mit einer Holzkiste.«

»Der Schulbus. Aber der Mann ist mit dem Auto gekommen.«

»Mit dem Auto? Er besitzt doch gar keinen europäischen Führerschein.«

»Das weiß ich nicht. Er hatte einen grauen Wagen. Der stand gegenüber im Halteverbot vor der Schule.«

»War er allein? Oder saß jemand im Auto und wartete?«

»Das weiß ich nicht. Wenn ich einen Kunden bediene, kann ich nicht ständig aus dem Fenster schauen.«

»Was war das für ein Auto?«

»Ein Audi, vielleicht ein BMW. Auf jeden Fall ein Wagen, den ich mir nicht leisten kann.«

»Das Kennzeichen?«

Der Mann zuckte mit den Schultern. »Tut mir leid.«

Karnatsch war sauer, dass die Dortmunder Kollegen auf dieses Detail nicht geachtet hatten. Es sprach einiges dafür, dass der Japaner einen Komplizen besaß. Die beiden hatten am Montag das Schwert gekauft, und am Mittwoch war die Frau damit getötet worden. Und dann der plötzliche Reichtum der Familia auf Okinawa. Für den Mord und die Vergewaltigung im Hofgarten musste es ein ganz anderes Motiv geben, als er bisher gedacht hatte. Außerdem gab es noch eine weitere Leiche ohne Kopf. Vielleicht bestand zwischen beiden Verbrechen doch eine Verbindung. Karnatsch hatte jedoch keine Idee, wie dieser Zusammenhang aussehen könnte.

»Mir fällt noch etwas ein«, sagte der Inhaber plötzlich. »Es muss jemand im Auto gesessen haben. Der Wagen parkte erst in der Bushaltestelle. Als der Schulbus kam, ist er etwas weiter gefahren.«

»Sind Sie da sicher?«

»Ich erinnere mich genau. Der Bus hat mehrmals gehupt, bevor das Auto weggefahren ist.«

»Aber Sie haben niemanden gesehen?«

»Nein, das habe ich doch schon gesagt.«

Karnatsch drückte ihm eine Visitenkarte in die Hand. »Wenn Ihnen noch etwas einfällt, rufen Sie mich an.«

»Ich dachte, das sagen nur die Kommissare im Fernsehen«, sagte der Inhaber und lachte.

Bevor er weiterfuhr, bestellte Karnatsch noch einen Kaffee und ein Käsebrötchen beim Bäcker, vor dessen Geschäft er geparkt hatte. Er hegte keinen Zweifel daran, dass der Japaner die Frau im Hofgarten getötet hatte. Aber vermutlich war er beauftragt worden. Es gab keinerlei Verbindungen zwischen Täter und Opfer. Karnatsch hatte überprüfen lassen, ob die Frau in Japan gewesen war. Fehlanzeige: weder ein Urlaub noch eine Geschäftsreise. Vielleicht hatte der Auftraggeber das Opfer ausgesucht - oder den Täter. Auf jeden Fall hatte der Japaner Hilfe erhalten. Karnatsch musste sich eingestehen, dass er keine Spur besaß, wer dieser Unbekannte sein könnte. Er beauftragte die Dortmunder Kollegen, den Namen des Busfahrers zu ermitteln, der vor dem Geschäft gehupt hatte. Vielleicht hatte der etwas gesehen. Karnatsch zahlte Kaffee und Brötchen - für diesen Preis hätte er in Düsseldorf nur den Kaffee bekommen, dachte er. Im Auto gab er die Adresse des Autoverleihs in das Handy ein. Hätte er doch auf Sabine gehört. Seine Ex-Frau wollte ein richtiges Navi kaufen, aber er hatte sich quergestellt.

XLII

Bevor Henrike das Haus verließ, ging sie in den Garten und schaute nach den Geranien. Wittjer versorgte sie gut. Die Pflanzen verdeckten die Mauer zu Frau Roppenmeiers Grundstück fast vollständig, obwohl sie erst ein paar Wochen alt waren. Die Blätter waren groß, ihr Wuchs üppig. Sie lassen sich zweimal im Jahr ernten, dachte Henrike, vielleicht sogar dreimal. Das hatte sie nicht erwartet. Sie zog eine Geranie samt Wurzeln aus dem Blumenkasten. Das Wurzelwerk sah sehr gesund aus. Diese Züchtung war ein Erfolg. Eine völlig neue Pflanze, entstanden durch ihre Kreativität. Sie erinnerte sich, wie die Idee entstanden war. Die Anfänge. Wie schwer es gewesen war, das THC-Gen aus dem Hanf zu isolieren. Die ersten Geranien in ihrem Gewächshaus: nur verkrüppelte Sprösslinge mit wenigen Blättern. Nach kleinen Korrekturen entwickelten sich die Pflanzen immer besser.

Henrike genoss diesen Moment. Sie hatte in der letzten Zeit nicht viele Erfolgserlebnisse. Ein paar Wahrheiten hatte sie verdrängt. Nein, sie hatte sich sogar selbst belogen. Ihre Karriere am Max-Planck-Institut war längst beendet. Das musste sie sich eingestehen. Simon hatte ihr unmissverständlich vor Augen geführt, dass sie sich unter Wert verkaufte. Sein Lob, diese Anerkennung, wie sehr hatte sie sich danach gesehnt. Er hatte ihren Mut geweckt. Vielleicht lag darin das Geheimnis ihrer Beziehung. Sie dachte an Simon und seinen Optimismus. Er hatte viele Rückschläge erlebt und nicht aufgegeben. Sie spürte seine Nähe trotz seines Todes. Es fühlte sich kitschig an, wie in einem Film von Rosamunde Pilcher, aber sie konnte es nicht leugnen. Simon gab ihr Kraft. Ein Zug ratterte auf den Bahngleisen vorbei. Sie schreckte auf.

Henrike fuhr zu dem Hotel, in dem Simon wohnte, wenn er in Deutschland weilte. Die »Kugel« gehörte einer alteingesessenen Düsseldorfer Familie. Das charmante kleine Haus lag gegenüber dem renovierten Polizeipräsidium. Sie parkte ihr Auto auf einem der Parkplätze vor der Glasfassade, die den neuen Teil mit dem denkmalgeschützten Altbau verband. Sie ging zielstrebig auf das Hotel zu. Durch die Glasfenster des Eingangsbereichs konnte sie die Hotelchefin an der Rezeption sehen. Sie hatte Glück. Die Frau würde sich gewiss an sie erinnern.

»Frau Professorin, schön Sie zu sehen«, sagte die Hotelchefin, als Henrike eintrat, »wie geht es Ihnen?«

»Danke, gut.« Henrike mochte die Hotelchefin. Eine freundliche Frau, die sie bei einer peinlichen Situation im Hotel kennengelernt hatte. Henrike hatte spontan bei Simon übernachtet. Die Hotelchefin reagierte sehr freundlich, als sie im Frühstücksraum auftauchte. Sie lieh ihr sogar ein Bügeleisen, damit sie ihre zerknitterte Bluse vor der Arbeit noch bügeln konnte. Henrike hatte also keine Hemmungen, die Hotelchefin direkt anzusprechen. »Ich wollte zu Simon Hilbert. Könnten Sie mir seinen Zimmerschlüssel geben?«

Die Hotelchefin überreichte ihr den Schlüssel von Zimmer 402. »Aber gern. Herr Hilbert war einige Tage nicht da, aber das wissen

Sie ja bestimmt. Die Rechnung hat er für zwei Monate im Voraus bezahlt. Er ist ja viel unterwegs, Ihr Freund.«

Henrike nahm dankend den Schlüssel, aber antwortete nicht. Sie ging an der Rezeption vorbei zum Aufzug und fuhr nach oben. Simons Zimmer war nicht aufgeräumt. Im kleinen Badezimmer lagen Zahnbürste und Rasierer auf der Ablage vor dem Spiegel. Der Laptop stand noch auf einem Tisch neben dem Bett. Simons Reisepass lag auf dem Nachtschränkchen neben einem Buch von Haruki Murakami. Sie öffnete die Türen des Einbauschrankes. Simon hatte seinen Koffer völlig ausgeräumt. Es war ihr peinlich seine Kleidung zu durchwühlen. Sie checkte alle Hosentaschen und die beiden Jacken, die auf dem Bügel hingen. Sie fand eine Taxi-Quittung für die Strecke vom Flughafen zum Hotel, aber keinen Hinweis auf ein Treffen. Warum war er nach Düsseldorf gekommen?

Henrike klappte den Laptop auf, doch der Bildschirm blieb dunkel. Sie suchte das Ladegerät und fand es unter dem Bett. Der Computer fragte nach einem Passwort. Sie musste sich eingestehen, dass sie es nicht kannte. Sie klappte den Laptop zu und steckte ihn zusammen mit dem Reisepass in ihre Handtasche. Mit wem auch immer sich Simon getroffen hatte, der Termin war vermutlich in Düsseldorf gewesen.

Henrike rief Wittjer an. »Johannes, es gibt Neuigkeiten. Ich bin in Simons Hotelzimmer. Sein Laptop, der Reisepass und seine Zahnbürste sind noch hier. Das Treffen, zu dem er nach Düsseldorf gekommen ist, muss in der Nähe gewesen sein. Er hätte die Sachen sonst mitgenommen.«

»Das ist ja interessant. Aber wo genau es stattfinden sollte, weißt du nicht?«

»Nein, hier gibt es auch keine Hinweise. Nur den Laptop. Aber ich kenne das Passwort nicht.«

Wittjer überlegte kurz. »Versuche mal NCC-1701 oder S179-276SP, die waren bei den Informatik-Studenten damals sehr beliebt.«

»Warte, ich probiere es gleich aus. Wie war das noch mal?«

»NCC-1701 oder S179-276SP.«

Henrike verstand nicht, wie Wittjer auf diese Kombination gekommen war. Sie testete sie trotzdem, aber beide erwiesen sich als falsch. »Es klappt nicht.«

»Schade. Ich hatte gehofft, dass sie immer noch die alten Star-Trek-Zeichen verwenden.«

»Bist du mit der Datenbank schon weiter?«

»Nein. Gerade erst angefangen.«

Henrike legte auf. Sie setzte sich auf das Bett und überlegte, wen Simon in Düsseldorf getroffen haben könnte. Wer könnte die Verbindung zwischen Simon, Simons Vater, dem Mord im Hofgarten und der Datenbank sein? Sie durchsuchte noch einmal alles. Vergebens. Sie dachte an die vergangenen zwei Wochen. Den Kopf im Kochtopf würde sie nie vergessen können. Vielleicht hatte der Täter noch andere Spuren hinterlassen. Jede Kleinigkeit konnte wichtig sein. Was hatte Wittjer von dem Russen erzählt, als er sie in Nideggen besucht hatte? Sie erinnerte sich an die Frau, die mit dem Hundekot in Wittjers Büro gekommen war und griff zum Telefon.

Wittjer antwortete mürrisch. »Ich komme nicht weiter, wenn ich ständig telefoniere.«

»Es geht ganz schnell. Weißt du noch, wie die Frau hieß, bei der du den Hundekot untersuchen solltest?«

»Was soll das denn?«

»Ich wollte mit der Frau sprechen. Ist doch komisch, dass sie bei dir war.«

»Ich glaube nicht, dass das eine Spur ist. Du kannst es gern versuchen. Aber das war eine verrückte Alte aus Oberkassel. Bergmann hieß sie.«

Henrike gab den Namen in eine Telefonbuch-App ein. Es gab eine Rosemarie Bergmann in der Adalbertstraße in Oberkassel. Sie tippte auf »Teilnehmer anrufen«.

XLIII

Karnatsch ließ sich von der Stimme aus dem Telefon durch Dortmund führen. Die Route sollte fünfzehn Minuten dauern. Er verpasste an einer großen Kreuzung die Linksabbiegerspur. Die Stimme forderte ihn zum Wenden auf. Er benötigte mehr als eine halbe Stunde, bis er den Peugeot auf dem Hof des Autovermieters abstellen konnte. Noch bevor Karnatsch ausgestiegen war, schnauzte ihn ein Mitarbeiter der Firma an.

»Sie dürfen hier nicht parken. Das ist nur für die Mietwagen.«

Karnatsch war genervt. Er hielt dem Mann seinen Dienstausweis entgegen. »Ich bleibe hier stehen. Es dauert nicht lange. Ich komme wegen des verbrannten Golfs. Hatten Sie damit zu tun?«

Er erkannte an den Augen seines Gegenübers, dass er zufällig den Richtigen getroffen hatte. Der Mann drehte sich weg und wollte gehen. Karnatsch rief ihm hinterher. »Erzählen Sie schon, ich werde Ihnen keine Schwierigkeiten machen.«

»Mein Chef hat gesagt, ich darf mich nicht äußern. Wegen der Versicherung. Bitte fragen Sie ihn. Dort drüben ist das Büro.« Er zeigte mit der Hand auf einen weißen Container am Ende des Parkplatzes.

»Ich spreche lieber mit Ihnen. Die Versicherung wird nichts erfahren. Haben Sie das Auto damals herausgegeben? Es war doch keine normale Vermietung, oder?«

»Nein. Das Auto ist in Berlin gemietet worden und wurde bei uns abgegeben. Das kommt bei Mietwagen gelegentlich vor. Wir beauftragen eine Firma, die den Wagen zurückbringt. Die schicken dann einen Fahrer.«

»Und Sie kennen die Fahrer?«

»Ja, das ist immer der gleiche. Martin Velbert, ein Rentner aus Düsseldorf, er verdient sich auf die Art etwas dazu.«

»Was passierte dann?«

»Martin ist nicht gekommen. Er hat mich mit einem Handy angerufen, weil er krank war. Ich habe ihn kaum verstanden, so sehr hat er gehustet. Martin wollte seine Enkelin schicken, damit er den Auftrag nicht verliert. Sie wissen ja, dass diese Geschichte nicht stimmt. Ich hätte damals ablehnen müssen.«

»Sie hatten keinen Zweifel an dem Anruf?«

»Nein. Warum sollte ich? Wir hatten eine schlechte Verbindung. Ich konnte Martin teilweise kaum verstehen. Dass der Anruf nicht echt war, auf die Idee bin ich gar nicht gekommen.«

»Martins Velberts Enkelin. Können Sie die Frau beschreiben?«

»Nein, ich habe sie doch gar nicht getroffen.«

»Sie haben sie nicht getroffen? Wie ist sie denn an den Autoschlüssel gekommen?«

»Martins Enkelin kam sehr spät. Ich wollte nicht solange warten. Martin und ich hatten für solche Fälle eine Regelung. Ich habe die Fahrzeugpapiere fertiggemacht und den Schlüssel auf das rechte Vorderrad gelegt. So machen wir das immer, auch mit anderen Fahrern.«

Karnatsch schüttelte den Kopf. Manche Menschen waren sehr leichtsinnig. Aber letztlich war er froh, die Wahrheit erfahren zu haben. »Ihr Chef hat sich die Geschichte mit dem Diebstahl ausgedacht?«

»Ja, für die Versicherung. Aber ich will nicht mehr lügen. Nicht, wenn ein Mensch gestorben ist, weil ich etwas falsch gemacht habe.«

Karnatsch bedankte sich für die Ehrlichkeit. »Von mir erfährt die Versicherung nichts.« Im Gehen wandte er sich noch einmal an den Mann. »Haben Sie danach mit Ihrem Kumpel Martin gesprochen?«

»Aber sicher, ich habe ihn angerufen. Er erzählte mir, dass eine Mitarbeiterin der Servicefirma den Auftrag telefonisch storniert habe.«

»Dann gab es zwei gefälschte Telefonate?«

»Ja. Martin Velbert ist ebenfalls auf einen Anrufer hereingefallen. Vielleicht waren wir naiv, und haben nicht damit gerechnet, dass wir ausgetrickst werden. Aber so ist es gewesen.«

Karnatsch verabschiedete sich. Er rief Lisa Adjouri an, sie solle die Telefondaten des Autovermieters und von Martin Velbert auswerten. Vielleicht ließe sich auf diesem Wege einer der Unbekannten identifizieren. Auf dem Rückweg nach Düsseldorf orientierte er sich an den Autobahnschildern. Er fuhr über Bochum und Essen und stand im Stau.

XLIV

Im Büro stank es widerlich. Die Reste des Hechts begannen zu vergammeln. Wittjer riss das Fenster auf und sog die frische Luft ein. Der Lärm der Passanten auf dem Platz vor dem Wilhelm-Marx-Haus war sogar im achten Stock zu hören. Die Zeiger der Uhr waren greifbar nah. Wittjer suchte nach Müllbeuteln und dem Desinfektionsmittel. Er schob den zerbrochenen Kleiderständer an die Wand. Auch die Theke im Eingangsraum trug deutliche Spuren von Prosposzovs letztem Besuch. Dann sammelte er die Reste des Fisches ein und knotete den Beutel zu. Er verteilte etwas Desinfektionsmittel auf Tisch und Boden und wischte die Oberflächen mit einem Lappen ab.

Anschließend fuhr er den Computer hoch. Die Datenbank hatte eine Überraschung parat: Die Analyse der DNA des russischen Präsidenten war bereits vollständig abgeschlossen. Wittjer freute sich. Li Yan hatte zuverlässig und schnell gearbeitet. Wenn der Chinese über das Wochenende die DNA-Proben aus Prosposzovs Koffer in die Sequenziermaschinen schickte, hätte er am Montag schon die ersten Ergebnisse. Dass der Russe ihm ausgerechnet jetzt einen Aufpasser ins Labor schicken wollte, ärgerte ihn gewaltig. Er hatte genug anderes zu tun. Li Yan machte es genau richtig. Je schneller die Analysen fertig waren, desto früher konnte dieser Dr. Abramov wieder verschwinden.

Wittjer hatte sofort mit der Suche nach der entscheidenden Spur in der Datenbank beginnen wollen. Aber die DNA des russischen Präsidenten weckte seine Neugierde. Er rief die Datei auf, die der Computer geliefert hatte und ließ sie auswerten.

»Mal sehen, wie das Erbgut des russischen Präsidenten aussieht«, sagte er zu sich selbst.

Das Ergebnis war nicht überraschend. Die Gene des Präsidenten erlaubten ihm eine hohe Leistungsfähigkeit. Er war sportlich und intelligent, zumindest besaß er die Veranlagung dafür. Wittjer checkte die Risiken für die üblichen Krankheiten. Sie lagen bei unter zwanzig Prozent. So wie es aussah, würde der Präsident ein hohes Alter erreichen. Wittjer scrollte ein wenig in den Daten hin und her.

Er suchte nach Besonderheiten. Auch die automatische Auswertung der Datenbank unterbreitete ein paar Vorschläge. Er klickte auf das Stichwort »Nahrungsmittelunverträglichkeiten«.

Meistens war das Ergebnis nicht besonders spektakulär. Viele Menschen hatten Probleme mit Nüssen oder eine Laktoseintoleranz und konnten keinen Milchzucker verarbeiten. Der russische Präsident verfügte aber über eine besondere Eigenheit. Die Analyse der Datenbank wies auf eine Allergie gegen Rebausiodid A hin. Wittjer war immer wieder überrascht, welche Ergebnisse Genanalysen haben konnten. Er rief die wissenschaftliche Studie auf, die dem Befund zugrunde lag. Sie stammte aus Brasilien, war bisher nur wenig beachtet worden, aber trotzdem in seiner Datenbank gelandet. Ein Genforscher der Universität Recife hatte die Allergiestudie durchgeführt. Offenbar war seine Familie davon betroffen. Wittjer prüfte, wo Rebausiodid A vorkam: der wichtigste Süßstoff der Stevia-Pflanze. Sie war in Brasilien und Paraguay verbreitet und dreihundertmal süßer als Zucker. Er erinnerte sich, dass Stevia auch als Süßstoff in Deutschland zu kaufen war. Er mochte solche Zufallsbefunde: Sie konnten den Menschen helfen, rechtzeitig auf Lebensmittelallergien zu achten.

Der Geruch des faulenden Fisches lag noch in der Luft. Er erinnerte Wittjer an seine eigentliche Aufgabe: die Suche nach Simons Mörder und nach dem Mörder von Simons Vater. Vielleicht war das auch der Mann, der den Japaner mit dem Mord im Hofgarten beauftragt hatte. Er schloss die Datei des russischen Präsidenten und tippte ein paar Schlagworte in die Suchmaske der Datenbank ein: Gewalt, Mord, Verbrechen, Aggression. Der Computer lieferte nach ein paar Sekunden mehr als eine Million Ergebnisse. Die Suche nach dem Bösen beschäftigte die Wissenschaft schon seit Jahrhunderten, und auch die Genforschung war davon nicht ausgenommen. Das Erbgut von Verbrechern war ein beliebtes Forschungsobjekt. Nach dem Amoklauf in der Grundschule von Newtown forderten US-Behörden eine ausführliche genetische Analyse des Täters. In Finnland wurden 794 Gefängnisinsassen untersucht, von denen zwei Drittel Gewalttaten begangen hatten.

Wittjers Datenbank war voll mit Forschungsarbeiten über die biologischen Ursachen von Gewalt. Doch keine der Studien lieferte einen einfachen Zusammenhang zwischen den Genen und der Neigung zur Gewalt. Viele Forscher vertraten die These, dass Gene weder gut noch böse sein könnten. Sie seien einfache Aminosäuren. Das Wesen eines Menschen werde im Wesentlichen durch sein Bewusstsein und die Sozialisation gesteuert.

Wittjer reichte dieser Ansatz nicht aus. Er fragte sich, warum die Menschen so bereitwillig akzeptierten, dass Intelligenz angeboren sein konnte, die Neigung zu Gewalt aber nicht. Sicher war es nicht so einfach, wie manche vermuten würden. Ein Säugling wurde nicht als Verbrecher geboren. Das Kind eines Mörders konnte ein friedfertiger Mensch sein, ebenso wie der Sohn eines Fußball-Weltmeisters nicht automatisch auf eine große Sportlerkarriere hoffen konnte.

In der Kleinstadt Dunedin in Neuseeland wurde die Entwicklung der Kinder der Geburtsjahre 1972 und 1973 penibel verfolgt. Nach dreißig Jahren werteten Forscher die DNA derjenigen Menschen aus, die Gewaltverbrechen ausübten oder antisoziale Persönlichkeitsstörungen zeigten. Sie fanden vor allem bei Männern Auffälligkeiten: eine genetische Veränderung, die die Produktion des Hormons Serotonin beeinflusste und damit Gewalttätigkeit unterstützte. Andere Wissenschaftler hatten eine Abweichung beim Enzym Monoaminoxidase oder im CDH13-Gen unter Verdacht. Für Wittjer waren das nicht mehr als nur kleine Hinweise. Er erwartete nicht, dass ein einziger genetischer Defekt die Ursache bilden würde.

Die Suche nach dem Bösen in den Genen war seiner Ansicht nach bisher nicht intensiv genug gewesen. Viele Forscher suchten nach Parallelen in den Gewaltstudien, nach einer Schnittmenge, die alle Gewalttäter gemeinsam hatten. Wittjer wählte einen anderen Weg. Er wollte keine Einschränkungen zulassen. Er wollte den vollständigen Überblick. Er würde alle Studien verwenden. Jede einzelne genetische Veränderung, die Forscher jemals bei Gewalttätern gefunden hatten, sollte einen eigenen Eintrag auf der großen Genkarte des Menschen bekommen. Er war überzeugt, dass man nur genügend Daten auswerten musste, damit sich ein Zusammenhang finden ließ. Das Böse versteckte sich vermutlich in vielen kleinen Veränderungen, die sich gegenseitig addierten. Während der Computer mehrere Millionen Daten verarbeitete, würde sich Schritt für Schritt ein Netz auf der Genkarte des Menschen ausbilden: das Netzwerk des Bösen. Der Fingerabdruck der Gewalt im menschlichen Erbgut.

Wittjer markierte alle Datenbankeinträge, die es zu Gewalt, Mord, Verbrechen und Aggression gab. Dann aktivierte er die Datenbank. Der Computer schickte eine Warnung. Das gewählte Datenvolumen für diesen Analyseauftrag sei sehr groß. Ob er wirklich sicher sei, dass er diesen Auftrag ausführen wolle? Wittjer klickte auf »Ja«. Er war sich sehr sicher. Er musste eine Reihe von Einstellungen an der Datenbank verändern. Die großen Datenmengen erforderten einige Umstellungen in der Konfiguration des Computers. Nach einer halben Stunde war es geschafft. Der Computer konnte mit der großen Datenanalyse beginnen.

Wittjer fühlte sich stolz, gleichzeitig war er aufgeregt. Seine Handflächen waren feucht wie beim Start des Flugzeugs bei seinem ersten Flug nach Amerika. Er atmete tief durch und freute sich, als der Rechner nach und nach bestätigte, dass die notwendigen Daten aufgerufen wurden.

Das Telefon ließ ihn nicht in Ruhe. Diesmal war die Nummer unterdrückt. Wittjer nahm den Anruf trotzdem entgegen.

»Guten Tag Herr Wittjer, hier ist Prosposzov. Wie geht es unserem Projekt? Gibt es schon Fortschritte?«

Konnte der Russe Gedanken lesen? Wittjer wollte das Telefonat möglichst schnell beenden. »Ich kann Ihnen sagen, dass ich die Analyse der DNA des Präsidenten abgeschlossen habe. An dem von Ihnen geforderten Vergleich mit den anderen Persönlichkeiten arbeite ich gerade. Das wird aber noch ein paar Tage dauern. Aber eine gute Nachricht habe ich schon: Ihr Präsident bringt die genetischen Voraussetzungen mit, dass er ein hohes Alter erreichen kann. Ich habe keine negativen Effekte gefunden, er sollte sich allerdings mit Stevia zurückhalten.«

»Womit sollte er sich zurückhalten?«

»Mit Stevia. Das ist ein neuer Süßstoff aus einer Pflanze aus Südamerika. Es ist sehr wahrscheinlich, dass der Präsident darauf allergisch reagiert.«

»Wie heißt der Stoff? Stevia?« Prosposzov buchstabierte den Namen. »Ich werde die Berater des Präsidenten informieren.«

»Ja, genau. Ich schlage Ihnen vor, dass wir den Rest am Montag oder Dienstag besprechen. Dr. Abramov kann Sie ja inzwischen informieren, wie weit die Arbeiten fortgeschritten sind. Mein Mitarbeiter Li Yan erwartet ihn morgen im Labor.«

»Sehr gut, dass jetzt alles so schnell geht. Der Präsident erwartet am Donnerstag Ergebnisse. Ich möchte ihn nicht enttäuschen. Haben Sie den Vergleich mit den großen Männern der russischen Geschichte bis dahin fertig?«

»Kein Problem, Herr Prosposzov, ich liefere pünktlich.«

Wittjer war froh, dass Li Yan sich um die russischen Analysen kümmerte. Er konnte Prosposzovs Auftrag nicht ablehnen oder hinauszögern. Das Material war bei Li Yan in guten Händen. Damit konnte er sich ganz auf die Suche nach Simons Mörder konzentrieren. Die Datenbank war in Gefahr. Er durfte keinen Fehler machen.

Er lehnte sich im Schreibtischstuhl zurück. Beide Zeiger der Uhr standen vor dem Fenster. Er schaute in Richtung Hofgarten. Auf dem Bildschirm erschien eine Anzeige: »Fünf Prozent bearbeitet.« Es gab keine Information, wie lange die Analyse dauern würde. Wittjer überlegte, ob er in die Altstadt gehen sollte. Getränke kaufen oder etwas essen. Er hatte noch nicht gefrühstückt. Aber er konnte sich nicht rühren. Der Bildschirm fesselte ihn. Statt fünf waren es jetzt sechs Prozent.

Er dachte an Henrikes Anrufe. Simons Laptop könnte für sie hilfreich sein. Vielleicht würde Dennis das Passwort finden. Als Computernerd hatte er schon einige Spezialaufgaben gelöst. Am besten brächte Henrike den Rechner sofort zu ihm. Frau Bergmann war an der Sache bestimmt nicht beteiligt. Die Vorstellung amüsierte ihn: eine alte Frau mit Hundekot als Kämpferin gegen die Datenbank.

Der Bildschirm des Computers forderte Wittjer zum Eingreifen auf. In der Datenbank lief etwas schief. Er öffnete die Liste der Parameter. Er hatte Fehler gemacht und einige Faktoren falsch eingestellt. Nach ein paar Korrekturen startete er den Analyse-Auftrag erneut. Er schwitzte. Aufgeregt erwartete er die Antworten der Datenbank. Diesmal lief es besser. Auf dem Bildschirm erschien eine Anzeige: »Neun Prozent bearbeitet.« Jetzt konnte er nur noch warten. Die digitale Suche nach dem Mörder lief.

XLV

Rosemarie Bergmann bekam nur selten Besuch. Sie hatte ihr bestes Geschirr auf den Tisch gestellt und suchte die silbernen Kuchengabeln. Die Frau am Telefon war sehr freundlich gewesen. Frau Bergmann hatte damit gerechnet, dass die Sache nicht so schnell erledigt sein würde. Zwei Wochen lang hatte sie nichts gehört, jetzt hatte sich eine Professorin nach dem Hundekot erkundigt. Ihr Mann Gustav hätte gewusst, was sie jetzt tun sollte. Aber Gustav war seit siebzehn Jahren tot. Er fehlte ihr. Sie legte die Gabeln neben die Teller und faltete die Servietten. Der Kaffee war fertig. Sie füllte ihn in eine Porzellankanne. Gustav hätte gesagt, wenn man einen Fehler gemacht hat, muss man dazu stehen. Und Gustav hatte recht. Sie sollte der Frau alles erzählen.

Wenig später klingelte es. Rosemarie Bergmann bat ihren Gast herein und führte ihn in das Wohnzimmer an den festlich gedeckten Tisch.

Henrike fühlte sich an ihre Großmutter und deren Blümchen-Service erinnert. Sie hatte ein paar Blumen mitgebracht. »Frau Bergmann, das ist ja wunderschön. Das wäre aber nicht nötig gewesen.«

»Setzen Sie sich, der Kaffee wird kalt.«

Henrike nahm Platz. Frau Bergmann hatte Schwarzwälder-Kirsch und Trüffel-Sahne gekauft. Henrike entschied sich für Schwarzwälder-Kirsch. Sie wollte das Vertrauen der Frau gewinnen. Sie erzählte von ihrer Mutter und lobte den Kuchen. Sie bewies Geduld und hörte zu, als Rosemarie Bergmann aus ihrem Leben erzählte. Nach einiger Zeit versuchte sie, das Thema zu wechseln.

»Seit wann haben Sie das Problem mit dem Hundekot«, fragte sie.

Frau Bergmann fühlte sich ertappt. Sie zögerte einen Moment, bevor sie sich an Gustav erinnerte. »Ach, Frau Professor. Ich will ehrlich zu Ihnen sein. Ich habe gelogen. Die Sache mit dem Hund stimmt nicht.«

»Aber Sie haben doch um professionelle Hilfe gebeten. Sie wollten eine DNA-Analyse des Hundekots.«

»Das war doch nur ein Vorwand, damit Herr Wittjer mich empfängt.«

»Was wollten Sie denn wirklich?«

»Es war nicht meine Idee. Aber ich konnte nicht anders. Die Waschmaschine war defekt. Wissen Sie, die Menschen glauben immer, dass alle in Oberkassel reich sind. Aber ich habe nur eine kleine Rente. Deshalb habe ich das Geld genommen.«

Henrike schluckte. »Sie sind dafür bezahlt worden, dass Sie Johannes Wittjer aufgesucht haben?«

»Ja, mir erschien es ja auch verrückt und ich schäme mich dafür, aber ich brauchte das Geld. Einen neuen Mantel habe ich mir auch gekauft. Der alte war ganz verschlissen. Die Leute haben schon hinter mir hergeschaut, wenn ich ihn getragen habe.«

»Wer hat Ihnen das Geld gegeben?«

»Eine junge Frau hat mich nach der Kirche angesprochen. Saskia. Sie stammt aus Hamburg und arbeitet als Ärztin. Ich habe sie an ihre Großmutter erinnert. Wir haben Kaffee getrunken. Danach hat sie mich noch zweimal besucht.«

»Haben Sie eine Telefonnummer?«

»Nein, Saskia hat sich immer gekümmert. Sie muss viel arbeiten und hat nur wenig Zeit. Ihre Besuche waren immer sehr spontan.«

»Wofür hat Sie Ihnen das Geld gegeben? Wie viel war es überhaupt?«

»Tausend Euro. Für mich ein kleines Vermögen. Für einen Plan des Büros. Ich war ganz aufgeregt. Ich sollte die Geschichte mit dem Hundekot erzählen und alles, was ich sehe, auf Papier aufzeichnen. Und genau markieren, wo das Bild mit der Blumenwiese hängt.«

Henrikes Erstaunen wuchs. »Sie sollten einen Plan erstellen?«

»Ja, ich weiß, ich habe spioniert. Es tut mir leid. Ich habe ein schlechtes Gewissen. Gustav hätte mit mir geschimpft. Frau Professor, ich bin froh, dass ich es endlich erzählen kann. Mir fällt ein Stein vom Herzen. Aber ich habe das Geld doch gebraucht.«

»Frau Bergmann, ich bin Ihnen nicht böse. Erzählen Sie weiter.«

»Da gibt es nicht mehr viel zu erzählen. Ich habe alles aufgezeichnet. Die Räume, die Fenster, die Möbel, die Kaffeemaschine, das Bild und das Aquarium. Saskia hat mir das Geld gegeben und den Plan mitgenommen. Seitdem habe ich sie nicht mehr gesehen. Wollen Sie noch einen Kaffee?«

Henrike lehnte ab. Für einen weiteren Kaffee war sie zu aufgeregt. »Sie haben von einem Bild gesprochen, das sie auf dem Plan einzeichnen sollten. Warum war das Bild für Saskia so wichtig?«

»Ich weiß es nicht. Es ist dieses Bild mit der Blumenwiese, das hinter dem Schreibtisch von Herrn Wittjer hängt. Ich fand es nicht besonders schön. Aber Saskia schien es zu mögen. Sie hat es mir genau beschrieben, damit ich es nicht verwechsle.«

»Haben Sie ein Foto von Saskia? Können Sie sie beschreiben?

»Sie ist jünger als Sie, vielleicht dreißig Jahre alt. Schwarze Haare und relativ groß. Sie ist sehr freundlich und aufmerksam. Nicht so übertrieben gekleidet wie die meisten anderen jungen Frauen in Oberkassel.»

»Frau Bergmann, ich danke Ihnen sehr. Es war richtig, dass Sie mir alles erzählt haben. Ich muss jetzt leider weiter.« Henrike stand überhastet auf. Eine Tasse fiel zu Boden. »Es tut mir leid.«

Auf dem Weg nach draußen hätte sie fast ihre Jacke vergessen. Sie hatte Mühe, die Fassung zu wahren. »Noch einmal vielen Dank«, sagte sie. Noch auf der Treppe griff sie zum Handy und rief Wittjer an.

XLVI

Wittjer starrte wie gebannt auf den Bildschirm seines Rechners. Seine Hand trommelte nervös auf der Tischplatte. Seitdem er die Datenbank zum zweiten Mal gestartet hatte, war er weder aufgestanden, noch konnte er sich mit anderen Dingen beschäftigen. Die Anzeige, wie weit seine Anfrage bearbeitet war, schien sich nicht bewegen zu wollen. Noch immer stand sie bei vierunddreißig Prozent. Die Datenbank war auf sehr schnellen Rechnern aufgesetzt worden und lief über Glasfaserleitungen, aber diese Aufgabe schien auch die hochaufgerüstete Technik zu belasten. Vielleicht hatte er zu viele Parameter ausgewählt. Aber er wollte keinen Fehler machen. Er hatte alle genetischen Faktoren berücksichtigt, die in irgendeiner wissenschaftlichen Studie für die Entstehung von Gewalt erwähnt wurden. Vielleicht würde der Rechner noch zwei oder drei Stunden benötigen, vielleicht auch länger. Das war der schwierigste Schritt, aber zugleich auch der wichtigste.

Er hatte Durst. Das Hemd klebte auf seinem Körper. Er ging zum Kühlschrank. Die Wasservorräte waren aufgebraucht. Der Fischgeruch lag noch immer im Raum. Das Handy klingelte. Schon der fünfte Anruf heute, dabei wollte er ungestört arbeiten. Doch als er Henrikes Nummer sah, nahm er den Anruf sofort entgegen. Sie klang sehr aufgeregt.

»Johannes, ich habe etwas. Frau Bergmann hat dich ausspioniert.«

Wittjer konnte nicht glauben, was Henrike berichtete. Sie erzählte von dem Plan, den Rosemarie Bergmann im Auftrag von einer gewissen Saskia angefertigt hatte. Er schaute auf den Bildschirm: achtunddreißig Prozent. Endlich ein Fortschritt.

»Henrike, was hast du gesagt? Tut mir leid. Ich konnte gerade nicht zuhören.«

»Du musst dir das Bild anschauen an der Wand hinter deinem Schreibtisch. Die Blumenwiese, die auf den Resten eines Computers gemalt worden ist. Die Bergmann sollte das Gemälde im Plan extra kennzeichnen. Das Bild ist irgendwie wichtig.«

Wittjer legte das Handy auf den Schreibtisch. Er stand auf, drehte sich um, löste das Bild aus den Ketten, an denen es hing und legte es auf den Konferenztisch. Der Künstler hatte Computerteile auf die Leinwand geklebt und alles mit Blumen übermalt. Es sah ganz nett aus, und harmlos.

Wittjer blickte zwischendurch zum Bildschirm. Die Anzeige stand noch immer bei achtunddreißig Prozent. Er tastete mit den Fingern über die Blumenwiese. Das Bild war unterschiedlich dick.

Im unteren Teil konnte er eine große Wölbung fühlen. Er suchte einen spitzen Gegenstand und schnitt die Leinwand auf. Eine Batterie, ein paar Kabel und ein kleiner Chip fielen auf die Tischplatte. Am Ende des Kabels hing ein Mikrofon.

»Es ist eine Wanze. Wir werden abgehört«, schrie er in sein Handy. Er beschrieb Henrike, was er gefunden hatte. »Der Chip könnte ein kleiner Sender sein.«

»Deshalb war das Bild für diese Saskia so wichtig. Sie hat alles gehört, was du gesagt hast. Gibt es auch eine Kamera, die deinen Computer gefilmt hat?«

»Ich weiß nicht«, sagte Wittjer. Er warf das Mikrofon auf den Boden und trat mit den Schuhen darauf.

»Ich fahre zur Kunstakademie«, sagte Henrike, bevor sie auflegte.

Wittjer untersuchte das Bild weiter. Er zerbrach den Rahmen. Ein Splitter bohrte sich in seine Hand. Dann schnitt er die Leinwand in Stücke, aber er fand nichts. Er war sauer auf sich selbst. Er hatte eine Wanze in sein eigenes Büro eingeschleppt. Wie konnte ihm so etwas Dummes passieren? Er riss zwei weitere Bilder von den Wänden und suchte nach Wanzen. Wütend zerteilte er die Leinwand mit dem Messer und zertrümmerte die Rahmen auf der Tischplatte. Doch die anderen Bilder schienen sauber zu sein.

Er ließ sich in den Schreibtischstuhl fallen. Die Verarbeitung der Daten war noch nicht viel weiter vorangeschritten. Dreiundfünfzig Prozent stand auf dem Bildschirm. Wittjer schaute zum Konferenztisch. Die Tischplatte war übersät mit den Resten der Bilder.

Das Handy klingelte erneut. Er wollte den Anruf am liebsten ignorieren. Auf dem Display stand der Name von Franziska Dorllin. Er wollte nicht mit ihr telefonieren. Er hatte es gestern versprochen, aber so wichtig konnte der Anruf nicht sein. Das Handy klingelte zehnmal bevor es verstummte. Er ging zur Kaffeemaschine und wählte einen Cappuccino. Die Anzeige der Datenbank erreichte einundsechzig Prozent.

Er trank den Kaffee wie Wasser. Sein Blick ging immer wieder zurück zum Bildschirm. Langsam kam die Analyse voran. Das beruhigte ihn. Er suchte die Reste der Wanze und des Senders auf dem Fußboden. Er hatte sich von billiger Elektronik überlisten lassen. Welche Blamage.

Schon wieder klingelte das Handy. Diesmal war Karnatsch' Nummer auf dem Display zu sehen. Wittjer überlegte, ob er das Gespräch annehmen sollte. Der Hauptkommissar würde das Ergebnis der Analyse der Asche wissen wollen. Wittjer konnte ihm kaum sagen, dass der Tote ein Freund von Henrike und ihm war. Das wäre zu auffällig. Er entschied sich, Karnatsch lieber das gesamte Paket zu liefern. Den Namen des Täters, den er aus der Datenbank erhalten würde, zusammen mit allen anderen Informationen. Dann konnte Karnatsch seine Arbeit machen. So wie er es im Falle des Japaners getan hatte. Bis dahin würde er warten müssen.

Wittjer stellte sein Telefon auf lautlos. Die ständigen Anrufe nervten ihn. Henrike würde ihn schon erreichen, wenn sie neue Informationen hätte.

XLVII

Henrike betrachtete die Kunstwerke an der Wand. Die Studenten hatten die Wände der langen Flure mit ihren Bildern dekoriert. Sie war noch nie in der Kunstakademie gewesen, an der Joseph Beuys, Gerhard Richter, Andreas Gursky und viele andere Künstler als Professoren gelehrt hatten. In dem Gebäude herrschte eine andere Atmosphäre als im naturwissenschaftlichen Institut der Uni. Auf dem Boden links und rechts der Türen zu den Atelierräumen stapelten sich ausrangierte Leinwände, Farbtöpfe und leere Glasflaschen. Die meisten Türen waren verschlossen, aus einigen Ateliers drang Musik.

Henrike war ratlos. Sie suchte einen Künstler, dessen Namen sie nicht kannte. Den Mann, der das Bild mit der Wanze gemalt hatte. Henrike ging die ausgetretene Holztreppe hinauf. Eine Frau saß mit einer Kaffeetasse auf einem Sofa vor einem der großen Fenster. Auf der umgedrehten Bierkiste neben ihr stand ein Teller mit Pfefferminzbonbons.

Henrike sprach sie an: »Können Sie mir helfen? Ich suche einen Künstler. Ich habe eines seiner Bilder gesehen. Es hat mir sehr gefallen. Aber ich weiß nicht, wie er heißt.«

»Vielleicht. Hängt davon ab, wie gut du das Bild beschreiben kannst.« Sie bot ihr den Platz neben ihr auf dem Sofa an.

»Studierst du hier?«

»Seit zwei Jahren, dann kennt man die meisten Studierenden. Einige sind echt durchgeknallt, aber manche echt begabt.«

»Das Bild sieht aus wie eine Blumenwiese in Rot, Blau und Gelb. Aber der Maler hat sich die Form der Blüten ausgedacht. So, wie er sie gemalt hat, gibt es sie in der Natur nicht.«

»Du kennst dich aus mit Blumen?«

»Ich habe Biologie studiert.«

»Das wollte ich auch mal. Aber mir hat es nicht gefallen.« Die Frau stellte ihre Tasse beiseite. »Blumenwiesen malen hier viele, weil sich die Bilder gut verkaufen lassen. Die Leute mögen das.«

»Das Bild, das ich gesehen habe, war etwas kreativer. Die Blumen waren auf Computerschrott gemalt.«

»Dann fragst du am besten Niko. Er arbeitet mit Wohlstandsmüll: Handyschrott, Plastiktüten und so was. Zivilisationskritik. Ich kenne das Bild zwar nicht, aber die Beschreibung passt zu Niko.«

»Ist er da?«

»Niko ist immer da. Er sitzt an seiner Abschlusspräsentation. Er muss in zwei Monaten fertig sein. Das Atelier ist im dritten Stock. Ziemlich am Ende des Flures.«

Henrike stieg die Treppe bis in den dritten Stock hinauf. Sie ging den Flur entlang, es fiel ihr schwer, sich zu orientieren. An den Türen fehlten Namensschilder. Sie hörte ein paar Geräusche und klopfte. Niemand antwortete, aber die Tür ließ sich öffnen.

Nikos Atelier wirkte aufgeräumt. Neben der Tür lag ein Haufen Computerschrott, daneben ein Holzblock und ein schwerer Hammer. Es roch nach Lösungsmitteln. Sie schaute sich in dem Raum um, eine zweckmäßig eingerichtete Werkstatt. Vor dem Fenster stand ein Stuhl an einem kleinen Tisch mit Brötchentüte und einer schlecht gepflegten Geranie.

Niko stand an einer Leinwand und klebte einen Mikroprozessorchip in den Kopf eines Insektes, das er gemalt hatte und einer Ameise glich. Er war sehr konzentriert. Henrike wartete, bis der Klebstoff getrocknet war und Niko den Mikrochip losließ.

»Was wollen Sie hier?«, fragte der Künstler, der sie bemerkt hatte.

»Ich habe ein Bild von Ihnen gesehen, das mir gut gefallen hat. Der Computer mit der Blumenwiese. Wissen Sie, welches ich meine?«

»Ja, klar. Was ist damit?«

»Nichts. Ich wollte nur wissen, wie es entstanden ist.«

»Sie sehen doch, wie ich arbeite. Ich versuche, den Teilen der Elektronik eine neue Funktion zu geben. Das ist eine sehr feine Arbeit. Ich muss alles aufeinander abstimmen.«

»Das hat mir an der Blumenwiese besonders gefallen.«

»Für mich geht es um vermeintlich tote Teile und deren Verwendungsmöglichkeiten. Technik wird die Natur durchdringen. Verstehen Sie, was ich meine? Gentechnik und so. Der Begriff der Natürlichkeit wird unwiderruflich aufgelöst. Das ist mein Thema.«

Henrike hörte aufmerksam zu. »Die Form der Blüten, die Sie auf den Computerschrott gemalt haben, sind auch nicht echt. Solche Blumen gibt es nicht.«

»Das ist Ihnen aufgefallen? Sie sind eine gute Beobachterin. Das passiert selten. Die meisten Menschen nehmen Dinge als natürlich wahr, die längst nicht mehr der Natur entsprechen. Die Technik schleicht sich in die Natur. Deshalb habe ich dreieckige Blüten gemalt. Manche Menschen sehen in dem Bild, wie die Natur den Computer überwuchert und sich ein bisschen des verlorenen Terrains zurückerobert. Aber darum geht es nicht. Das, was da aus dem Computer sprießt, sieht nur aus wie Natur, es ist aber nicht echt. Davor will ich warnen.«

»Aber der Mensch hat die Natur immer verändert und das Ergebnis als natürlich akzeptiert. Das ist Teil einer modernen biologischen Evolution.«

»Das meine ich ja: Der Begriff der Natürlichkeit wird unwiderruflich aufgelöst.«

Henrike hätte endlos diskutieren können. Aber heute war eine andere Frage wichtiger. »Das Bild. Es hat eine Besonderheit, ein kleines Geheimnis. Wissen Sie das?«, fragte sie.

Niko zuckte mit den Schultern.

»Auf der Rückseite kleben eine neue Batterie und ein paar Kabel.« Den Mini-Sender und das Mikrofon verschwieg Henrike.

»Nein«, sagte Niko, »das hätte ich nie zugelassen. Das passt nicht zu meinem Thema. Als ich es der Frau gegeben habe, war es nur Computerschrott.«

»Eine Frau? Ich dachte, ein Mann hätte das Bild gekauft.«

»Ja, ein Mann hat es ausgesucht. Wittjer heißt er. Es war ein Foto in der Zeitung. Aber eine Frau hat es abgeholt. Sie kam zwei Tage später in mein Atelier und hat mit Bargeld bezahlt. Das war gut, wegen der Steuer.«

»Kommt das häufiger vor, dass der Käufer die Bilder nicht selbst abholt?«

»Fast immer. Wir Studenten müssen den Transport häufig selbst organisieren. Deshalb liegt beim Pförtner eine Liste, welche Bilder zur Abholung bereitstehen. Ich hatte das Bild dort eintragen lassen.«

Die Wanze war während des Transports in das Bild eingesetzt worden. Das stand für Henrike fest. »Können Sie die Frau beschreiben?«

»Sehr unscheinbar. Schwarze Haare, etwas kleiner als Sie. Mit Worten kann ich das nicht so gut. Wenn es für Sie wichtig ist, kann ich ein Portrait zeichnen. Das ist meine Art, mich auszudrücken.«

»Sie erstellen ein Phantombild für mich?«, fragte Henrike. Sie erschrak, dass sie diesen Begriff benutzt hatte. Aber es war genau das richtige Wort. Sie suchte nach einer Frau. Diese Frau war ein Phantom. Sie hatte das Büro von Johannes ausspionieren lassen und die Wanze in das Blumenbild eingebaut. Das stand fest. Henrike hatte eine wichtige Spur gefunden. Hatte diese Frau auch Simon getötet? Was für ein Motiv könnte sie gehabt haben?

Niko lächelte und schaute sie an. »Phantombild? Ja, so könnte man es nennen. Sie können es morgen früh abholen. Ich bin auch am Wochenende im Atelier. Kommen Sie einfach vorbei.«

»Sie müssen Ihre Geranie mal wieder gießen«, sagte Henrike, als sie sich verabschiedete.

»Ich habe keinen grünen Daumen«, sagte Niko. »Wenn Sie Geranien sehen möchten, müssen Sie in das Atelier von Chrissie gehen. Die hat eine spezielle Sorte. Sie müssen die Blätter probieren. Man kann sie kauen und kommt gut drauf. »

Henrike klappte die Kinnlade herunter. »Darf ich das mal sehen?«

Niko führte sie den Flur hinunter und öffnete eine Tür. Das Glasfenster in Chrissies Atelier ging bis zur Decke. Der Geruch eines Gewächshauses schlug ihnen entgegen. Überall Töpfe mit Geranien. Sie hingen in Körben von der Decke herunter. Nur ein schmaler Gang führte entlang der großen und kleinen Gefäße, die auf dem Boden und in mannshohen Regalen standen.

Henrike war überrascht. »Wer kümmert sich um die Pflanzen?«

»Chrissie gemeinsam mit ihrem neuen Freund. Der hat die Geranien mitgebracht.«

Hatte Dennis eine neue Freundin? »Kennen Sie den Freund?«, fragte Henrike.

»Ein Schüler von einem Gymnasium in der Altstadt. Er ist häufig mit Chrissie zusammen. Aber ich kenne ihn kaum. Die beiden kiffen sehr viel. Das ist nicht mein Ding.«

Dann konnte es sich nur um Flash handeln, dachte Henrike. »Woher stammen die Pflanzen?«

»Ich weiß nicht genau. Chrissie hat erzählt, dass sie die Geranien aus einem Garten geklaut haben. Der Typ, der dort wohnt, hat ganz viele davon. Sie nennen ihn den Geranienmann.«

Henrike musste lachen. Dieser Spitzname für Johannes wäre ihr nie in den Sinn gekommen. »Was für ein hübscher Name«, sagte sie und verabschiedete sich.

XLVIII

Mit der größer werdenden Prozentzahl in der Anzeige auf dem Bildschirm wuchs auch die Nervosität bei Wittjer. Er lief unruhig in seinem Büro umher. Der Fingerabdruck der Gewalt nahm

Gestalt an. Wittjer war gespannt. Die Datenbank hatte bereits siebenundneunzig Prozent der wissenschaftlichen Studien zur Aggressivität ausgewertet. Sie trug jeden einzelnen Hinweis auf Gewalt in die Karte der menschlichen Gene ein.

Wittjer wartete bereits seit sechs Stunden auf ein Ergebnis. Die Datenbank meldete Vollzug: hundert Prozent. Endlich. Er stürzte zu seinem Schreibtisch und ließ sich die Gesamtübersicht des menschlichen Erbguts anzeigen. Der Computer zeichnete eine Art Spinnennetz über die Struktur der DNA. Jeder Strich entsprach einer Studie mit einer genetischen Analyse von gewalttätigen Menschen. An manchen Stellen war das Netzwerk dicht, an anderen fast durchsichtig. Die Dichte des Netzwerks war ein Maß dafür, wie stark die dort befindlichen Gene an der Entstehung von Aggressivität beteiligt waren. Das Gebiet für das Hormon Serotonin bildete einen dicken Knotenpunkt. Die bisherigen Vermutungen der Wissenschaft waren also richtig gewesen. Aber durch den Rechenmarathon konnte die Datenbank viel feinere Zusammenhänge darstellen. Es war nicht die Veränderung an einem einzelnen Gen, die für die Bereitschaft zur Gewalt verantwortlich war, meistens waren mehr als hundert oder gar Tausende Gene beteiligt. Das Netzwerk, das der Computer auf dem Bildschirm anzeigte, bildete diese Tatsache wunderbar ab.

Wittjer wollte Henrike anrufen, aber ohne ihr die Strukturen auf dem Bildschirm zeigen zu können, fiel es schwer, den Erfolg zu beschreiben. Außerdem war das Ziel noch nicht erreicht, Simons Mörder noch immer nicht identifiziert. Wittjer war überzeugt, dass die Auffälligkeiten, die die Datenbank errechnet hatte, auch im Erbgut des Mörders vorhanden sein mussten. Er war sehr brutal vorgegangen und hatte mehrere Menschen getötet. Diese Aggressivität war mit Sicherheit in den Genen verankert.

Wittjer hatte seinen Plan genau vor Augen. Die gute Vorbereitung zahlte sich aus. Jetzt würde er das genetische Profil der Menschen, die in der Datenbank gespeichert waren, mit dem Netzwerk der Gewalt vergleichen. Er musste überprüfen, mit wessen DNA der Fingerabdruck der Gewalt am besten übereinstimmte. Vergleichbar mit dem Prinzen im Märchen Aschenputtel, der einen

Schuh besaß und das Mädchen suchte, dem der Schuh passte. Nur noch diese Aufgabe. Sie war nicht einfach.

Wittjers Datenbank war riesengroß geworden. Deshalb entschied er sich für einen Umweg. Die Datenbank sollte zunächst die Menschen suchen, deren Gene nur sehr wenig dem typischen Gewaltmuster entsprachen. Wittjer wollte die friedlichen Menschen aussortieren, schließlich suchte er einen Mörder. Er setzte die entsprechenden Parameter und aktivierte die Datenbank. Die digitale Suche nach dem Mörder lief weiter.

Wieder musste er warten. Er suchte nach Essbarem. In der unteren Schublade des Schreibtischs seiner imaginären Sekretärin fand er einige Schokoriegel. Er achtete nicht auf das Haltbarkeitsdatum, riss die Packung auf und ließ das Papier achtlos auf den Boden fallen. Sein Büro glich mittlerweile einer Müllhalde. Die Überreste des Kleiderständers, die Tüte mit den Fischresten. Auf dem Konferenztisch lagen die zertrümmerten Holzrahmen der Gemälde, die er zerstört hatte.

Wittjer wollte einen der Schokoriegel für später aufbewahren, aber er konnte nicht. Er riss auch die letzte Packung auf. Mit dem Riegel in der Hand setzte er sich auf einen Stuhl. Für Cappuccino fehlte die Milch. Er trank Wasser aus dem Kran und lutschte den letzten Eiswürfel aus der Minibar. Was war aus ihm geworden? Er fühlte sich schlecht. Sein Bart juckte, er hatte sich seit Tagen nicht rasiert. Das Hemd hing aus der Hose. Es war mit Blut befleckt. An der Stelle, an der der Holzsplitter des Bilderrahmens seine Haut eingerissen hatte, hatte sich eine dicke Kruste gebildet. Wegen der schmerzenden Rippen musste er vielleicht doch noch ins Krankenhaus. Aber er musste durchhalten. In dieser Nacht würde es sich entscheiden. Er wollte mit Henrike telefonieren, doch der Akku seines Handys war leer.

Die Anzeige im Computer stand bei fünfunddreißig Prozent. Wittjer rechnete die Zeit hoch. Vermutlich würde die Datenbank noch zwei Stunden benötigen, um die Friedfertigen von den Gewaltbereiten zu trennen. Ihm gefiel der Gedanke. Zu welcher Gruppe er wohl gehören würde? Er kannte viele Details seiner Genanalyse, aber zu seiner eigenen Gewaltbereitschaft wusste er nichts.

Doch wenn er jetzt weitere Analysen beginnen würde, würde das die Rechenleistung des Computers nur verringern. Das hatte Zeit.

Wittjer suchte im Schreibtisch und im Wandschrank nach weiteren Schokoriegeln. Dann ging er zur Bar und goss sich einen irischen Whiskey ein. Das Siegel der Flasche war noch unversehrt. Henrike hatte ihm den Whiskey zum letzten Geburtstag geschenkt. Henrike. Wie würde es weitergehen? Ob sie eine Stelle in den USA antreten würde? Vielleicht könnten sie gemeinsam in den Urlaub fahren, wenn alles überstanden war. Er trank und ging in Gedanken mögliche Reiseziele durch.

Die Datenbank hatte in der Zwischenzeit fünfundachtzig Prozent erreicht. Er schenkte sich einen weiteren Whiskey ein und dachte an die nächsten Schritte. Aus der Gruppe der Gewaltbereiten musste er jetzt den Mörder finden. Dazu wollte er die Gruppe weiter verkleinern. Er notierte auf einem Blatt Papier ein paar Eigenschaften, die er mit seinem Gegner verband. »Herausragende Intelligenz«. Simons Mörder war ohne Zweifel intelligent. Er hatte das geschafft, was Simon über Jahre nicht gelungen war, nämlich Simons Vater zu finden. Dann notierte er »Mut« und »Risikofreude«. Die genetischen Grundlagen dieser drei Eigenschaften galten als gut erforscht. In der Datenbank lagerten genug Informationen, damit er diese Charaktermerkmale in die Suche einfließen lassen konnte.

Wittjer fühlte sich besser. Als die Datenbank die Friedfertigen von den Gewaltbereiten getrennt hatte, erteilte er dem Rechner sofort den nächsten Auftrag. Er suchte nach den Personen, die mutig, intelligent und risikobereit waren und außerdem den genetischen Fingerabdruck der Gewalt in ihrer DNA trugen.

Er goss sich einen weiteren Whiskey ein und feierte sich selbst. Die digitale Suche nach dem Mörder war auf der Zielgeraden. Mit jedem Auftrag, den er der Datenbank erteilte, zog sich die Schlinge um den Mörder enger zu. Wieder einmal musste er warten. Diesmal würde es länger dauern, denn die einzelnen Gene mussten mit verschiedenen Faktoren verglichen werden. Er schätzte den Rechenaufwand auf vier oder fünf Stunden. Genug Zeit für ein kleines Nickerchen. Er legte die Beine auf den Schreibtisch und lehnte sich im Schreibtischstuhl zurück. Er schlief sofort ein.

Deshalb hörte er es nicht, als sein Computer einen kurzen, glockenartigen Ton von sich gab. Ein Hinweis auf die Nachrichten-App, die eine Eilmeldung auf dem Bildschirm anzeigte: Der russische Präsident war tot.

Samstag

XLIX

Die Nacht war kurz. Henrikes Wecker stand auf sieben Uhr, aber sie schaltete ihn aus, bevor der Bolero ertönte. Sie mochte die Musik von Ravel und hatte sie als Weckton ausgewählt. Im Radio hörte sie die Nachricht vom Tod des russischen Präsidenten. Er sei nach einem Abendessen zusammengebrochen, mehr Informationen lägen noch nicht vor. Einen terroristischen Hintergrund könne man ausschließen.

Henrike war allein in Wittjers Haus und hatte die Fenster und Türen sorgsam verriegelt. Johannes war im Büro geblieben, um bei der Suche mit der Datenbank keine Zeit zu verlieren. Sein neues Zugangssystem mit PIN-Code sorgte für Sicherheit. Henrike hatte ihm das Versprechen abgerungen, dass er niemandem die Tür öffne.

Sie war sich sicher, dass die Bedrohung von einer Frau ausging. Saskia. Offensichtlich verfolgte Saskia einen ausgeklügelten Plan. Sie hatte die Wanze in Wittjers Büro eingeschleust und Frau Bergmann beauftragt, ihn mit dem Hundekot auszuspionieren. Hatte sie auch Simon unter einem Vorwand zu sich gelockt? Und wie hatte sie Simons Vater gefunden? Der Schlüssel liege in der Datenbank, hatte Johannes gesagt, aber wo war der Zusammenhang? Die Puzzlestücke, die Henrike bisher kannte, passten nicht zusammen.

Simons Laptop. Wenn sie doch nur das Passwort herausfinden könnte. Dann hätte sie Zugriff auf die E-Mails und auf seinen Kalender. Sie hatte Dennis um Hilfe gebeten, aber er besuchte gerade eine Hacker-Konferenz in Berlin. Wenn er Montag zurück sei, würde er sich um den Rechner kümmern. Dann könnte es schon zu spät sein. Henrike hatte Dennis' Empfehlung noch im Ohr. Simon habe immer einfache Passwörter verwendet: »Denk nach und du wirst es finden«, hatte Dennis gesagt. Dieser Satz quälte sie die ganze Nacht. Sie hatte Simons Facebook-Profil nach Hinweisen durchforstet. Das Hotel in Brooklyn, in dem seine Mutter gearbeitet hatte.

Der Name der Mutter. Sie hatte die Stars der New York Knicks ausprobiert. Alles ohne Erfolg. Es war nicht leicht, ein einfaches Passwort zu erraten.

Henrike fuhr mit dem Auto zur Kunstakademie. Niko hatte gesagt, sie könne das Portrait morgens abholen. Hoffentlich hatte der Künstler es fertig. Im Autoradio liefen weitere Details zum Tod des russischen Präsidenten. Er war auf einer Südamerikareise gewesen. Das Dinner, bei dem er gestorben war, wurde von einem Regierungschef veranstaltet. Wie peinlich, dachte Henrike, so ein prominenter Gast, und der stirbt während des Abendessens.

In der Kunstakademie war nicht viel los. Sie ging gleich die Treppe hoch bis in die dritte Etage. Kein Mensch kam ihr entgegen. Die Tür zu Nikos Atelier stand offen.

»Sie sind ein Frühaufsteher«, sagte Henrike zur Begrüßung.

Niko lachte. »Notgedrungen. Am Wochenende muss ich abends in der Kneipe arbeiten, sonst komme ich nicht über die Runden.«

Henrike schaute sich die Ameise an. Niko hatte Fortschritte gemacht.

»Ist das Bild mit der Ameise fertig?«, fragte Henrike.

»Zunächst schon. Ich stelle es jetzt ein paar Tage zur Seite. Manchmal arbeite ich an den Bildern später weiter.« Niko ging zu einer kleinen Staffelei am Ende des Ateliers. Er zeigte Henrike das Portrait von der Frau, die sich Saskia nannte.

»Es ist gut geworden. Sieht Saskia genauso aus?«

»Ja«, sagte er. »Sie hat das erste Bild abgeholt, das ich als Künstler je verkauft habe. Das Gesicht vergisst man nicht.«

Henrike nahm das Bild von der Staffelei und gab ihm hundert Euro.

»Wissen Sie, wo mein Bild mit der Blumenwiese jetzt hängt? Ich würde es gern wissen.«

»Über dem Schreibtisch in der Kanzlei eines Freundes von mir«, sagte Henrike. Sie empfand die Antwort als Notlüge.

Im Auto betrachtete Henrike das Bild. Vermutlich hatte diese Frau Simon getötet. Henrike wusste nicht, welches Gesicht sie erwartet hatte. Wie eine Mörderin sah Saskia nicht aus. Aber Henrike empfand keine Sympathie. Die Frau hatte ein ovales Gesicht. Die Konturen waren weich, aber sie wirkte sehr ernst. An den Augen fehlten Lachfalten. Ihre Augen waren kalt. Ihre Mundwinkel zeugten von Entschlossenheit. Henrike versuchte, sich in sie hineinzuversetzen, aber es gelang ihr nicht. Es war ein komisches Gefühl, ihr in die Augen zu schauen. Was war der nächste Schritt in ihrem Plan? Warum dieser Aufwand, warum diese sinnlose Brutalität? Henrike konnte sich kein Problem vorstellen, dass sie auf diese Weise lösen würde. Aber sie spürte, dass sie Angst vor Saskia hatte. Diese Frau war gefährlich.

Henrike rief Frau Bergmann an und fragte, ob sie kurz vorbeikommen dürfte. Zehn Minuten später stand sie bei ihr vor der Tür. Rosemarie Bergmann entschuldigte sich, dass sie nichts vorbereitet habe.

»Ich möchte Sie nur ganz kurz stören. Ich will Ihnen dieses Bild zeigen.« Henrike hielt das kleine Gemälde hoch.

»Das ist Saskia«, sagte Frau Bergmann. »Sie haben sie malen lassen? Wie schön. Ich hätte auch gern ein Gemälde von Gustav gehabt. Wir waren in Paris auf dem Montmartre, wo die vielen Maler sitzen. Aber wir konnten es uns damals nicht leisten.«

»Das tut mir leid«, sagte Henrike. »Sie sind sicher, dass es Saskia ist?«

»Ganz bestimmt. Wollen Sie nicht doch hereinkommen? Ich zeige Ihnen ein paar Bilder von Gustav.«

»Nein, das geht heute nicht. Ich habe leider keine Zeit«, sagte Henrike. Plötzlich fiel ihr ein, wie das Passwort von Simons Laptop lautete. Sie sprang ins Auto und fuhr los.

L

Walter Karnatsch saß gebannt vor dem Fernseher. Alle Sender hatten Sondersendungen zum plötzlichen Tod des russischen Präsidenten in ihr Programm aufgenommen. Auch das Radio war voll davon. Karnatsch hatte Kaffee gekocht. Er konnte nicht aus seiner

Haut: Er dachte immer über die Möglichkeit eines Verbrechens nach, wenn jemand so plötzlich starb.

Der Präsident war bei einem offiziellen Abendessen in der Hauptstadt eines südamerikanischen Landes zusammengebrochen und binnen weniger Minuten verstorben. Sein Tod sorgte für große Aufregung. Sowohl die russischen als auch die amerikanischen Streitkräfte wurden kurzfristig in Alarmbereitschaft versetzt. Die europäischen Regierungschefs verabredeten sich zu einer Telefonkonferenz. Weltweit herrschte Betroffenheit, und die Staatschefs mühten sich, das Leben und den Tod des Präsidenten in angemessener Weise zu würdigen.

Im Fernsehen berichtete der Südamerika-Korrespondent, was man bisher über den Tod des Präsidenten wusste. Der Besuch in Südamerika war lange geplant gewesen. Die russische Delegation wollte sich die Rechte für den Abbau wertvoller Mineralien sichern. Die Delegationen der beiden Regierungen hatten sich in einem Restaurant weit außerhalb der Hauptstadt im Regenwald zum festlichen Dinner getroffen. Die Stimmung war ausgelassen gewesen, weil die Gespräche gut verlaufen waren. Das Verhältnis zwischen den beiden Delegationen galt seit vielen Jahren als hervorragend. Das Fernsehen zeigte den Sprecher des Gastgebers, der sehr aufgeregt wirkte. Der russische Präsident habe kurz nach dem Essen über Atemprobleme geklagt und sei binnen weniger Minuten verstorben. Unter den Journalisten war schnell das Gerücht entstanden, dass der Präsident vergiftet worden sei. Aber der Sprecher des Gastgebers erklärte umständlich, dass alle Teilnehmer des Abendessens die gleichen Speisen gegessen hätten und es keine weiteren Erkrankungen gebe. Mehrere russische Köche seien bei der Zubereitung der Mahlzeiten beteiligt gewesen. Das Menü sei für die Region typisch gewesen. Frischer Fisch aus den Flüssen des Regenwalds, argentinisches Rinderfilet und eine Quarkspeise mit Stevia-Blättern.

Rinderfilet, dachte Karnatsch. Er war lange nicht mehr im Steakhaus gewesen. Sabine hatte ihre Ernährung umstellen wollen, Fleisch war verpönt gewesen. Sie bevorzugte Salate und Fisch, Karnatsch hatte manchmal in der Imbissbude beim Polizeipräsidium heimlich Currywurst gegessen. Er ging zum Kühlschrank und machte sich ein Mettbrötchen.

Jetzt erschien der Sprecher des russischen Präsidenten auf dem Bildschirm. Er erklärte, dass es sich um ein tragisches Unglück handeln müsse. Der Präsident habe sich einer außergewöhnlich guten Gesundheit erfreut. Er könne ausschließen, dass der Präsident einen Herzinfarkt erlitten habe.

Die Fernsehjournalisten arbeiteten sich an den wenigen Fakten ab, die sie bisher hatten. Sie zeigten einen Film über das Restaurant, das für das Dinner in einen Hochsicherheitsbereich verwandelt worden war. In einem Beitrag erklärte ein Wissenschaftsjournalist die außergewöhnliche Süßkraft der Stevia-Blätter, die in Brasilien und Paraguay seit Jahrzehnten verwendet würden. Auch der Südamerika-Korrespondent erzählte, er habe bereits Stevia gegessen und seinen Tee mit den Blättern gesüßt. Er berichtete von einer Auffälligkeit. Der spezielle Nachttisch sei erst kurzfristig auf die Karte gesetzt worden. Nach der Menükarte, die in den Pressemappen gelegen habe, hätte es einen Obstsalat aus tropischen Früchten geben sollen. Der Gastgeber habe dann aber die Stevia-Speise vorgeschlagen.

Karnatsch schüttelte den Kopf. Stevia statt Obstsalat. Wahrscheinlich hatte der Tod des Präsidenten eine ganz einfache medizinische Ursache. Das Telefon klingelte. Der Anruf kam aus dem Präsidium. An diesem Wochenende hatte Karnatsch Bereitschaftsdienst. Lisa Adjouri war am Apparat.

»Lisa, warum sind Sie am Samstagmorgen schon im Büro?«, fragte er. Die junge Kollegin erinnerte ihn an seine eigenen ersten Berufsjahre. Auch er hatte seine Freizeit erst genießen können, wenn die Fälle aufgeklärt waren.

»Es gibt Neuigkeiten zu den beiden Russen. Weil wir doch Bereitschaft haben, dachte ich, ich sollte besser anrufen. Die beiden Männer sind nämlich abgereist.«

Für Karnatsch keine Überraschung. »Vermutlich wurden sie angesichts des Todes des Präsidenten nach Hause beordert.«

»Das habe ich zunächst auch gedacht. Der Mann, der sich als Dr. Abramov ausgibt, hat tatsächlich vor zwei Stunden in ein Flugzeug eingecheckt und ist auf dem Weg nach Moskau. Aber er ist allein unterwegs: Dieser Anatol Prosposzov ist nämlich schon gestern Abend geflogen. Aber nicht nach Moskau, sondern nach Washington. Mit einem First-Class-Ticket der Delta Airlines.«

»Was will der Russe denn jetzt in Washington?«

»Ich weiß es nicht. Aber wir haben das überprüft. Prosposzovs Flug ist erst kurz vorher in den USA gebucht und bezahlt worden. Es ist seltsam. Aber es sieht so aus, als ob die Amis ihm das Ticket spendiert hätten.«

Karnatsch wollte diese Information noch nicht bewerten. »Heute können wir nicht mehr viel machen«, sagte er, »Lisa, fahren Sie nach Hause. Sie arbeiten zu viel.« Er legte auf und wusste, dass Lisa Adjouri seiner Aufforderung nicht nachkommen würde.

Karnatsch zappte zwischen verschiedenen Sendern hin und her. Ein Arzt trat als TV-Experte auf. Er versuchte, die Geschehnisse in Südamerika zu deuten, und spekulierte munter vor sich hin. Vielleicht sei der russische Präsident Opfer einer allergischen Reaktion. Durch einen anaphylaktischen Schock könne ein Mensch binnen weniger Minuten sterben.

Anschließend sprach der Russland-Korrespondent. Das politische Moskau sei vom Tod des Präsidenten völlig überrascht worden. Der Experte nannte die Namen von zwei Politikern, die als mögliche Nachfolger gehandelt wurden. Einer der beiden Kandidaten befürworte im Gegensatz zum verstorbenen Präsidenten einen starken Annäherungskurs zwischen Russland und der westlichen Welt, erklärte der Korrespondent.

Karnatsch hatte genug. Er schaltete den Fernseher aus und zog sich an.

Das Telefon klingelte erneut. Diesmal war es die Zentrale. »Walter, wir haben einen Einsatz. Eine Putzfrau hat eine Leiche gefunden.«

»Wo?«, fragte er.

»Eine Arztpraxis an der Königsallee. Die Tote heißt Franziska Dorllin.«

LI

Henrike hatte es eilig, als sie das Auto vor Wittjers Haus abstellte. Sie hatte einen Tag nach dem Passwort für Simons Rechner gesucht. Jetzt war sie sich sicher, es gefunden zu haben. Sie lief ins Wohnzimmer. Simons Laptop stand auf dem Tisch. Ihre Hände zitterten vor Aufregung. Sie klappte den Bildschirm hoch und wartete, bis das Eingabefeld für das Passwort erschien.

Dann tippte sie: H e n r i k e und drückte die Bestätigungstaste.

Diesmal hatte sie das richtige Passwort eingegeben. Sie ballte eine Faust. Ihr fiel ein Stein vom Herzen. Simon verwendete ihren Namen als Passwort. Die Tränen liefen ihr über das Gesicht. Sie wartete, bis sämtliche Icons auf dem Bildschirm angezeigt wurden. Dann klickte sie auf das Kalendersymbol und blätterte in der Wochenübersicht: Nur wenige Termine, die meisten Einträge waren automatisch generiert worden. Flugzeiten, ein paar Konzerte, die Simon besucht hatte. Offenbar pflegte Simon seinen Kalender nicht. Er war am Freitagmittag um 14.45 Uhr in Düsseldorf gelandet. Sein Flug war aus London gekommen, wo er hatte umsteigen müssen. Aber danach gab es keinen weiteren Eintrag. Am Samstag um 10.30 Uhr hatte ein Spaziergänger das brennende Auto am Messegelände mit Simons Leiche der Feuerwehr gemeldet. Was war in der Zwischenzeit passiert?

Henrike öffnete das E-Mail-Programm. Simon hatte 763 ungelesene Nachrichten. Sie suchte die letzten E-Mails, die er noch gelesen hatte. Am Freitag um 18.50 Uhr hatte er seine Nachrichten noch einmal abgerufen. Sie las alle Nachrichten vom Freitag. Kein Hinweis auf einen möglichen Termin. Sie suchte gezielt nach E-Mails, die das Wort »Saskia« enthielten. Nichts.

Lag sie mit ihrem Verdacht falsch? Hatte Saskia doch nichts mit Simons Tod zu tun? Henrike zwang sich, einen Moment nachzudenken. Vielleicht hatte Simon kurz vor dem Treffen noch einmal seine E-Mails gecheckt. Das war eine Möglichkeit. Sie durchsuchte alle Nachrichten nach dem Begriff »19 Uhr«. Eine gute Idee. Drei Tage vor seinem Abflug hatte Simon eine Nachricht erhalten:

Lieber Herr Hilbert,
wie besprochen, habe ich für uns am Freitag einen Tisch reserviert. Um 19 Uhr. Das Restaurant liegt an der Rotterdamer Straße. Jeder Taxifahrer kennt es. Ich freue mich, Sie kennenzulernen.
Viele Grüße
Lena Ahlenbeck

Henrike hatte die Frau gefunden, mit der Simon sich an dem Abend vor seinem Tod getroffen hatte. Die Rotterdamer Straße führte zum Messegelände, in dessen Nähe das Auto verbrannt war. Sie startete eine Suche bei Google. Ganz oben erschien ein Artikel aus den Wirtschaftsnachrichten. Lena Ahlenbeck hatte als Managerin eine Auszeichnung erhalten. Henrike starrte auf das Foto im Artikel. Das Bild zeigte die Frau, die Rosemarie Bergmann als Saskia identifiziert hatte. Saskia und Lena Ahlenbeck waren eindeutig dieselbe Person.

Henrike suchte auf Simons Laptop nach anderen E-Mails von Lena Ahlenbeck. Die beiden hatten seit ein paar Wochen regelmäßig Kontakt. Mehr als zwei Dutzend E-Mails. Meistens Vorschläge, wann sie sich treffen könnten. Was wollte Simon von dieser Frau? Henrike öffnete die erste Nachricht, die Lena Ahlenbeck geschrieben hatte:

Lieber Herr Hilbert,
Sie kennen mich nicht. Aber ich weiß von Ihrer Homepage, dass Sie seit Jahren Ihren Vater suchen. Ich besitze interessante Informationen über ihn. Ich habe auch ein Foto Ihrer Mutter. Die Informationen sind heikel. Deshalb möchte ich Sie bitten, diese E-Mail sehr vertraulich zu behandeln.
Vielen Dank,
Lena Ahlenbeck

Das Bild im Anhang zeigte Simons Mutter. Henrike war perplex. Lena Ahlenbeck war viel zu jung, um seine Mutter zu kennen. Henrike griff zum Handy. Sie musste Johannes die Neuigkeit mitteilen. Doch der ging nicht ans Telefon. Wahrscheinlich war er so mit der Datenbank beschäftigt, dass er den Anruf nicht bemerkte. Sie sprach auf seine Mailbox. Sie war unruhig. Die Situation hatte sich verändert. Sie konnte nicht mehr bis Montag warten und machte sich sofort auf den Weg zum Polizeipräsidium.

LII

Die Polizei hatte die rechte Spur der Königsallee für Einsatzfahrzeuge gesperrt. Der Verkehr kam nur noch schleppend voran. Karnatsch ließ das Taxi auf der Berliner Allee halten, den Rest der Strecke ging er zu Fuß. Die Passanten drängelten sich auf der Kö. Vier Polizisten sperrten den Eingang zu Dorllins Praxis ab. Der Hauptkommissar zeigte seinen Dienstausweis.

»Der Tatort ist ganz oben«, sagte einer der Polizisten, »im Loft.«

Karnatsch stieg in den Aufzug. Er drückte den Knopf neben dem kleinen Messingschild, auf dem »Ärztin für genetische Konstitution« stand. Oben hielt ein Polizist Wache.

»Ist die Spurensicherung schon da?«, fragte Karnatsch.

Der Polizist nickte und deutete mit der Hand Richtung Praxis. Becker stand am Ende des langen Flurs, der zum Arbeitszimmer von Franziska Dorllin führte.

»Hallo Walter«, sagte er, »wie geht's?«

Karnatsch gab ihm wortlos die Hand. Er konnte den toten Körper der Frau vom Flur aus sehen. Er lag vor dem Glastisch, den Dorllin als Schreibtisch benutzte. Karnatsch erschrak. Ekel stieg in ihm auf.

»Nicht schon wieder«, sagte er und schaute Becker an.

»Ich dachte, sie hätten es dir schon gesagt«, antwortete der.

»Nein, haben sie nicht.«

Der Leiche fehlte der Kopf.

Karnatsch schaute sich um. Die Praxis war aufgeräumt. Es gab weder durchwühlte Schränke noch Spuren eines Kampfes. Auf dem Glastisch lagen ein paar Ausdrucke von Patientenakten, Rechnungen und ein Taschentuch mit Monogramm. Der Schreibtischstuhl war zurückgeschoben.

»Hast du den Kopf schon gefunden?«

»Nein. Vermutlich hat der Täter ihn mitgenommen. Es gibt eine Blutspur im Flur.«

»Was macht der Täter mit den Köpfen seiner Opfer? Vielleicht ist es ein Psychopath.«

»Ja, das ist seltsam. Die Frau ist enthauptet worden. Wie das Mordopfer im Hofgarten.«

»Ist die Tatwaffe ein Schwert?« Karnatsch dachte an den Japaner und die unbekannte Person, die ihn nach Dortmund gebracht hatte. Sein Team musste alle Kampfsportschulen untersuchen, bei denen man den Schwertkampf lernen konnte.

»Kann sein«, sagte Becker, »das wissen wir noch nicht.«

»Wurde das Opfer vergewaltigt?«

»Nein, das können wir ausschließen.«

»Nach einem Überfall sieht es nicht aus. Gibt es Einbruchsspuren?«

»Nein, nichts«, sagte Becker, »ich glaube, sie hat ihren Mörder gekannt.«

Karnatsch blätterte in den Akten auf dem Schreibtisch. Im Drucker neben dem Schreibtisch lagen weitere Rechnungen. »Sieht aus, als habe sie Büroarbeiten erledigt.«

Becker nickte. »Die Praxis hatte diese Woche geschlossen. Vermutlich ist sie schon länger tot. Ich schätze die Tatzeit auf Freitagnachmittag oder Freitagabend.«

»Wer hat sie gefunden?«

»Die Putzfrau. Der Notarzt hat sie ins Krankenhaus gebracht. Sie ist auf dem Flur zusammengebrochen.«

Karnatsch musterte das Opfer. Die Frau trug ein elegantes blaues Kleid mit rotem Muster, das mit Blut besudelt war. An den Fingern beider Hände trug sie Ringe. Die Kette lag neben der Leiche im Blut. Die Arme waren übersät mit Schnittwunden.

»Sie hat noch gelebt, als sie enthauptet wurde, oder? Sie hat sich gewehrt und versucht, den Schlag abzuwehren«, sagte er.

»Ja. So würde ich die Verletzungen auch interpretieren. Wir haben bisher keine anderen tödlichen Verletzungen entdeckt.«

»Habt ihr das Handy schon gefunden?«

»Ja. Es lag auf dem Schreibtisch. Ich habe es schon fürs Labor vorbereitet.«

Becker nahm das Telefon aus einer Plastikkiste und gab es Karnatsch. Es hatte keinen Passwortschutz. Der Hauptkommissar suchte im Kalender nach Terminen. Für Freitag war nichts eingetragen. Dann öffnete er die Anrufliste und ließ sich die letzten Telefonate anzeigen. Frau Dorllin hatte nicht viel telefoniert. Am Freitag um siebzehn Uhr hatte sie einen Anruf mit britischer Vorwahl erhalten. Danach hatte Dorllin zweimal erfolglos versucht, zu telefonieren. Der letzte Eintrag: Freitag, 17.25 Uhr, Johannes Wittjer.

Plötzlich wusste Karnatsch, warum ihm der Name Franziska Dorllin bekannt vorgekommen war. Die Ärztin war eine Kundin von Johannes Wittjer. Er hatte sie nie kennengelernt, aber Wittjer hatte gelegentlich von ihr erzählt.

»Becker, was macht eigentlich eine Ärztin für genetische Konstitution?« Er gab Becker das Handy zurück.

»Das habe ich mich auch schon gefragt. Vermutlich Genanalysen, aber ich weiß es nicht genau. Das ist nichts für unseren Geldbeutel. Schau dir doch nur die Einrichtung der Praxis an. Im Kühlschrank liegt Champagner, ungewöhnlich für eine Arztpraxis.«

Wittjer wird mir das erklären können, dachte Karnatsch.

Sein Handy klingelte. Der Anruf kam genau richtig. »Hallo Lisa, ich habe ein paar Aufgaben für Sie. Bitte überprüfen Sie alle Sportschulen in der Region, in denen man Kampfsport mit dem Schwert trainieren kann. Wir müssen alle Schüler kontrollieren, einer könnte unser Täter sein. Melden Sie sich sofort, wenn es etwas Auffälliges gibt.«

»Okay, Chef. Aber ich rufe aus einem anderen Grund an. Hier ist eine Frau, die Sie sprechen will. Sie möchte eine Aussage machen zur verbrannten Leiche am Rhein. Sie sagt, sie weiß, wer der Tote ist, will aber nur mit Ihnen sprechen. Sie heißt Henrike Löning. Ich habe ihr gesagt, Sie haben frei, aber es kann wohl nicht warten.«

»Henrike? Schicken Sie sie zu mir. Sofort. Am besten in einem Polizeiwagen mit Blaulicht.«

»Zum Tatort?«

»Nun machen Sie schon.«

Der Streifenwagen mit Blaulicht hielt auf der Kö direkt vor der Praxis von Franziska Dorllin. Henrike wurde bereits von einem Polizisten erwartet. Sie trug ein kleines Gemälde in der Hand.

»Was ist mit Frau Dorllin?«, fragte sie. Sie wusste, dass Franziska Dorllin eine wichtige Kundin von Johannes war. Auch Dorllin profitierte von der Datenbank.

Der Polizist, der auf sie gewartet hatte, wies ihr den Weg. »Ich darf nichts sagen«, antwortete er. Er führte sie zum Aufzug und drückte den Knopf nach oben.

Als sich die Aufzugstür wieder öffnete, wartete Karnatsch schon auf sie. Sie begrüßten sich mit Handschlag. Henrike kannte den Hauptkommissar seit Jahren. Sie waren mehrmals gemeinsam mit Wittjer in der Altstadt unterwegs gewesen.

»Was ist mit Franziska?«, fragte sie.

»Sie wurde ermordet. Geh besser nicht hin. Es sieht schlimm aus.« Karnatsch schob sie in eines der Behandlungszimmer von Dorllins Praxis.

»Walter, ich muss dir etwas sagen. Johannes hat die Asche von dem Mann, der in dem Auto verbrannt ist, analysiert. Er wollte es dir nicht sagen, aber der Mann heißt Simon Hilbert. Er ist ein Freund von Johannes und mir. Sein Vater ist auch tot. Wir sind sicher, dass er auch umgebracht wurde.«

Karnatsch stutzte. »Es gibt noch einen weiteren Mordfall? Wieso weiß ich davon nichts? Wo ist die Leiche? «

Henrike machte eine Pause, bevor sie weitersprach: »Es gibt keine Leiche. Nur einen Kopf. Der Kopf von Simons Vater lag im Labor.«

Normalerweise hätte dieser Satz Karnatsch aufgeschreckt. Aber er hatte eine Art Routine für enthauptete Leichen entwickelt. »Ein Kopf lag in Johannes' Labor? Noch ein Opfer, das enthauptet wurde? Franziska Dorllin wurde auch enthauptet.«

»Oh Gott«, sagt Henrike, »dann bin ich zu spät.« Sie zeigte Karnatsch das kleine Gemälde. »Diese Frau ist es gewesen. Sie heißt Lena Ahlenbeck, manchmal nennt sie sich auch Saskia. Ein Student der Kunstakademie hat sie getroffen und für mich gemalt. Sie hat Johannes abgehört und uns beobachtet. Ich bin überzeugt, dass sie

Simon in eine Falle gelockt und getötet hat. Vielleicht hat sie auch mit dem Mord im Hofgarten zu tun.«

»Woher willst du das wissen? In meinen Ermittlungen ist der Name Ahlenbeck noch nicht aufgetaucht.“ «

Henrike erklärte, wie sie Lena Ahlenbeck gefunden hatte. Sie berichtete von Simons Verschwinden nach seiner Ankunft in Düsseldorf.

Karnatsch glaubte ihr. Vor allem die E-Mail an Simon überzeugte ihn. Das ergänzte sich mit seinen Ermittlungen. Vermutlich war Lena Ahlenbeck die Unbekannte, die den Japaner zum Schwertgeschäft in Dortmund gefahren und beim Autovermieter angerufen hatte. Es passte alles zusammen. Ein perfekt durchdachter Plan.

Karnatsch war sauer. »Warum habt Ihr mich nicht früher informiert?« Er wartete die Antwort nicht ab, sondern rief im Polizeipräsidium an. »Lisa, geben Sie eine Fahndung raus. Nach Lena Ahlenbeck. Sie steht unter Mordverdacht. Die Frau ist gefährlich und bewaffnet. Vermutlich mit einem Schwert. Wenn Sie die Adresse haben, schicken Sie ein SEK dorthin.«

Lisa Adjouri ließ sich den Namen buchstabieren.

»Ich habe auch ein Foto von ihr. Besser gesagt, ein Gemälde. Ich schicke es mit einem Streifenwagen«, sagte Karnatsch

Henrike mischte sich ein: »Warte, ich kann es fotografieren und per Handy verschicken.« Lisa Adjouri gab Henrike ihre Telefonnummer.

»Was glaubst du, warum hat sie das getan?«, fragte Karnatsch.

»Ich weiß es nicht. Es könnte mit der Datenbank zu tun haben«, antwortete Henrike.

»Gehört Ahlenbeck zu den Kunden von Johannes oder von Frau Dorllin?«

»Vielleicht. Ich habe ihren Namen vorher noch nie gehört. Aber es könnte natürlich einen Zusammenhang geben. Wo sind die Patientenakten?«

»Wir haben kaum welche gefunden. Vermutlich ist alles digitalisiert«, sagte Karnatsch.

Sie liefen in Dorllins Büro. Die Spurensicherung hatte die Leiche von Franziska Dorllin bereits zugedeckt.

»Können wir an den Rechner? Es ist wichtig.«

Becker nickte.

Henrike klickte mit der Maus. Die Patienten-Software forderte ein Passwort. Nicht schon wieder, dachte Henrike. Sie versuchte »Dorllin«. Ohne Erfolg. Karnatsch drehte das Mauspad um. Auf der Rückseite klebte ein kleiner Zettel mit dem Passwort.

»Machen bei uns alle so«, sagte Karnatsch entschuldigend.

Henrike tippte »Ahlenbeck« in das Suchfeld ein. Die Software lieferte einen Treffer: Lena Ahlenbeck, zweiunddreißig.

Sie waren beide über Ahlenbecks Patientenakte gebeugt.

»Das ist die Auswertung der DNA-Analyse. Johannes hat sie im Auftrag von Franziska Dorllin angefertigt. Franziska hat dann ihre Patienten informiert«, erklärte Henrike.

»Und wie ist das Ergebnis ausgefallen?«, fragte Karnatsch.

»Moment.« Die Analyse umfasste fünfundzwanzig Seiten. Henrike wusste nicht, wo sie anfangen sollte, zu suchen. Auf einer Seite war eine Stelle markiert: »Bitte diese Diagnose noch einmal von Wittjer prüfen lassen.« Henrike las die Tabelle neben der Notiz. Dann schaute sie Karnatsch an.

»Lena Ahlenbeck hat eine fünfunddreißigprozentige Wahrscheinlichkeit, dass sie an ALS erkranken wird.«

»ALS? Was ist das?«

»Ich weiß nicht, was die Abkürzung genau bedeutet. Es ist eine Erkrankung des Nervensystems. Der Physiker Stephen Hawking leidet daran. Auch der Künstler Jörg Immendorff hat es gehabt. Es ist unheilbar. Die Nervenzellen in den Muskeln sterben ab. Die Patienten können erst nicht mehr laufen, später nicht mehr sprechen oder schlucken. Sie ersticken qualvoll.«

»Aber wenn die Ahlenbeck ALS hat, kann sie dann die Morde überhaupt begangen haben?«

»Walter, das verstehst du falsch. Sie ist nicht erkrankt. Sie gehört nur zur Risikogruppe mit einer Wahrscheinlichkeit von fünfunddreißig Prozent.«

»Aber deshalb bringe ich doch keinen um. Diese Frau hat einen aufwendigen Plan entwickelt. Es muss noch etwas anderes geben.« Karnatsch scrollte über den Bildschirm. »Schau mal, Henrike«, sagte er. »Das Gutachten ist gar nicht von Lena Ahlenbeck in Auftrag gegeben worden, sondern von Trustgold, einer großen Firma im Düsseldorfer Süden.«

»Stimmt. Ganz eindeutig.«

»Wenn Trustgold erfahren hat, dass sie an so einer schweren Krankheit leidet, dann wäre ihre Karriere wohl beendet.«

»Ja. Aber das geht doch nicht. Es gibt doch eine ärztliche Schweigepflicht«, entgegnete Henrike.

»Auf dem Papier vielleicht, aber nicht wenn es um viel Geld geht. Wenn Trustgold diese Analysen in Auftrag gibt, dann würde es mich nicht wundern, wenn die über solche gravierenden Ergebnisse auch informiert werden wollen.«

»Und du glaubst, dass Franziska ihre Schweigepflicht gegen Geld gebrochen hat?«

»Das wäre auf jeden Fall ein starkes Motiv für Ahlenbeck«, antwortete Karnatsch. Das Handy des Hauptkommissars klingelte.

»Hier ist noch mal Lisa. Ich habe die Wohnung von Lena Ahlenbeck gefunden. Sie liegt ganz in der Nähe vom Präsidium an der Rheinuferpromenade. Wir waren schon dort und haben sie gestürmt. Ahlenbeck war nicht da. Die Wohnung ist fast vollständig ausgeräumt.«

»Habt ihr ein Schwert gefunden?«, fragte Karnatsch.

»Nein, haben wir nicht.«

Karnatsch legte auf. »Schnell. Wir müssen zu Johannes. Er ist in Gefahr.«

Sie rannten die Treppe hinunter, weil der Aufzug von der Spurensicherung belegt war. Die Sperrung der Königsallee sorgte für ein Verkehrschaos.

»Wir laufen«, rief Henrike, »Johannes ist in seinem Büro.«

LIII

Als Johannes Wittjer erwachte, war es draußen bereits hell geworden. Der Geruch nach Fisch verursachte bei ihm Kopfschmerzen. Vielleicht war es auch der Whiskey, dessen Konsum er in dieser

Menge nicht gewohnt war. Das Fenster stand noch immer offen. Er hörte die grölenden Stimmen der letzten Besucher der Altstadt, die sich erst jetzt auf den Heimweg machten.

Er schaute auf den Bildschirm und klickte die Meldung über den Tod des russischen Präsidenten weg. Denn das andere Mitteilungsfenster zeigte eine spannendere Nachricht: die Datenbank. Sie hatte ihre Berechnungen erledigt, schon seit zwei Stunden.

Wittjer ärgerte sich. Er hatte Zeit verloren. Er rief die Ergebnisse der Berechnungen auf. Erst die Gruppe der Gewaltbereiten. Dann die drei Charaktereigenschaften, die er ausgewählt hatte: Intelligenz, Mut, Risikofreude. Der Computer hatte die genetischen Grundlagen dieser drei Merkmale mit der Gruppe der Gewaltbereiten verglichen. Wittjer war vom Ergebnis enttäuscht. Die Zahl der Menschen aus der Datenbank, die für die Morde infrage kamen, war kleiner geworden, aber immer noch viel zu groß. Mehr als zweihunderttausend Einträge. Er hatte nicht damit gerechnet, dass Intelligenz und Gewalt eine so häufige Kombination bilden würden. Auf dieser Basis könnte er den Mörder nicht identifizieren.

Er musste die Suche verfeinern, also weitere Eigenschaften einbeziehen, die genetisch bedingt waren. Er musste sich in den Mörder hineindenken. Er stellte sich vor, wie es wäre, einen Menschen zu enthaupten. Ein schneller, kräftiger Hieb mit dem Schwert. Der Mörder musste sportlich sein, das konnte er voraussetzen. Hartnäckigkeit und Ehrgeiz waren zwei weitere Eigenschaften, die er dem Mörder zusprach. Seine Liste wurde länger. Er kannte Tausende Studien, die einen Zusammenhang zwischen Charakter und Genen herstellten. Je mehr Hinweise er der Datenbank anbieten konnte, desto eher würde der Computer die Person finden, nach der er suchte.

Er notierte »extrovertiert« und »kreativ«, schließlich hatte der Mörder jede seiner Taten inszeniert. Keines seiner Opfer war in einem gewöhnlichen Umfeld gefunden worden. Er durchforstete eine Liste der Eigenschaften, die die Wissenschaft genetisch untersucht hatte. Er entschied sich für »unzufrieden« und »rücksichtslos«. Das sollte reichen.

Sieben neue Kriterien anhand derer die Datenbank die Gruppe der Gewaltbereiten besser filtern könnte. Intelligent, mutig, risikofreudig, sportlich, hartnäckig, ehrgeizig, extrovertiert, kreativ, unzufrieden und rücksichtslos.

Wittjer erinnerte sich an das Telefonat mit Henrike. Sie war davon überzeugt, dass der Mörder von Simon und Simons Vater eine Frau sei. Er beschloss, diese Information in den Auftrag zu integrieren. Wenn die Gene die zehn Charaktereigenschaften aufwiesen, dann sollte die Datenbank zusätzlich überprüfen, ob der genetische Code zu einer Frau gehörte. Wieder quittierte die Datenbank seine Liste mit einer Warnung. Das gewählte Datenvolumen sei sehr groß. Ob er wirklich sicher sei, dass er diesen Auftrag ausführen wolle?

Wittjer spürte das Adrenalin in seinem Körper. Er war sicher, die richtige Kombination an Voraussetzungen gefunden zu haben. Der Rechner würde einige Stunden benötigen, vielleicht sogar Tage. Aber er würde ein Ergebnis liefern. Wittjer überlegte, was er erwarten durfte. Wenn es nicht eine einzige Person wäre, dann vielleicht eine Gruppe von Frauen mit einem sehr ähnlichen Charakter, zwischen denen die Datenbank nicht unterscheiden könnte. Auf jeden Fall eine Liste mit wenigen Namen, die als Täter infrage kämen.

Er startete die Datenbank. Er war euphorisch. Durch die bessere Beschreibung des Charakters, stiegen seine Chancen auf Erfolg. Er musste der Datenbank nur Zeit lassen. Er überlegte, wie lange die bisherigen Analysen gedauert hatten und verglich es mit der Datenmenge, die der Rechner jetzt bearbeiten musste: vierundzwanzig Stunden. Die Datenbank würde mindestens einen Tag brauchen.

Wittjer überlegte, welcher Tag heute war. Samstagmorgen. Henrike hatte ihm bis Montag Zeit gegeben. Er hatte noch fast achtunddreißig Stunden, das könnte reichen. Er suchte das Telefon. Er wollte Henrike von seinem Erfolg erzählen, da fiel ihm ein, dass die Batterie leer war. Er könnte die lange Rechenzeit nutzen: nach Hause fahren, duschen und das Handy aufladen.

Wittjer spürte seinen leeren Magen. Der Hunger, den er während der Anspannung der letzten Stunden verdrängt hatte, setzte sich durch. Er überprüfte, ob die Datenbank die Analyse begonnen hatte, verriegelte die Bürotür und fuhr mit dem Paternoster ins Erdgeschoss. Auf dem Platz vor dem Wilhelm-Marx-Haus herrschte das typische Gedränge eines Samstagvormittags. Er fühlte die Blicke, die ihn verfolgten, ungepflegt und unrasiert wie er war, mit einem Hemd voller Blutflecken. In einem Kiosk kaufte er sechs Flaschen Wasser und ein paar Schokoriegel. Er öffnete eine Wasserflasche und trank sie fast leer. An der Pommesbude gegenüber bestellte er eine große Portion Special mit Zwiebeln, Ketchup und Mayonnaise.

Johannes Wittjer war achtlos an Lena Ahlenbeck vorbeigelaufen. Sie saß auf den Stufen am Tanzbrunnen und musterte ihn genau, während er auf seine Pommes wartete. Er sah schlecht aus, wie ein gejagtes Tier. Seit fast einem Jahr beobachtete sie ihn nun. Erst hatte sie nur Dorllin ausspioniert. Aber dann hatte sie schnell verstanden, warum die Ärztin sich so häufig mit Wittjer traf. Er war der Kopf des Systems. Er trug die Verantwortung für das Ende ihrer Karriere, für das Ende ihres Traums, für den sie Jahre geschuftet hatte. Gleich würde ihre Rache ein Ende finden. Alles war vorbereitet. Ihr Auto stand in der Tiefgarage des Wilhelm-Marx-Hauses. Sie schaute hoch zur Uhr und lächelte. Es war viertel nach zehn. Sie musste nur noch warten, bis Wittjer in sein Büro zurückkehrte, damit sie den letzten Teil ihres Plans umsetzen konnte. In einer halben Stunde würde dieser Platz von der Polizei abgeriegelt werden und ebenso blockiert sein wie die Königsallee. Welch ein Chaos am Samstagmorgen zur besten Einkaufszeit. Ahlenbeck war zufrieden: Eine größere Aufmerksamkeit konnten ihre Taten nicht bekommen.

Wittjer aß die Pommes schnell und im Gehen. Noch bevor er zum Wilhelm-Marx-Haus zurückgekehrt war, hatte er sie hinuntergeschlungen. Sein Hemd hatte jetzt auch Fettflecken. Zurück im Büro kontrollierte er als erstes die Anzeige auf dem Computer-Bildschirm. Die Datenbank arbeitete, was Anlass zur Euphorie bot. Er stellte die restlichen Wasserflaschen in den Kühlschrank, setzte sich auf einen Stuhl und aß zwei Schokoriegel. Der Fischgeruch war trotz des geöffneten Fensters nicht verschwunden. Wittjer schob den Tisch beiseite, schüttete den Rest des Desinfektionsmittels auf dem Boden aus und wischte sorgfältig. Der Geruch des parfümierten

Putzmittels breitete sich aus. Besser als toter Fisch, dachte Wittjer. Die Anzeige des Rechners ließ er nicht aus den Augen. Drei Prozent. Er musste Geduld haben.

Die frische Luft verdrängte langsam den Duft des Putzmittels. Wittjer schaute zum Fenster. Blauer Himmel. Die Zeiger der Uhr waren nicht zu sehen. Als Wittjer die Putzsachen in den Schrank neben dem zerstörten Garderobenständer einräumte, hörte er das Ticken des Uhrwerks im großen Wandschrank nebenan. Ein Geräusch, das er noch nie wahrgenommen hatte. Die Uhr lief immer gleichmäßig und leise, doch jetzt quälte sie sich und ächzte. Er öffnete die Tür des Wandschranks und blickte ratlos auf das Uhrwerk. Er würde sich darum kümmern, wenn er den Mörder gefunden hatte. Dann würde er das Büro renovieren lassen und neue Bilder kaufen. Sobald der Mörder gefasst war.

Wittjer ging zum Schreibtisch. Die Datenbank tat ihren Dienst. Er überprüfte einige Parameter und entwickelte das sichere Gefühl, den Rechner für ein paar Stunden allein lassen zu können. Das Uhrwerk hatte noch immer nicht den normalen Klang. Er überlegte, ob die Uhr stehen geblieben sein könnte und blickte Richtung Fenster. Es war viertel vor elf. Gleich würde er den großen Zeiger sehen können. Er wartete. Als sich der Zeiger von unten in das Blickfeld des Fensters schob, erkannte Wittjer, warum das Uhrwerk so laut geworden war.

Auf dem Zeiger steckte ein Kopf. Der Kopf von Franziska Dorllin. Ihre Haare waren blutverklebt. Die leeren Augen starrten in sein Büro. Bei jedem Ticken des Uhrwerks, zuckte auch der Kopf. Wittjer konnte sich von dem starren Blick kaum lösen.

Er spürte die Pommes in seinem Hals aufsteigen. Der Ekel schlug in Wut und Aggression um. Jetzt auch noch Franziska. Wittjer hatte keinen Zweifel, dass Simons Mörder auch Franziska Dorllin getötet hatte. Er rannte zum Fenster. Unten schrien ein paar Passanten, die die Veränderung an der Uhr bemerkt hatten. Sie zeigten mit dem Finger nach oben. Einige riefen nach der Polizei. Die Wache in der Altstadt war nicht weit entfernt.

Wittjer rüttelte an Dorllins Kopf. Der Zeiger sperrte sich dagegen, festgehalten zu werden. Das Uhrwerk ächzte laut. Das

Geräusch von unten nahm zu. Er musste alle Kraft aufwenden, um den Kopf vom Zeiger zu ziehen. Als der Kopf sich plötzlich bewegte, konnte Wittjer das Gleichgewicht nicht halten. Er fiel hin und lag rücklings auf dem Boden, der Kopf rollte durch den Raum. Dorllin war tot.

Wittjer rappelte sich auf und stürzte zur Tür. Der Kopf konnte noch nicht lange am Zeiger gehangen haben. Vielleicht konnte er den Täter noch erwischen. Er lief ein Stockwerk die Treppe hinab und rannte zu dem Büro, das unterhalb seiner Kanzlei lag. Die Tür stand weit offen. Sie war aufgebrochen worden. Er ging hinein. Das Fenster war geöffnet, aber der Raum leer. Wittjer atmete schnell. Vor dem Fenster lag eine kleine blutbefleckte Werkzeugkiste. Hier war der Kopf am Zeiger befestigt worden. Er schätzte, dass der große Zeiger um zwanzig vor elf vor dem Fenster dieses Büros auftauchte. Er erschrak. Vor fünf oder zehn Minuten war der Mörder noch an dieser Stelle gewesen. Vermutlich war er noch im Haus.

Wittjer lief zurück in den Flur. Auf dem Boden bemerkte er ein paar blutige Fußabdrücke. Auch auf der Treppe nach unten fanden sich Spuren. Er hastete die Treppe hinab. Unten hörte er eine Tür ins Schloss fallen. Er rannte, so schnell er konnte. Die Spur führte bis in das zweite Untergeschoss und dort den Gang entlang bis zu der Metalltür, die in das Parkhaus führte.

Wittjer keuchte, als er dort ankam. Er schaute sich um. Samstags war nur die Hälfte der Parkplätze der Dauerparker in dieser Etage belegt. Keines der Fahrzeuge bewegte sich. Nur das Rauschen der Lüftung war zu hören. Wittjer suchte nach weiteren Spuren auf dem Boden. Vor einem Mercedes wurde er fündig. Er lief weiter, an den Autos entlang Richtung der Wand, die der Ausfahrt gegenüber lag. Er lauerte auf jede Bewegung. Nichts. Vor der Tür am Ende der Etage lag eine blutverschmierte Plastiktüte. Es gab nur eine Möglichkeit: Der Mörder musste durch den Notausgang geflohen sein.

Wittjer kannte die Stelle genau. Hinter der Stahltür begann die breite Treppe, die gleichzeitig als Notausgang für die U-Bahn-Röhre genutzt wurde, die tief unter dem Wilhelm-Marx-Haus gebohrt worden war. Er riss die Tür auf. Als er auf der Treppe stand, vernahm er ein Geräusch. Das Scheppern eines Gegenstands, der zu Boden fiel. Es kam von unten. Der Mörder flüchtete nach unten Richtung U-Bahn. Er kannte sich offenbar nicht aus. Denn dort saß er in der Falle.

Wittjer ging langsam die Stufen hinunter. Ihm wurde bewusst, dass er keine Waffe besaß. Das Herz raste, er atmete schnell. Er versuchte, leise zu sein, aber es gelang ihm nicht. Er war zu aufgeregt. Jeder seiner Schritte hallte durch das Treppenhaus. In der Ferne hörte er die U-Bahn. Neonröhren beleuchteten die grauen Betonwände. Er konnte nicht abschätzen, wie weit die Treppe noch nach unten führen würde. Vielleicht einen oder zwei Treppenabsätze. Plötzlich hörte er eine Stimme. Die Stimme einer Frau.

»Kommen Sie ruhig näher. Ich habe lange genug auf diesen Moment gewartet.«

LIV

Lena Ahlenbeck stand mitten in dem kurzen Tunnel, der vom Treppenhaus zur U-Bahn-Röhre führte. Sie trug das Schwert in der linken Hand. Ihre Körperhaltung erinnerte an einen japanischen Samurai.

Wittjer näherte sich ihr vorsichtig. Innerlich tobte er und konnte seine Wut nur mühsam kontrollieren. Er wollte sie angreifen, aber das klägliche Resultat der Attacke gegen den Russen war ihm noch gut im Gedächtnis. Zudem schmerzten seine Rippen nach wie vor.

»Wer sind Sie?«, fragte er.

»Sie wissen doch alles über mich«, giftete Lena Ahlenbeck zurück. »Sie haben mein Leben zerstört. Alles, was ich mir mühsam aufgebaut habe. Jetzt werde ich Ihr Leben zerstören. Ich werde nicht zulassen, dass Sie und Ihre Datenbank weiter Schicksal spielen.«

»Ich verstehe nicht, was Sie meinen.«

»Sie verstehen nichts«, brüllte sie. »Sie füttern Ihren Computer mit Daten und entscheiden über die Zukunft von fremden Menschen. Dabei wissen Sie nicht, was Sie anrichten. Ich habe hart gearbeitet. Ich war die Beste in der Schule. Wenn die anderen ins Kino gegangen sind, habe ich noch gelernt. Ich wollte raus aus dem Dorf, in dem ich groß geworden bin. Ich wollte auch etwas vom Leben. Das große Management, den Luxus. Fünfzehn Jahre habe ich dafür geschuftet. Alles umsonst. Ihretwegen.«

Wittjer sah Ahlenbecks Schwert und ihre Entschlossenheit. Wenn er jetzt weglaufen würde, hätte er vielleicht eine Chance. Er überlegte, ob sie ihn auf der Treppe einholen könnte. Aber er wollte nicht weglaufen.

»Ich verstehe immer noch nicht genau«, antwortete er, um Zeit zu gewinnen.

»Ich hatte es geschafft. Ich habe mich gegen viele Männer durchgesetzt, erst im Studium, dann bei Trustgold. Der Chef wollte mir die Leitung einer großen Abteilung übertragen. Dreihundertfünfzig Mitarbeiter. Ich war so kurz vor dem Ziel. Dann musste ich diese Genanalyse machen. Mein Chef hat das Ergebnis erfahren und mich gefeuert. Von einem Tag auf den anderen. Wissen Sie, wie sich das anfühlt?«

»Ich hätte Ihnen helfen können. Mit Ihrem Chef sprechen.«

»Sie sind dumm und naiv, Wittjer. Wissen Sie, wie ein Chef reagiert, wenn er erfährt, dass seine Managerin vielleicht an ALS erkranken wird? Da gibt es kein Mitleid. Er hat mich fallen gelassen. Ich wurde aussortiert. Er hat mir eine Abfindung angeboten. Danach hat er nie wieder mit mir gesprochen. Aus. Vorbei.«

»Das habe ich nicht gewollt.«

»Das glaube ich Ihnen nicht. Es geht Ihnen doch nur ums Geld. So wie es Dorllin nur ums Geld ging. Sie konnte sich noch nicht einmal an meinen Namen erinnern, obwohl sie mein Leben zerstört hat. Dafür hat sie ihre Strafe bekommen.«

»Sie haben sie getötet, nicht wahr? So wie auch Simon Hilbert und seinen Vater.«

»Sie haben es mir sehr leicht gemacht, Wittjer. Im Grunde reichte ein einziges Gespräch, das ich über das Mikro im Büro verfolgt habe. Als Sie mit Dennis und Li Yan über den Ausbau der Datenbank geredet haben, haben Sie jedes Detail besprochen. Auch Simon und die Sicherheitslücke. Danach kannte ich alle Bestandteile ihres Systems.«

»Warum haben Sie mir keine Chance gegeben, die Morde zu verhindern«, fragte Wittjer.

»Oh, doch. Sie hatten ihre Chance. Ich habe viel über Genanalysen gelesen und die Studie zu den Hundertjährigen auf der Insel Okinawa gefunden. Dann habe ich einen jungen Mann von dort beauftragt, den Mord im Hofgarten zu begehen. Ich habe ihn extra ausgewählt, weil er ein auffälliges Genprofil besitzt. Mir war klar, dass die Polizei Ihre Hilfe anfordern würde. Und mir war klar, dass Sie das Okinawa-Gen finden würden.«

»Ich verstehe nicht.«

»Sie verstehen nichts, weil Sie kein Mensch sind, Wittjer. Sie sind nicht mehr als der verlängerte Arm Ihrer Datenbank. Sie stellen jeden Menschen an den Pranger, dessen DNA nicht in Ordnung ist. Ein einziges Gen ist nicht so, wie es sein soll. Mehr nicht. Ich hatte einen Aufschrei erwartet, als der Mann verhaftet wurde, nur weil seine Gene ihn verdächtig machen.«

Wittjer musste schlucken. Er wollte laut protestieren, aber er sagte nichts. Lena Ahlenbeck ließ ihn nicht zu Wort kommen.

»Aber es passierte nichts. Die Sache wurde noch nicht einmal öffentlich bekannt. Die Medien haben über den Mord spektakulär berichtet. Aber kein Wort, wie der Täter gefunden wurde. Keine Diskussion, keine Debatte. Da war mir klar: Es wird nie aufhören. Sie werden immer skrupellos weitermachen. Deshalb musste ich meinen Plan ändern. Erst wollte ich mich nur an Ihnen rächen. Aber das hätte nichts verändert. Jemand anders hätte Ihre Arbeit übernommen. Es müssen alle sterben, und ihr System muss für jeden sichtbar werden.«

»Haben Sie deshalb die Toten so inszeniert?«

»Wenn ich sie in aller Stille getötet hätte, hätte sich niemand für ihre Geschichte interessiert. Es musste so auffällig sein wie möglich. Das brennende Auto am Stadion. Dorllins Kopf heute an der Uhr. Ich will die Leute aufrütteln. Wenn die Menschen über die Toten sprechen, werden sie auch die Hintergründe wissen wollen. Haben Sie die Symbolik verstanden? Ich schlage dem System den Kopf ab.«

Wittjer juckte der Hals. Es war seltsamerweise das einzige Gefühl, das er in diesem Moment neben der starken Wut empfand. Er suchte nach dem richtigen Zeitpunkt für einen Angriff, aber er hatte keine Waffe. Solange Lena Ahlenbeck redete, würde sie ihn nicht töten.

»Warum musste Simons Vater sterben? Wie haben Sie ihn überhaupt gefunden?«, fragte er.

»Es war so einfach. Wirklich lächerlich, dass Sie nicht darauf gekommen sind. Die Suche über das Internet war völlig sinnlos. Simons Vater war ein einfacher Mann, der das Internet kaum benutzte. Ich war in dem Hotel, in dem Simons Mutter gearbeitet hat. Sie war damals schon viele Jahre tot, aber ich habe eine Frau getroffen, die sich gut an Simons Mutter erinnern konnte. Die Frau arbeitete in demselben Hotel manchmal am Wochenende als Nachtportier. Sie hat mir von einem Brief erzählt, den Simons Vater an das Hotel geschickt hatte. Er wollte Simons Mutter wiedersehen, aber er hat keine Adresse. Den Brief hat Simons Mutter nie bekommen. Die Frau hat ihn Jahre später beim Aufräumen in einem Schrank gefunden, ihn aufbewahrt und mir gezeigt. Ich bin zu der Adresse gefahren. Er wohnte in der Nähe von Albuquerque in New Mexico. Ich habe seine Leiche dort in der Wüste vergraben. Nur den Kopf, den habe ich nach Deutschland geschmuggelt.«

Wittjer war schockiert, wie kaltblütig die Frau ihre Taten geplant hatte. »Aber Simons Vater war unschuldig. Er hatte nichts mit der Datenbank zu tun.«

Lena Ahlenbeck wischte die Bemerkung beiseite. »Von wegen. Er war der Anfang. Mit Simons Suche nach seinem Vater hat alles begonnen. Simon hat die Sequenzierungsmaschinen nur wegen ihm angezapft. Sonst wäre die Datenbank niemals entstanden. Das wissen Sie, Wittjer.«

Er ärgerte sich. Was bildete sich diese Frau ein? Die Datenbank war seine Idee gewesen. Simon hatte nur ein Werkzeug geliefert, mehr nicht. Er blickte auf das Schwert. Er schwitzte. Obwohl er nicht antwortete, redete Lena Ahlenbeck weiter.

»Ich habe Simon nach Deutschland gelockt, mit einem Foto seiner Mutter, das ich bei seinem Vater gefunden habe. Er hat nichts geahnt. Er ließ sich auf die Schlachtbank führen wie ein dummes Schaf. Kurz bevor ich ihm den Kopf abgeschlagen habe, hat er sogar noch das Schwert bewundert.«

Sie vollführte mit der Waffe die Bewegung, mit der sie Simon enthauptet hatte. Das Schwert zerschnitt die Luft.

Wittjer wich einen Schritt zurück. Jetzt rechnete er jederzeit mit einem Angriff. Wie konnte diese Frau so schlecht über Simon reden? Seine Wut hatte sich in Hass verwandelt. Entweder sie oder ich, dachte er. Einer wird sterben.

Ein Zug ratterte durch die U-Bahn-Röhre. Das vertraute Geräusch beruhigte Wittjer ein wenig. Er prüfte die Chancen für einen Überraschungsangriff. Zwischen ihnen lagen nur wenige Schritte. Wenn er sich direkt auf ihren Arm stürzte, könnte sie mit dem Schwert nicht schnell genug reagieren. Er lauerte auf den richtigen Moment. Vielleicht konnte er sie ablenken.

Lena Ahlenbeck schien seine Gedanken lesen zu können. Wie ein Fechter richtete sie die Spitze des Schwertes nach vorn. Sie würde ihn aufspießen, wenn er jetzt angriffe.

»Sie haben verloren, Sie haben Ihre Chance nicht genutzt«, sagte sie, »jetzt ist es zu spät, Wittjer.«

Wittjer hörte Geräusche. Ein Zug. Irgendwo knallte eine Tür, Schritte auf der Treppe. Er atmete durch und zwang sich, nachzudenken. Verzweifelt suchte er einen Ausweg.

»Sie sind wahnsinnig. Sie müssen aufhören«, rief er ihr zu.

»Nein, ich muss es beenden«, antwortete Ahlenbeck. Sie stieß einen Schrei aus und stürzte sich mit dem Schwert auf ihn. Er wollte fliehen, rutschte aber aus und fiel zu Boden.

In diesem Moment erreichte Walter Karnatsch laut keuchend das Ende der Treppe. »Frau Ahlenbeck. Lassen Sie das Schwert fallen«, rief er.

Als Wittjer sich aufrappeln wollte, sah er die glänzende Klinge über seinem Kopf. Er schloss die Augen.

Lena Ahlenbeck holte mit dem Schwert aus. Die Kugel aus Karnatsch' Pistole traf sie in der Schulter, und sie sackte zur Seite.

Montag – Eine Woche später

LV

Walter Karnatsch war zufrieden. Er hatte den Bericht der Staatsanwaltschaft übergeben. Sämtliche Fälle waren aufgeklärt. Im Mordfall Daniel Achtermann würde es keinen Prozess geben können. Der Vergleich der Fotos aus den Visa-Unterlagen mit den Bildern der Überwachungskamera hatte zwar ein eindeutiges Ergebnis geliefert. Am Steuer des Paketwagens, der zu Achtermanns Villa gefahren war, saß der Mann, der sich als Dr. Viktor Abramov ausgegeben hatte. Damit war es wahrscheinlich, dass Abramov Achtermann erschossen hatte. Allerdings konnte Karnatsch den Russen nicht mehr befragen. Abramov war auf dem Weg vom Moskauer Flughafen in die Innenstadt tödlich verunglückt. Die Bremsen seines Autos hatten versagt. Das war zumindest die offizielle Version der Moskauer Polizei.

Auch Anatol Prosposzov stand für eine Zeugenvernehmung nicht zur Verfügung. Bei seiner Ankunft in Washington war er mit einer neuen Identität verschwunden. Der Russe hatte vermutlich die Seiten gewechselt und die Information über die Lebensmittelallergie des russischen Präsidenten weitergegeben. Die US-Behörden lehnten ein Auslieferungsersuchen ab.

Lena Ahlenbeck war auf dem Weg ins Krankenhaus gestorben. Bei einer Hausdurchsuchung in einer weiteren Wohnung von ihr fand die Polizei Tierfutter und Zyankali. Zudem entdeckte sie Hinweise, dass Ahlenbeck den Japaner mit dem Mord beauftragt hatte: umfangreiche Unterlagen über die große genetische Untersuchung, die »Okinawa Centenarian Study«, und Tickets für zwei Reisen nach Okinawa, bei denen sie größere Mengen Geld abgehoben hatte. Der Japaner verweigerte nach wie vor eine Aussage.

Karnatschs Termin in einer unangenehmen Sache verlief erfreulich. Der Staatsanwalt hatte einen Haftbefehl gegen Wittjer beantragt, den der Richter ablehnte. Ob Wittjer an einem Datendiebstahl aktiv beteiligt war, wollte der Richter prüfen lassen. Vermutlich habe er die Daten nur verwertet, aber nicht gestohlen. Die Ermittlungen erwiesen sich als schwierig, weil die Polizei keinerlei Kenntnisse hatte, welche Quellen angezapft worden waren. Ein Betrug durch den Einsatz der Datenbank sei nicht zu erkennen, da die meisten beteiligten Personen dem Vorgang zugestimmt hätten. Bei vielen anderen Delikten, die Wittjer vorgeworfen wurden, handelte es sich nach Ansicht des Richters um Ordnungswidrigkeiten oder Vergehen, die mit Bußgeldern bestraft wurden.

Auf dem Weg zum Flughafen telefonierte Henrike mit Niko und bat ihn, ein Portrait von Gustav zu malen. Sie nannte Frau Bergmanns Adresse und versprach ein angemessenes Honorar.

Wittjer wartete im Flughafenterminal auf Henrike. Sie umarmten sich. »Bist du auch so aufgeregt?«, fragte sie.

»Vermutlich ist es besser, wenn wir für ein Jahr verschwinden«, sagte Wittjer.

Henrike lächelte. »Vielleicht wird es auch länger, wer weiß.«

Sie hatte sich die Fotos ihres neuen Instituts im Internet angeschaut. Die Möglichkeiten waren großartig. China hatte große Fortschritte in der Gentechnik gemacht.

Wittjer antwortete nicht. Er nickte stumm. Auch er war aufgeregt. Das Beijing Genome Insitute beschäftigte mehr als fünftausend Mitarbeiter in der Genforschung. Sie arbeiteten an einem genetisch transparenten Volk.

Auf dem Weg zur Sicherheitskontrolle meldete sich Wittjers Handy mit einem kurzen Gongschlag. Das Signal der Datenbank.

Henrike war überrascht. »Ich dachte, die Polizei hat die Datenbank abgeschaltet.«

»Hat sie auch. Aber Dennis hatte zur Sicherheit eine Kopie eingerichtet, die permanent aktualisiert wurde. Die gespiegelte Version läuft ganz eigenständig. Dennis hat sie auf einem Server in China aufgesetzt.«

Henrike lachte. »Wie praktisch.«

Wittjer rief die Nachricht der Datenbank auf.

Auftrag 673: Personenidentifikation
Datenbank-Code: 5GH4 DCFTakDw
Auftraggeber: Johannes Wittjer
Identifiziert: Lena Ahlenbeck, Düsseldorf
Sicherheit: 78 Prozent
Vergleichsprobe: keine

Er zeigte Henrike die Nachricht.

»Die Datenbank war tatsächlich erfolgreich. Damit hatte ich nicht gerechnet«, sagte sie.

»Es hat länger gedauert, als ich erwartet habe. Aber ich wusste, dass es funktioniert«, antwortete Wittjer.

Li Yan kam mit seiner Familie auf sie zu und stellte seine Frau und Kinder vor. Sie waren glücklich, wieder nach Hause zu kommen. Li Yan hatte seine Eltern und seine Geschwister seit zwei Jahren nicht mehr gesehen.

»Ich habe Nachricht vom BGI«, sagte er. »Sie stellen euch ein Haus mit einem kleinen Garten zur Verfügung. Es ist alles vorbereitet. Ihr werdet vom Flughafen abgeholt. Sie regeln auch sämtliche Einreiseformalitäten für euch.«

Henrike schaute Li Yan an. »Hast du sie nach meinem Wunsch gefragt?«

Der Chinese lächelte. »Ja. Ihr könnt einige der Lämmer bekommen. Leuchtende Schafe werden in China immer populärer.«

An der Sicherheitskontrolle wurden Henrike und Wittjer aus der Schlange gerufen und in einen eigenen Raum geführt. Zwei Beamte kontrollierten Henrikes Tasche.

»Sie haben Pflanzen in ihrem Handgepäck. Wir müssen überprüfen, ob das gegen die Bestimmungen des Artenschutzabkommens verstößt«, sagte einer von ihnen.

Henrike öffnete eine der Plastiktüten, die der Mann aus der Tasche genommen hatte. Sie holte eine Pflanze hervor und zeigte sie dem Sicherheitspersonal. »Ich möchte sie mitnehmen als Erinnerung an zu Hause. Schauen Sie: nichts Besonderes. Es sind ganz gewöhnliche Geranien.«

Epilog

Während der Vorbereitung dieses Romans wurde ich häufig gefragt, wie wirklichkeitsnah diese Geschichte ist, die ich mir vollständig ausgedacht habe. »Der Geranienmann« ist weder ein wissenschaftliches Sachbuch noch eine Art Reiseführer für Düsseldorf. Einige der Gebäude, die im Buch beschrieben werden, sind derzeit nicht fertiggestellt oder noch in der Diskussion. Sämtliche Personen und Handlungen sind frei erfunden.

Die Ergebnisse von Genanalysen können derzeit nicht mit der hohen Sicherheit interpretiert und angewandt werden, wie das die handelnden Personen in dem Buch tun. Die Wissenschaft sucht aber weltweit sehr intensiv nach genetischen Auffälligkeiten, die zur Vorbeugung oder Vorhersage von Krankheiten genutzt werden können. Wie das Leben für jeden Einzelnen verläuft und ob Krankheiten entstehen, hängt selbstverständlich noch von anderen Faktoren ab. Der Mensch ist mehr als die Summe seiner Gene.

Außerdem möchte ich betonen, dass die Genforschung als Begründung für Rassismus oder Eugenik nicht geeignet ist. Es ist völlig absurd und wissenschaftlich nicht haltbar, von der biologischen Überlegenheit irgendeiner menschlichen Gruppe zu sprechen.

Nach diesen Vorbemerkungen ein paar Details zum Stand der Wissenschaft.

Zellen aus Pflanzen oder Lebewesen, denen eine zusätzliche Leuchtfunktion eingesetzt wurde, sind schon lange im Forschungsbetrieb etabliert. Sie dienen allerdings keinen dekorativen Zwecken, sondern erleichtern die Auswertung von wissenschaftlichen Experimenten. Die leuchtenden Schafe existieren tatsächlich. Sie wurden im Oktober 2012 in Montevideo in Uruguay geboren. In die Eizellen der Schafe wurden Gene aus einer Qualle implantiert. Dadurch können die Schafe Licht speichern und im Dunkeln leuchten. Das Experiment verfolgte keinen praktischen Nutzen. Ziel war der Nachweis, dass das bei einzelnen Zellen eingesetzte Verfahren auch bei großen Säugetieren funktioniert. Forscher in Südkorea hatten zuvor auf ähnliche Weise einen Hund manipuliert: Das Tier leuchtet, wenn ein bestimmtes Antibiotikum in das Futter gemischt wird.

Leuchtende Fische in sechs verschiedenen Farben werden seit mehr als zehn Jahren in den USA angeboten. Der Verkauf und die Einfuhr der Fische sind in einigen US-Bundesstaaten verboten, auch in Kanada und in Europa.

Im Juni 2013 sammelte eine Gruppe von US-Wissenschaftlern über eine Crowdfunding-Plattform privates Geld für die Entwicklung leuchtender Bäume, Büsche und Blumen. Die Forscher wollten sechsundfünfzigtausend US-Dollar sammeln, erhielten aber binnen weniger Wochen mehr als vierhundertachtzigtausend Dollar für ihr Projekt. Diese Beispiele zeigen, dass für leuchtende Lebewesen und Pflanzen offenbar eine Nachfrage besteht.

Für gentechnisch veränderte Pflanzen gibt es sehr viele Beispiele, Blumen sind aber eher selten das Ziel der Genetiker. In Europa ist der Verkauf bestimmter Schnittblumen erlaubt, deren Farbe gentechnisch verändert wurde. Für Geranien habe ich noch keine Beispiele gefunden. Deutschland war in den 1980er- und 1990er-Jahren eines der Entwicklungszentren für molekulargenetische Grundlagenforschung und ihre Anwendung in der Pflanzenzüchtung. Das Max-Planck-Institut in Köln verwendete für seine Versuche unter anderem Petunien. Ein Neubau am Institut wurde im August 1985 das Ziel eines Sprengstoffanschlags von Gentechnik-Gegnern.

Einige Blogs liefern im Internet Rezepte für den Verzehr von Blättern der Duftgeranie. Ich möchte ausdrücklich davor warnen, die Blätter zu essen, bevor die gesundheitliche Unbedenklichkeit gesichert ist.

Im September 2011 begann die Sequenzierung des Erbguts der Cannabis-Pflanze. Das US-Unternehmen Medicinal Genomics von Kevin McKernan will damit neue Medikamente entwickeln. Allerdings erweist sich die Analyse offenbar als sehr kompliziert. Hanf ist ein Beispiel dafür, dass die Entschlüsselung von DNA bei Pflanzen manchmal schwieriger ist als bei Säugetieren. Ein irisches Biotech-Unternehmen kündigte im Sommer 2014 an, dass es in Hefe-Bakterien Stücke aus dem Erbgut des Hanfs einsetzen will. Es will die Teile der DNA verwenden, die mit der Produktion des rauschbewirkenden THC in Verbindung gebracht werden. Die Hefe soll unter Laborbedingungen THC produzieren, das für die Medikamentenforschung, für Tests von neuen Therapien und die Herstellung von Arzneimitteln verwendet werden soll.

Schon lange vor dem Sommer 2000 wurden wenige, kurze Abschnitte der menschlichen DNA nicht nur in der Forschung, sondern für medizinische Diagnosen oder als Beweismittel bei der Polizei eingesetzt. Aber die Forschung am menschlichen Erbgut erlebte am 26. Juni 2000 einen historischen Tag. Zum ersten Mal in der Geschichte wurde ein wissenschaftlicher Fortschritt von einem US-Präsidenten verkündet. Bill Clinton hatte gemeinsam mit dem britischen Premierminister Tony Blair zu einer legendären Pressekonferenz im Weißen Haus zur vollständigen Entschlüsselung des menschlichen Genoms eingeladen. Kein anderer US-Präsident im 21. Jahrhundert war so stark an Wissenschaft interessiert wie Bill Clinton. Er lud Genforscher zum Abendessen ein und hörte bei ihren Vorträgen zu. Die Genforscher Craig Venter und Francis Collins erklärten damals die Ergebnisse. Die Medien verglichen die vollständige Entschlüsselung der Abfolge der einzelnen Bausteine der DNA mit der Mondlandung. Das »Buch des Lebens« sei nun zum Lesen geöffnet, hieß es. Das Verständnis für den Text wächst zwar nur langsam, trotzdem kommt der Entdeckung eine herausragende Bedeutung zu. Von vielen möglichen Aspekten möchte ich drei Gesichtspunkte besonders hervorheben.

Erstens wurde durch die geringe Zahl der Gene, die im menschlichen Erbgut gefunden wurden, endgültig klar, dass das Prinzip »eine Eigenschaft = ein Gen« nur in Ausnahmefällen gültig ist. Eigenschaften und Krankheiten entstehen fast immer im komplexen Zusammenspiel mehrerer Gene. Das erschwert die praktische Verwendung der Ergebnisse.

Zweitens zeigte der Aufwand, den die Wissenschaftler betreiben mussten, welche Faktoren entscheidend für weitere Fortschritte sind.

Die Rechenkapazität der Computer und die Automatisierung bei der Sequenzierung der DNA bestimmen die Geschwindigkeit in der Genforschung. In den vergangenen fünf Jahren hat die Automatisierung gigantische Fortschritte gemacht. Die vollständige Sequenzierung der DNA eines Menschen wird bald weniger als tausend Dollar kosten und an einem einzigen Tag erledigt werden können.

Drittens hat sich die Beweisführung in der Wissenschaft verändert. Die Methoden der Statistik und Bioinformatik dominieren große Teile der Genetik. Neue Erkenntnisse werden durch den Vergleich der DNA verschiedener Menschen gewonnen. Die Forscher können nicht erklären, warum ein bestimmtes Gen mit einer Krankheit im Zusammenhang steht. Aber sie beobachten, dass viele Menschen mit einer bestimmten Krankheit die gleiche genetische Veränderung aufweisen. Weltweit haben zahlreiche Länder (Großbritannien, Island, China, USA und andere) große Forschungsprogramme begonnen, bei denen das Erbgut von Hunderttausenden Menschen analysiert und verglichen wird. Gleichzeitig haben große Patientengruppen ihr Erbgut für genetische Untersuchungen zur Verfügung gestellt, damit die Ursache von Erkrankungen gefunden werden kann, die bisher noch nicht ausreichend erforscht sind – etwa bei Schizophrenie, Depression, Diabetes, Parkinson, Alzheimer, Epilepsie, diversen Krebserkrankungen und anderen. Bahnbrechende Ergebnisse stehen noch aus, aber an einigen dieser Studien nehmen freiwillig mehr als dreihunderttausend Erkrankte teil. Viele Angehörige haben das berechtigte Interesse, zu wissen, ob sie auch an einer Krankheit leiden werden, deren Auswirkungen sie aus ihrer Familie kennen.

Gesucht wird nicht nur die Ursache von Krankheiten, sondern auch nach der genetischen Grundlage von Eigenschaften wie Intelligenz, Lesevermögen, Aggressivität oder Zufriedenheit. Diese Forschung wird nicht nur von Universitäten und wissenschaftlichen Instituten betrieben, sondern in großem Umfang auch von privatwirtschaftlichen Unternehmen. Vornehmlich in den USA versuchen Forscher aus der DNA Rückschlüsse auf das Gesicht eines Menschen zu ziehen. Damit ließe sich aus einer DNA-Spur beispielsweise ein Phantombild erstellen.

Mehr als eine Million Menschen haben weltweit ihr Erbgut aus ganz unterschiedlichen Gründen (nahezu) vollständig sequenzieren lassen. Diese Zahl wird dank der besseren Analytik rasch zunehmen. Der Roman setzt bei all diesen Entwicklungen an. Die Datenbank von Johannes Wittjer nutzt diese Erkenntnisse und verwertet auch wissenschaftliche Studien, die noch nicht abgeschlossen sind. Wittjers Computersystem erfüllt bereits eine Voraussetzung, an der Programmierer und Hardware-Entwickler derzeit intensiv arbeiten: nämlich die Fähigkeit, diese extrem großen Datenmengen schnell genug zu verarbeiten und nach eigenen Kriterien (wie bei der Erstellung des Netzwerks des Bösen) auszuwerten.

Die Medizin benutzt derzeit Genetik bei der Erkennung von Erbkrankheiten und in der Onkologie. Dabei umfasst die Analyse aber meist nicht das vollständige Erbgut, sondern nur die Teile der DNA, die für die jeweilige Krankheit charakteristisch sind. Das Schicksal von Angelina Jolie hat Genanalysen in die Öffentlichkeit gebracht. Die Schauspielerin entschied sich für eine Brustamputation, weil sie eine erhöhte Wahrscheinlichkeit für genetisch bedingten Brustkrebs hat. Das ist typisch für eine Genanalyse: Das Resultat der Untersuchung sind Wahrscheinlichkeiten, eine Krankheit zu bekommen. Sie geben keine Auskunft, in welchem Lebensalter die Krankheit ausbrechen und in welchem Ausmaß der Betroffene an den Symptomen leiden wird. Genauso kann der vermeintliche Patient auch gesund bleiben.

Wir Menschen sind im Umgang mit Wahrscheinlichkeiten ganz unterschiedlich gepolt und reagieren nicht rational. Beispiele dafür gibt es zuhauf: Ab welcher Regenwahrscheinlichkeit in der Wettervorhersage ist es sinnvoll, einen Schirm mitzunehmen? Viele Menschen erhoffen einen Lottogewinn, obwohl die Wahrscheinlichkeit sehr niedrig ist. Wenn auch nur eine geringe Wahrscheinlichkeit besteht, die schlimmste aller möglichen Diagnosen zu bekommen, kreisen darum häufig die Ängste der Betroffenen. Andererseits ist es unbestritten, dass bei guter Früherkennung und Prophylaxe viele Krankheiten gemildert oder besser behandelt werden können. Einige Forscher bewerten eine vollständige Genanalyse deshalb als die beste Strategie auf dem Weg zu einem längeren Leben.

Wenn Auffälligkeiten im Erbgut erkannt werden können, stellt sich zudem schnell die Frage nach der Reparatur, also nach der gezielten Veränderung des menschlichen Erbguts zu medizinischen Zwecken. Eine solche Reparatur ist derzeit nur mit einzelnen Zellen denkbar, müsste also entweder im sehr frühen Embryostadium passieren oder bereits in Eizelle und Sperma. In Großbritannien wurde 2015 ein Verfahren zugelassen, das Frauen mit genetischen Fehlern erlaubt, bei einer künstlichen Befruchtung einen Teil des Erbguts in der Eizelle (Mitochondrien) austauschen zu lassen. Damit soll verhindert werden, dass Krankheiten an den Nachwuchs weitergegeben werden. Die DNA, die in die Eizelle eingesetzt wird, stammt von einer andere Frau. Rein formal gesehen, haben die Kinder dann drei genetische Eltern.

Die Auswirkungen von genetischen Analysen bewegen sich zwischen mehreren Extremen: Die Befürworter sagen, dass jeder kranke Mensch ein Recht darauf hat, möglichst früh informiert zu werden, wenn ihm dadurch geholfen werden kann. Auf der anderen Seite werden die Betroffenen psychisch mit Problemen belastet, die sie möglicherweise gar nicht erleben werden. Schließlich gibt es die Einstellung, dass ein Mensch so akzeptiert werden sollte, wie er ist; Krankheiten und andere Schwächen inbegriffen. Keine dieser Positionen ist falsch. Die gesellschaftliche Debatte darüber wird kaum geführt, ist aber aus meiner Sicht längst überfällig.

Dank

Dieses Buch wäre ohne die besondere Unterstützung meiner Frau Dorothee Windoffer nicht entstanden. Sie hat mich ständig motiviert, diese Geschichte aufzuschreiben und gemeinsam mit meinen Kindern dafür gesorgt, dass ich die nötige Zeit dafür hatte.

Ich danke Julia Ströbel und Saskia Parakenings vom Sutton Verlag für das Vertrauen, das sie mir als Autor bei meinem ersten Buch entgegengebracht haben, für die große Unterstützung und das sehr sorgfältige Lektorat.

Mein besonderer Dank gilt zudem den Menschen, die die Entstehung des Buchs kritisch und kreativ begleitet haben: Kristina Hellwig, Petra Karge, Frank Restemeyer, Diana und Jörg Lengersdorf.

Ich danke Hannes Windoffer für die aufmerksame Fehlersuche.

Aus Gründen danke ich Sven Gösmann und Tobias Kiwitt. Außerdem Bollo, dem Bären.

Zum Abschluss möchte ich den Lesern danken, die sich für ein Buch mit einem Wissenschaftsthema interessieren und hoffe, dass ich die Erwartungen erfüllen konnte. Wenn Sie mehr über aktuelle Entwicklungen in der Gentechnik wissen wollen, besuchen Sie meine Webseite: www.rainerkurlemann.de. Dort können Sie mir auch gern Ihre Meinung zum Buch schreiben.

Düsseldorf, im März 2016

Mörderisch spannend geht es weiter bei:

Buchhinweise

Dieses Morgengrauen im Spreepark wird Kommissar Vuk Tolstoi nie vergessen: Schockiert steht er vor der Leiche einer bei lebendigem Leib gepfählten jungen Frau. Ein Verdächtiger kann vor seinen Augen vom Tatort fliehen. Das Team des erfahrenen Kommissars, genannt die Krähe, stürzt sich fieberhaft in die Ermittlungen. Trotzdem stoßen sie auf eine zweite Leiche, auf grausamste Weise zu Tode gequält und zur Schau gestellt: Siegbert Putlitz, einer der einflussreichsten Journalisten Deutschlands. Und alles deutet darauf hin, dass der perfide Killer weitermorden wird. Doch was verbindet seine Opfer? Wer wird der Nächste sein?

Als die Boulevardpresse mit Fotos von den Tatorten den Druck auf die Polizei massiv erhöht, wird klar, dass die Polizei einen Maulwurf in ihren Reihen hat. Für Tolstoi beginnt ein Wettlauf gegen die Zeit.

Markus Frenzel
Die Säuberung

978-3-95400-619-9
14,99 €

MARKUS
FRENZEL
DIE
SÄUBERUNG
Thriller
SUTTON KRIMI

Buchhinweise

Der erfolglose Privatdetektiv Mike Frühauf erhält den Auftrag, das verschwundene Mädchen Lisa Kyas zu finden, doch er kommt zu spät. Lisa ist tot. Auf der Suche nach den Mördern dringt er immer tiefer in den Sumpf des Bochumer Rotlichtmilieus ein und steht plötzlich selbst in der Schusslinie.
Kann er sich noch rechtzeitig in Sicherheit bringen und ein weiteres unschuldiges Mädchen vor dem Missbrauch retten?

Dirk Kubowicz
Bierengel
Ein Ruhrgebiets-Krimi

978-3-95400-623-6 | 12,99 €

Buchhinweise

Vier Erkelenzer Jugendliche begehen einen Bankraub. Während einer von ihnen – über einer Leiche kniend – gefasst wird und ins Gefängnis wandert, kommen die übrigen drei ungestraft davon und machen steile Karrieren. Ein Schuljubiläum bringt die vier wieder zusammen. Doch dann stirbt der Erste von ihnen. Kommissar Becker und sein Freund, der Journalist Markus Müller, beginnen, den längst abgeschlossenen Mordfall von damals wieder aufzurollen.

Helmut Wichlatz
Mordsclique
Ein Rheinland-Krimi

978-3-95400-566-6 | 12,99 €

Buchhinweise

Mülheim 1951. Kriminalinspektor Alfred Poggel versucht gerade, einem Naziopfer zu seinem Recht zu verhelfen, aber das passt seinem Vorgesetztem, Staatsanwalt Dr. Goeke, gar nicht. Als der zwielichtige Heinz Lennewegs, der Liebhaber von Poggels neuer Zimmerwirtin Anna Puff, ermordet wird, ist Goeke deshalb richtig froh, Poggel auf den neuen Fall ansetzen zu können. Aber der Inspektor hat zu viel erlebt, um sich so einfach ablenken zu lassen.

Monika Detering, Horst-Dieter Radke
Blütenreine Weste
Ein historischer Mülheim-Krimi

978-3-95400-136-1| 12,00 €